U0907912

深海里的星星

珍藏版②

独木舟 著

江苏凤凰文艺出版社
JIANGSU PHOENIX LITERATURE AND ART PUBLISHING, LTD

图书在版编目（CIP）数据

深海里的星星：珍藏版．2 / 独木舟著．-- 南京：
江苏凤凰文艺出版社，2020.5
ISBN 978-7-5594-4336-6

Ⅰ．①深…　Ⅱ．①独…　Ⅲ．①长篇小说－中国－当代
Ⅳ．① I247.5

中国版本图书馆 CIP 数据核字 (2019) 第 283720 号

深海里的星星：珍藏版．2

独木舟 著

出 版 人　张在健
责任编辑　张　倩　王　青
特约编辑　石　颖　林乐蓓
装帧设计　棱角视觉
出版发行　江苏凤凰文艺出版社
　　　　　南京市中央路 165 号，邮编：210009
网　　址　http://www.jswenyi.com
印　　刷　湖南新华精品印务有限公司
开　　本　880mm × 1230mm　1/32
印　　张　9
字　　数　200 千字
版　　次　2020 年 5 月第 1 版，2020 年 5 月第 1 次印刷
书　　号　ISBN 978-7-5594-4336-6
定　　价　45.00 元

目　录

CONTENTS

起始

后来的我总是会不由自主地想起那个黄昏，一想起当时的景象，很自然地，原本有些暴躁或者焦虑的心情，就会很快平静下来，近乎忧伤。

关于古格王朝遗址，我所知不多，如果不是在途中陆知遥给我普及了一些它的历史，在我眼里，它不过就是几座荒山而已。

来的路上，陆知遥曾告诉我，这些密密麻麻漫山遍野的洞穴大多是居室。古格的住宿有严格的等级制度：王宫是给君主住的，山坡上是达官贵族的住所，山下住的是奴隶，有的洞窟则是僧侣的修行地。

我大惊小怪地问："住在洞里？那怎么生火做饭？"

他用一种"你没救了"的眼神鄙视地看了我一眼之后，放弃了交流。

暮色西沉之时，整个古格被一种悲壮而沧桑的气氛所笼罩，千年历史的陈旧感迎面扑来，可是在我眼里，这些大大的洞穴此刻已经完全褪去了传说中的神秘，只显得诡异和狰狞。

即使穿着厚厚的抓绒衣，我也能清楚地感觉到自己手臂上的汗毛一根根地立了起来。

站在光秃秃的、没有一点攀缘植物的山上，原本就有严重恐高症的我此刻手心一片冰凉，全是密密麻麻的汗。

几乎是在我快要哭出来的时候，他的脚步声从我身后传来，看见我一动不动地蹲在地上，他好奇地问我："你一个人在这儿干什么？"

我像是濒临溺水的人抓到了一根浮木，抬起头来，喉头都起了哭腔："你到哪儿去了啊……"

因为不想再被鄙视了，还有半句"我怕死了"硬是被我生生地吞了下去。

他看着我，很无奈地笑了一下，然后在我已经汗湿了的手掌心里放下一个东西。我拿近一看，那是一枚钱币。

"三年前我走这条线的时候藏了点东西在后面那个山洞里，今天去看它居然还在那里。"他轻描淡写地说，"送给你，要不要？"

我小心翼翼地把它放进口袋里，虔诚得有如曾经从林逸舟的耳朵上取下那枚耳钉。我知道，这些都是我生命中的印记，只能一路带着走，不能丢。

那天晚上在札达简陋的招待所里，五张单人床一字排开，在别人轻微的鼻息声里，我听见邻床的陆知遥在小声地打电话订机票。

下意识地，我在被子里的手握紧了他在黄昏中送给我的那枚钱币，胸腔深处忽然涌起一阵强烈的酸楚。

分别的日子越来越近了。

他挂掉电话转过身来，正好看到我还没来得及闭上的眼睛，既然如此，索性也就不用装了——我目光直接且没分寸地望着他，一声不吭。

他是如此聪明的人，一定能够理解潜藏在我的眼神后面的情绪。

不记得是谁先伸出手，只记得，在两张床中间的狭窄过道，我们紧紧握住对方……可这动作如此徒劳而没有意义，握得再紧再用力，也掩盖不住自我身体里每一个毛孔所散发出来的悲伤。

快中秋了，月亮一夜比一夜更圆更亮。清白的月光从年久失修的窗口照进来，洒了满地，确实如同一层白霜。

脑海里有个词语越来越清晰：失去。

我知道，我要再一次承受它。

还来不及说出心里深沉的依恋，分别就像永不晚点的列车轰隆隆驶来。

就这样，转过身去。黑暗中，我的眼泪缓缓地流了下来。

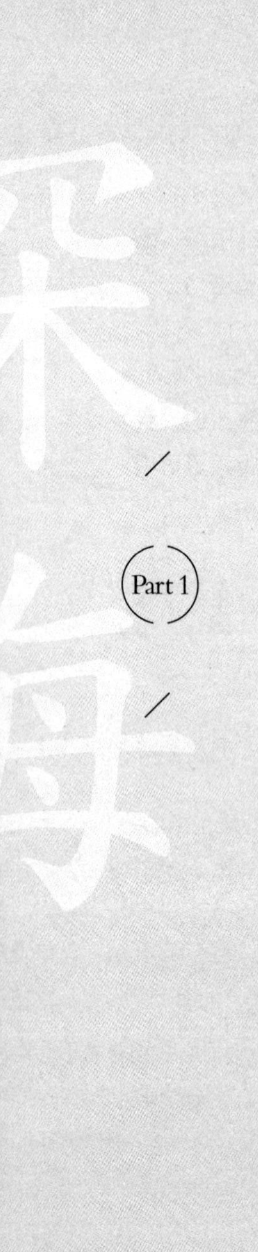

Part 1

这座城市现在看起来已经有点儿陌生了，在我结束长途旅行回到这里的时候。

因为修地铁，好几条主干道都被挖得坑坑洼洼，导致原本就不够宽的车行道堵得水泄不通。我和康婕相约在一家冰激凌店碰面。当我从出租车上下来，才愕然地发现我记忆中牢不可摧的立交桥已经不见了，取而代之的是一片围成圈的蓝色铁皮，上面喷印着某个建筑公司的名字。

整个商圈都被笼罩在厚重的灰尘里。

我站在人潮涌动的街头，茫然四顾，回忆里许多鲜活的场景如同雪花一样纷至沓来，可是它们，永远、永远只会存在于回忆之中了。

康婕挽着我明显晒黑了的手臂轻轻叹了一口气："落薰，你离开得太久了。"

仿佛命运真有一双翻云覆雨的手，篡改了我的某一部分人生。我觉得自己像"刻舟求剑"那个故事的主人公一样，企图在做下标记的地方捞回失去的宝剑，然而我乘坐的船早已不在那片水域里了。

在冰激凌店靠窗的位子坐下，我心中有许多戚戚，原本想感慨几句，可最终我什么也没说出口。

康婕一勺一勺耐心地舀着朗姆酒口味的冰激凌，轻描淡写地说道："我还以为你一辈子都不会再来吃这个了呢。"

我知道她这句话的意思。

虽然确实不想提起过去的事，但我还是报以一个自嘲的微笑。

达利的名作《记忆的永恒》画了一只超乎想象的软表，仿佛要被烈日晒化的钟表，诡异地把人和时间糅合进一个超级柔软的梦幻世界。

有时候我觉得我就处于那样一个世界里，在那里陈放着所有的过去，没有被拆建的城市和一个接一个离开或消失的人——每当我这样想的时候，就觉得整个天地好像都被颠倒了。

我们很多人都以为自己已经遗忘了过去，然而过去并没有遗忘我们。

真正算起来，其实也没有过去太久时间，可能我们这群人把青春弄得太折腾了，所以三五天看起来好像十年八载一样。对，并没有过去多久，可是为什么我的心好像已经经历了沧海桑田？

我第一次见到苏瑾，就是在这里。

那是我的人生至今为止的最低潮期，不能见人也不能见光，不能言语也不能思考，我终日蜷缩在家，日复一日麻木而茫然地数着桌上的台历，一天过去了，一天又过去了，时间失去了流动性，我以为一辈子就要那样慢慢地过完。

就是在那样生不如死的时候，苏瑾猝不及防地出现了。

她在电话里说："程落薰，我一定要见你，请你务必答应。"她的语气强硬而不留余地，反而激起了我一丝好胜心。

那是一次不太愉快的见面，也许是我们这一生中唯一的一次见面。她将我从上到下仔细地端详着，我也冷眉冷眼地反复打量她。

我们都知道对方是谁，互相没有好感。说来也滑稽，我们原本只是两个陌生人，就算在街上擦肩而过也不会多看对方一眼，但因为我们中间曾经存在过那个叫林逸舟的人，所以我们永远不可能使对方的敌意如冬雪消融。

我们没有说太多话，甚至都没有刻意地提起他，只是在我快要离开之前，她突然幽幽地说："要是没有你就好了，没有你，至少他现在还活着。快不快乐是另一回事，最起码，还活着。"

像是一根很细很尖的针刺到了我身体里对疼痛最敏感的那根神经。

我噌的一下站起来，用尽力气维持镇定，是的，我反驳不了什么。她已经在心里判了我的罪，但最起码，我可以走，我可以拒绝她的审判。

在我走过她身边时，她轻声说："程落薰，你永远不会明白我有多嫉妒你。"

那是苏瑾出国的前一天晚上，她执意要见我一面。很长一段时间我都没想通为什么那么宝贵的时间她不用来陪家人、长辈或者朋友，而是要浪费在我身上。

后来，我想，只有一个原因，那就是——不见我一次，她走了也不甘心。

我们再没有任何联系，她就像一场夏日黄昏的大雨，来得突然，消失得也迅疾。

我不太记得她的样子了，只记得那晚，我透过玻璃静静地注视着流光溢彩的街上摩肩接踵的那些年轻人，他们肆意笑着，眼睛发光。

我突然想到，林逸舟不在了，可是这些人晚上还要去逛街、喝酒。

林逸舟不在了，可是苏瑾明天还是要出国留学。

林逸舟不在了，可是我还活着。

那样想的时候，就好像真的有一双手大力地撕开了我的胸腔，痛不可当。

回想起那天晚上，康婕似乎比我记得还清楚。她挑起眉毛说："当时看见你呆呆地坐在路边的样子，我真心觉得，除非林逸舟死而复生，否则我们谁都救不了你。"

当时她打电话向罗素然求助，没想到罗素然沉吟了一会儿，跟她说："你别管她，让她自己站起来。"

康婕愕然地握着手机怔了好半天。

她不明白为什么在那么重要的时刻,素然姐竟然不肯拉我一把，为什么我的生命处于那么惨淡晦涩的低潮时，她要做一个隔岸观火的人。

而素然姐的苦心，要等到许久以后，我们才能懂得其中真意。

那段日子康婕几乎把一切空余的时间都腾出来陪我。只是没到夜幕降临，她就拿出化妆品开始化妆。我躺在床上，看到镜子里的她一点点把干净的面孔涂抹得妖娆魅惑，忍不住开口说："太浓了，淡点好看。"

她回过头来对我笑笑，那个笑里包含了很多，有无奈也有辛酸。

她说："有人卖身有人卖艺有人卖劳动力，社会上的大多数人只能这样生存。用你自身所有的这些去换你需要的和你想要的，不能说这不公平。"

过了很久，我幽幽地说："你的境界倒是越来越高了。"

她收拾好琐碎的化妆品，拉上化妆包的拉链，又笑了："那是，哪个名人说的来着'生活是最好的大学'。可不是，我就是这所大学里最好的学生。"

生活像一潭死水，我每一天闭上眼睛的时候都很希望当我一睁开眼，会发生一些改变，无论是好的还是坏的，总之能够触动我，能够令我真正地活过来就行。可令我失望的是，每一天都不过是前一天的重复。

直到某天深夜，康婕从酒吧收工，没有回她妈妈家而是来到了我家。

她换上拖鞋，脱掉外套，第一件事不是去卸妆洗澡，而是在我床边坐下，犹豫了一会儿，她对我说："落薰，我今天在楼下见到许至君了。"

有多久没人提起他了？我也假装自己已经不记得这个人。

假装从来没有这样一个人，在我哭过之后，买热茶和蛋糕给我。

假装没有这样一个人，不论昼夜地关心我、爱护我，永远以我的意志为先。

我甚至假装不记得，在我决意放弃生命的那天傍晚，有一个人跟在我身后毅然决然地跳入水中，救回我。

我假装自己忘记了一切，他的名字和声音，他的笑容和脖子上小小的玉。

还有……他故意留给我的那个傲慢的背影。

是的，我装得很好，从来不提起他，甚至有时候我会很自然地说起林逸舟，可我偏偏从来不提他——因为说起林逸舟至少我还可以流泪，但说起他，我完全不知道该有什么样的反应才是正常的，才是对的。

可是为什么，当这个名字从康婕口中说出来的时候，会像一把铁锤，准确地找到我的胸腔，伸进心脏所在的那个地方，重重地捶了下去。

为什么闭上眼睛的时候，我还能很清楚地看到那年夏天的某个晚上，在女生宿舍的大门前，黄色路灯底下，他的睫毛如蝶翼般扑闪，语气温柔而坚定地说道：“我爱你，不仅仅意味着我想和你在一起，我爱你，是意味着我承诺永远不会伤害你。”

许至君，你这个傻子。

“他好像经常来。”康婕看了看我的脸色之后，小心翼翼地又补上了这句，“要不……见个面？”

她只是提了一个建议而已，但这建议随着我的沉默一点点地消散在了空气里。

她等了好久，终于也死了心：“程落薰，我真怀疑你是不是耳朵聋了，现在跟你说句话就好像在你面前放个屁似的。”

我笑了起来，还没说话，她又否定了自己前面那句话：“不对，放个屁人家还会说臭……”

从那天之后，我多了一个连康婕都不知道的秘密。

每天她从我家离开，我都会悄悄躲到窗帘后面，万分小心地探出半个头往楼下看。我看到她停下来，和许至君打招呼，说两句话，然后他就会抬头望向我所在的窗口。

我知道自己的姿势看起来有点儿蠢也有点儿猥琐，可是还是忍不住一次次这样做。每次看到他仰起的面孔时，我都会不自觉地往后退一点，即便我知道，他根本不可能透过窗帘看见我。

我视力一直比他好，所以我能清楚地看到远处他的面容上蒙着一层轻薄的哀愁。

从前不是没看过他畅怀大笑——

我陪他去遛狗，他把狗绳塞到我手里，眼睁睁看着我被萨摩耶拖着跑了几百米，跑到上气不接下气的时候，他是笑过的；我在他公寓里用烤箱烤饼干，把面团烤成焦炭时，他也是笑过的；还有那次康婕动完手术，我洗碗，他帮忙整理冰箱，忽然回过头跟我讲“我今天特别高兴，因为你有事的时候没有找林逸舟，而是先找我”的时候，他脸上分明就是孩子气的笑。

可是现在，他看上去已经很久没有笑过了。

许多回忆和情绪混杂着，淤积在我心里，长时间的低气压，让我总觉得只要再发生一点不如意的小事，我整个人就会再次被击溃。

就是在这个时候，浅浅降生了。

这个消息是李珊珊传达给康婕，然后康婕又传达给我的。她那天下了夜班到我家已经过了凌晨三点，把睡着的我摇醒，两只眼睛瞪得像夜猫似的：“程落薰！素然姐生孩子了你知不知道！”

我迷迷瞪瞪，过了几秒钟才清醒过来。

自从见过苏瑾之后，除了偶尔和我妈一起去市场买菜之外，我极少出门，像一只穴居动物。不上网，不开手机，除了看书、发呆就是睡觉，睁开眼不是天还没亮，就是天快黑了。

我几乎都忘了，我还有一些好朋友，她们的人生并没有因为我的悲恸而停止节奏。我几乎忘了我应该关心毁容后的李珊珊、一夜长大的宋远、决心要做单身母亲的罗素然——他们是如何继续自己的生活。

听到这个消息，我既为素然姐顺利生产感到高兴，也为自己的自私、无情感到羞愧。

康婕解下皮筋，长发散了一身：“你也觉得自己很过分对吧？没关系啦，没人会怪你的。明天我们一起去医院看看吧，珊珊说了，你要是不去，她会提着刀来请你。”

次日上午九点多，康婕仿佛闹钟附体，从我身边弹起：“起来了！傻 × 啊！起床啊！”

我睡眼惺忪地甩开了她的手：“没必要这么早就起来吧，卖早餐的都没你起得早。”

话音刚落，一个枕头就重重地打在我的头上，把我彻底打蒙了——伴随着康婕尖锐的斥骂声：“卖早餐的人在我每天下班的时间就起来了，他们要像你这样过日子早就饿死街头了。你快起来别废话了，我们还要去买点礼物吧，难道你好意思空着手去吗？”

我本来就是那种一被吵醒就很难再睡着的人，何况被她用枕头砸完又吼了一顿，这下仅剩的一点睡意也烟消云散了。

刷牙的时候，我看着镜子里自己苍白的脸，呆了好半天。

以前最讨厌的婴儿肥不知道什么时候已经褪尽，脸型和五官随之显露，现在的程落薰终于有了一张漠然的脸。

原来他们说的都是真的，不管你愿不愿意，相不相信，你终究会不可避免地变成另外一个样子。

在康婕的建议下，我简单地化了底妆，气色看上去好了很多。

因为太久没有出门，我的眼睛似乎不太能承受白天强烈的阳光，于是我翻箱倒柜地找出一副墨镜戴上。

康婕不耐烦了：“拜托你哦，又不是明星……哎，你要不要再戴个口罩？”

我想了一秒钟，觉得这是个非常聪明的防晒建议，于是我听从她的劝告，把整副行头都置齐了。脸在口罩后面，双眼在深色墨镜后面，这让我走出家门的时候多了些安全感。

我们先和珊珊、宋远碰面。

四人一接上头，康婕就开始了她夸张的表演——她捧着自己的脸尖叫："啊！为什么你们三个人都搞得和明星一样，就我什么也没弄！我是你们的保镖吗！"

坦白讲，我其实有点儿感动，这么久不见，我们三个人还是这么默契，真不容易。

真的很久不见了，李珊珊的头发剪短了很多，现在只是刚刚过肩膀的长度，并且还换成她以前最讨厌的齐刘海，再加上一副方形墨镜，原本就只有张巴掌大的脸，这下几乎全部被遮挡住了。

宋远摘下墨镜，有点儿不好意思地说："珊珊非让我戴的……"

站在一旁的李珊珊没有理他们，而是点了一根烟，隔着一点儿距离看着我。我不明白这是什么意思，难道是怪我和他们生分了？

然后，她做了一件我意想不到的事。

她把剩下的半截烟在垃圾桶上摁灭，走到我面前，用力地抱住了我，我突然理解了她的意思。她在我耳边轻声地说了一句："王八蛋，你终于肯出门了。"

我们几个实在太熟悉了，索性省略掉了所有繁文缛节，经过简短的商量，决定买些水果和牛奶，再带一束花去医院看素然姐。

在水果店，三个女生满嘴都是"我喜欢吃这个""我喜欢那个"，以至于宋远听得都要抓狂了："是去看我姐啊，你们是不是应该问问我，她喜欢吃什么？"

我们接着去花店选花。

珊珊一只手拿一枝"海洋之歌"，另一只手拿一枝"奥斯汀玫瑰"，对着比了半天也没选定。我插了句嘴："要不你把墨镜摘了吧，隔着镜片看不准。"

她抿嘴，笑了笑，说："哎呀，懒得摘了，就选'奥斯丁'吧。"

我觉得有点奇怪，可是康婕悄悄对我使了个眼色，示意我不要再多嘴。

选配花的时候，我们七嘴八舌举棋不定，花店小妹被折磨得笑容发僵，最后终于在宋远的不耐烦中，接受了店家的常规方案。

店员包装那束花时，我看见李珊珊站在花店门前，对着张贴的招聘信息轻轻笑了一声。

我靠近她，问："笑什么？"

"落薰，你看……"她的食指在空中划过一行又一行，"招聘十八至二十二岁，女性，形象良好，普通话标准……"

虽然她的表情、眼神都藏着，但我也看出了端倪，心里那点不明所以的疑惑此刻得到了清楚的解答。

她的声音听起来很平稳，没有情绪波动："哎，我连来应聘的资格都没有了呢……"

我站在她身边，难过得说不上话。

其实我今天第一眼看到她，就觉得她跟以前有点儿不一样了。我本以为这是因为我们太长时间没有见面，又或者是因为她换了发型和着装风格，但当她把这个招聘启事当作玩笑一样说出来之后，我听出了弦外之音，并为此感觉悲伤。

她是变了，从前她总是很欢快轻盈，而现在她变得沉重了。

过去，她总是人群里最显眼的女生，不管谁看见她，即使脚步没有停顿，目光也一定会在她身上停留片刻，没有其他的原因，不是气质气场那些虚无缥缈的东西，真正理由只有一个——她有着令人无法忽视的美丽。

那时的李珊珊内心是非常骄傲的，再蠢的人都知道自己美不美，何况她还那么年轻。

可现在，她总是不自觉地微微侧着头，想尽量遮住脸上的疤痕，就算是面对我和康婕也一样，不到万不得已，绝对不摘下墨镜。虽然她说话还和从前一样犀利，但小动作多了，走路的时候一定要挽着宋远的手臂。她看起来好像总在害怕什么，总想要减少自己的存在感，尽量不引起别人的注意。她再次向我印证了，不管愿不愿意，你总会变成另一个样子。

我和康婕走在他们身后，可以看见她的体态有些畏缩。

她身体里那些锋利、自信的东西完全消失了。

到达医院门口时，我几乎是无意识地往后退了一步，动作轻微得连康婕都没察觉出异样。

可是恐惧和惊慌，的确是被我的记忆匣子中最黑暗的那一幕诱发出来了。我魂不守舍地跟着他们挪动着脚步，进了医院，进了电梯。消毒药水的气味越来越重，从我眼前掠过的长长短短的白大褂，错乱的脚步声，这零散的画面汇集起来织成了一张巨大的网将我牢牢地困住。无论我内心有多抗拒，那个夜晚又回到我眼前了。

那天晚上，我哭得喉咙沙哑，双眼模糊，不管谁都无法劝阻，我要再见他一面。

我甚至厚颜无耻地谎称自己是他的未婚妻，甩开了来拉我的一双又一双手，心里只有混沌和麻痹，所有的意识汇成一个念头——为什么，为什么死去的不是我？

我宁愿死掉的是我。

我宁愿是你来承受生离死别的痛苦。

林逸舟，再过多少年我都不能平静地说起你，再过多少年都不能平静地回忆起和你相处的所有时光，对于我来说，那就是我所拥有的关于你的全部了。

内心有些崩落和塌陷，在这样的场景中，我又有点儿想哭了。正在此时，康婕推了推我，说：“到了。”

我们站在门口，看到坐在床上微笑着的罗素然。她有点儿胖了，脸比从前圆了很多，但气质还是很好，眼神也仍然温柔。

“落薰也来了啊……”她说。

在她叫出我的名字的时候，我的眼睛微微地湿了。

不知道为何，似乎在我封闭自己的那段日子里，外面的时间过得特别快。

我死活振作不起来的那些日子里，别人的生活都发生了翻天覆地的改变，比如罗素然。

无端想起第一次见到她的情形：她穿着雪白的衬衣，绑着马尾，额头饱满光洁，模样像是在校的大学生。好像只是一眨眼，她已经升级成了一位母亲。

这是我从前没有见过也没有想象过的罗素然，她的矜持端庄都还在，可是眉眼之间似乎多了些从前不具备的东西——某种神韵，就算看不清也能让人感觉到温暖的东西。

我慢慢挪过去，迈不开脚步。

我有太多的话想要跟她讲——我的抱歉和愧疚，可是真到了她身边，我一下子就变回了从前那个被学校处分而不敢回家的女孩，我轻轻叫了声“素然姐”。

她握住我的手，什么也没多说，可是她所有要说的都蕴含在动作中了。

我吸了一下鼻子，有轻微的酸涩，还好，还能忍住。

见过素然姐之后，李珊珊和宋远就吵着要去看浅浅，我本来也应该和他们一起去，可是被素然姐留下："让他们去吧，你又不喜欢小孩。"

我窘得满脸通红。

宋远不满地丢下一句"偏心"便带着李珊珊和康婕出去了，我这才在床边的凳子上坐下，先前的紧张和忐忑渐渐融化在素然姐温柔的注视里。

她的眼神如同冬日午后的阳光。我们沉默了好一阵，只是微笑地看着对方。

你相不相信，在一生中的确有那么一类朋友，他们能从你貌似平和的面容背后看到你渴望冒险跃入激流的不屈和不安分？

罗素然之于我，就是这种存在。

就在这个时候，护士进来，看到我，笑着问候素然姐："家属来了啊，是妹妹吧，真漂亮。"

我局促地笑了笑，正想谦虚两句"哪里哪里"，护士又追加了一句："你老公还没出差回来吗？心也太大了。"

话音未落，只见素然姐脸上的笑容明显地僵住，可是很快，她又调整好嘴角的弧度，一副很遗憾的样子："是啊，也不知道是不是再也不会回来了。"

护士妹子咯咯地笑："呸呸呸，哪儿有你这样说话的，咒自己老公呀……"

为了赶紧终止这个尴尬的话题，我连忙打断护士："你快去忙吧，这里有我呢。"

等到护士出去之后，素然姐脸上的假笑才渐渐收回来，换成了讥诮，语气里也是满满的自嘲："落薰，我很可笑吧？"

我摇摇头，没有，我明白。

我真的明白，当"大龄剩女"这种对女性毫无尊重的词语被发明出来并到处滥用，作为一个未婚的单身妈妈，可想而知她所承担的和即将面对的，一定不会轻松。

旁观者"轻"，轻松的轻——她曾经和我说过这样的话，我觉得用在这里都不足够恰当。事实上，有一些艰难的人生境况，你即便作为一个旁观者也会觉得唏嘘。

与此同时，李珊珊和康婕就像两个白痴挤在护婴室的窗口感叹着：这些宝宝怎么长得都一个样！

这个时候，李珊珊终于摘下了墨镜。虽然她尽力用头发挡着脸，但康婕还是看到了那块疤痕，在原本光滑如凝脂一样的皮肤上，那块伤疤看起来如此狰狞而突兀。

康婕心里不禁发出一声长长的叹息。

宋远拍了一下李珊珊的头，指了指最靠近窗口的那张床："蠢死了，是那个啦！长得那么像我姐都看不出来，你真瞎！"

李珊珊不甘示弱地反驳："你才蠢死了，你不知道女儿都像爸爸啊……"

这句话脱口而出的一刹那，他们三个人都愣住了，空气冻结了一秒钟之后，他们很默契地当作刚刚什么事情都没有发生过地打哈哈："哎呀，长得真好看，在这么多小肉团里，她长得最好看，真是好看得目中无人啊。"

如果我在那里，断然不会允许他们这样糟蹋成语。

我和罗素然再次陷入了沉默。

对于那么明显的谎言，我只能装作毫无所觉，因为完全不晓得怎么宽慰她。

我本来想说“老公没来也没什么吧，那些产房外的男人也未必都是真正的丈夫啊”，但这句话在我的脑袋里刚打了个转，我就恨不得咬断自己的舌头。

什么破台词啊，比不说还糟糕。

索性，我就什么都不说了吧。

还是罗素然先回过神来，她没提临盆时身边只有宋远和珊珊，也没提生产时剧烈的疼痛，而是话锋一转，跟我说起：“你觉得浅浅这个名字好不好？”

“挺好的。”我点点头，由衷地说。

她露出满意的神情：“没生她之前，我的床头柜上摆着一个本子，睡觉的时候都在想要给她取一个好名字。有一晚做梦，我梦见一只小鹿朝我走来，脖子上挂着一个银色铃铛，醒来赶快在本子上写下了鹿铃，但最后，我还是决定叫浅浅。”

“为什么呢？”我问。

“女孩子嘛，平安健康过一辈子就是福气。浅浅，很好，什么都清浅一点儿，少了很多麻烦。”

她说这些话的时候眼神是失焦的，好像望向了很远很远的远方，望向未知的未来。

我静静地笑了一下，感觉到这一刻万物缄默。

离开前我还是去看了浅浅一眼，虽然面盲症的我真的分辨不清，也完全不觉得那么小的面孔能看出来像谁。但我想这不要紧，慢慢地她就会长大，会有一张走在人群里能够被我一眼就辨识出来的面孔。

她跟那个人有共同的父亲，她的眉目之间多少会有一些他的影子。对此我深信不疑。

一出来，李珊珊又把墨镜架上了，很惆怅地说：“你们闻出来了吗？夏天快来了。”

我们曾经开玩笑说这里的气候真是怪异，四季如春算什么，我们春如四季。

站在春末夏初的路口，我的身体里好像有某种难以说清的东西随着血液一起循环着，灵魂脱离了躯体飘浮在半空中，俯瞰着这个承载了我们所有欢笑泪水的城市。

嗅觉是不会骗人的，空气里那种微妙的气味，是打通现在和过去的屏障的介质，它令我不可抗拒地想起了那个夏天的傍晚，在暴雨中，林逸舟撑着一把黑伞向我走来。

只是，那个画面总被笼罩在一团迷蒙的雾里，我看不真切他的脸。

我以为假装忘记的时间够长，我就真的可以把过去全忘了，在明媚春光里重生，变成一个新的我，一个背负重担的我。然而当我又想起他落寞的笑容，想起他年轻得没有一丝阴影的面孔，我便知道，自己终究还是不能。

我们一起去吃饭，已经不记得上次一群人一起吃饭是什么时候的事情了。似乎是许至君生日的那一次，对我们来说，那也遥远得像是已经隔了几个世纪。

我和康婕都没想到，点菜的时候李珊珊和宋远当着我们的面就吵起来了。

起因很简单，宋远觉得李珊珊点的都是清汤寡水，他是真的有些动气地说："你天天要求我陪着你吃这些，今天和落薰她们吃饭你还要吃这些，你能不能不要总是把自己放在第一位，做人别那么自私行不行？"

话说得是不太好听，但李珊珊也不是好欺负的。

她把菜单往桌上重重一拍，我结结实实吓了一跳，她尖着嗓子，有点儿阴阳怪气："不就吃顿饭吗，屁大点事你发什么神经病？她们什么都没说用得着你多嘴？我看你是早就对我不满，今天终于找到机会发泄了吧！"

我和康婕对视一眼，都没说话，实在不明白这两个人到底是哪根筋搭错了，这么小的事情有什么好吵的？

场面僵住，大约过了一分钟，李珊珊提起包，二话不说就往外冲。

我的反应也不慢，跟着起身就追，千钧一发之际还记得让康婕看着宋远，别让这个家伙也赌气走了。

李珊珊没跑多远，在路边一个垃圾桶边上停下来，打开烟盒冲着我："哪，女士烟，抽不抽？"

我只好接过一根，等烟烧了一半，我估计她稍微消了点儿气了，才问："你们怎么回事啊？"

她弹了弹烟灰，一声冷笑："什么怎么回事，这还看不明白，他嫌弃我了呗。"

一阵风吹来，我们的头发都被吹乱了，她的刘海从中间平分成两半，像两把小小的刷子，看起来有点儿滑稽。

我要是没有听错的话，她的声音里似乎带着一种小孩子般的哭腔："落薰，我真的很烦，我真的很讨厌这个傻 × 发型，我也好讨厌去超市都要戴口罩，有一次有个死小孩还一直指着我的脸问他妈妈'那是大灰狼咬的吗'，我真是想死，你知道吗……"

从认识她以来，我从未见她这么不顾形象地哭过。

眼泪一串一串从黑色的镜片后面跌落，她的身体颤抖得像一个筛子，我应该去拥抱她安慰她，可是我只是站着，坚持抽完手里那支烟。

我觉得好无力，事实上，我感觉自己的状况比她还要糟糕。

“你记得吗？有一次你带我去山上的一座寺，说那里香客少，菩萨能记住我们。”我问康婕。

她的头靠着车窗玻璃，随着车的颠簸也一颤一颤：“当然记得啊，一晃好像过去半辈子了……我去，时间怎么会过得这么快。”

然后我们又同时沉默下来，车厢里很空，我有一种要去到世界尽头的感觉。

“我问了宋远，他说珊珊还是非常非常非常介意自己的脸……”康婕用了三个“非常”来强调，“她查了很多祛除疤痕的信息，国外有很多不错的……但你也知道，他们现在哪有那个闲钱去国外弄啊，最后只能就近啦。”

因此，他们最后选择了本地的一家医美整形医院，而那里是出了名的价格昂贵。

康婕接着说：“你也知道她的性格啦，她总觉得最贵的才是最好的，宋远也只能顺着她……已经做了一次了，听说疼得她尖叫，暂时也看不出效果，说是还要继续做，平时饮食要忌口，越清淡越好，刺激性的和色素重的食物碰都别碰，烟也别抽了，但这点她做不到，所以现在改抽薄荷烟了。”

听康婕把事情的原委说了之后，我不知道该说什么。

我想起宋远把珊珊从地上拉起来，抱入怀中的情形，虽然她还是在哭，但和先前那副歇斯底里的样子毕竟不同了。

那是爱情的样子吧？能够让人从癫狂中沉静，从暴戾中平和，应该是爱情吧。

傍晚，我和康婕坐在江边的石阶上看了一会儿夕阳。这是一段很少有人来的路，一眼望去都是芦苇和高草，闭上眼能听到风的声音。

康婕说得对，很多事情好像都停留在半辈子以前了。那些贯穿我青春的名字一个一个像是写在沙滩上一样，潮来汐往，它们全都被带走了。

那两个人，彻彻底底地从我的生活中销声匿迹了。

我说："康婕，我觉得心里很压抑，没什么想做的事情，也没有希望。"

他们都还有自己的期待，我是说我的朋友们——罗素然期待着浅浅健康地长大；李珊珊期待在一次一次的治疗之后恢复容貌；就连康婕，虽然整天"丧眉耷眼"的，但我知道她也是有期待的，她期待着每个月准时发薪。

可是我，我完全不觉得生活里还有什么值得我期待的事情。我既不悲观也不乐观，只是日复一日麻木地活着，难道我要去期待林逸舟死而复生吗？

康婕倒头灌下一瓶可乐，轻声说："那你就出去走走，看看能不能找到一些新的东西可以期待吧。"

就像是火柴头"哧"的一声划过火柴盒上那层薄薄的硫黄，在苍茫的黑暗之中，我看见了一点儿亮光。

那晚回去的康婕却是郁闷得不行。

她刚走到门口就听见屋内传出大呼小叫，她妈妈似乎在喊着“你个没良心的东西，偷老娘的钱去养别人”。她差一点儿就想掉头走了，打开门，一只瓷杯子径直飞过来，撞到门上，稀里哗啦地碎成好几块掉在了地下。

康婕定神一看，果然已经是满屋狼藉。

“吵吵吵，又吵什么，过不下去就别过了！”康婕对着屋内的人发了一通火。

阿龙捂着额头，似乎是被什么东西砸破了皮，流了点血。他嘴里骂骂咧咧，同时又有些畏惧地看着康婕。不知道为什么，他总是有点儿怕她，可她明明是个纤细的女生。

康婕狠狠地瞪了阿龙一眼，这才听见浴室里传来妈妈的呻吟，过去一看，发现妈妈滑倒在洗手间的瓷砖地板上，站不起来。

眼下这个场景换了谁都会觉得难堪，康婕也不例外。

有那么一瞬间她确实想一走了之，和两个人撇清关系，最好以后也老死不相往来。可是几秒钟之后，理智战胜了悲哀和愤怒。

她蹲下来，左看右看，企图找到一个最佳姿势把妈妈扶起来。可她刚伸出手，就听见一声斥责：“老娘骨折了！”

这么严重！

康婕反应过来，回过头去想要质问阿龙，他已经不见了踪影，只看到地上那只碎杯子和敞开的铁门。

在社区诊所里，康婕妈妈用尖叫声成功地吸引了大家的关注，陪在一旁的康婕脸红了又白，白了又红。

她想说点什么，类似于“你忍一忍好吗”或者“太不得体了”这种话，但最终她都吞了下去。

这样的场面让她想起了读书时候的某次家长会：她爸爸那天实在是抽不出时间，只好由她妈妈去。老师忧心忡忡地对她妈妈说："康婕这个女孩子，聪明还是很聪明的，不知道为什么就是集中不了注意力，上课不认真，成绩老是上不来。"

而她妈妈是怎么回应的呢？当着很多家长的面，她妈不以为然地说："女孩子要成绩那么好干什么，反正将来要嫁人的。"

康婕和我说过，那一刻，她从教学楼六楼跳下去的心都有了。

从那以后，她再也没有让她妈妈去开过一次家长会，宁可空着自己的位置第二天被老师教训，也不要再发生那么丢人现眼的事情。

丢人现眼，康婕不止一次用这个词语形容她妈妈，好像浩瀚的中文词海中再也没有别的词语比这个更恰当。

"有时候我真的觉得很好笑。有一次在你的书柜上翻到一本书，看到里面说'一个人最初的尊严感是来自血统、出身和父母'……我觉得心里好难受，我没有能让我骄傲的父母，他们也不配有个让他们骄傲的女儿。"这是康婕在中考落榜之后对我说的话。

那时我年纪也小，听了她的话，并不知道该有什么样的反应。

我只是觉得，若干年后，当她得到安宁幸福的生活之后，当她自己做了妈妈以后，她可能会明白，书里说的话也不见得都是对的。

苦痛的回忆并不是家传之宝，不值得一代代传承下去。生命会有许多意想不到的突变。愚蠢、自私、短视的父母未必就不能生出善良正直的孩子。

而此刻，她站在妈妈身边，忍受着邻里们好奇的眼神和知情者意味深长的窃窃私语，她觉得，再多待一分钟都是煎熬。

她耐着性子问：“你想吃点喝点什么吗？我去买。”

没想到她妈妈毫不领情，把火气都冲她发：“我不吃不喝！你让我饿死算了！”

有些新的目光投射过来，康婕再也按捺不住，语气也失控了：“饿死就饿死！好心好意问你你也不领情！你放心吧，你真饿死了也没人心疼。”

这句话脱口而出的时候，她其实已经有点后悔了，倒不是后悔这话说得太伤人，她太了解自己的妈妈了，她才不是会被一两句话伤害的人呢。

康婕后悔的是，她点燃炸弹的引线了。

果然，她妈妈立刻旁若无人地哭了起来，一边哭一边抱怨：“你说得好啊，都是我的错……我最大的错就是生了你这么个没用的东西。你要是早点找个好老公，我还用受这些苦吗？你乡下阿姨的女儿，嫁人没两年，老公家拆迁，房子也有了，还给了娘家二三十万……你看看你，再过两年你还有没有人要啊……”

周围的人都背过身去小声地嗤笑。

康婕彻底放弃了对抗和纠缠，转身就走。那次家长会的感觉又回来了，她实在不明白，为什么世界上会有这种母亲——她既不在乎女儿的尊严，也不在乎自己的。

那天晚上，康婕的心情实在太差了，平时还能哄骗自己说“就算为了妈妈也要努力多挣点钱”，但现在想来，这个理由好像也没什么意义了。

她给店长发了一条信息请假，没有解释原因。

她去买奶茶，前面排了一百多号。要是往常，她可能会因为懒得等就不买了，但这一晚她觉得，等等又怎么样呢，反正我的时间也不值钱啊。

在等待过程里，她茫然地望着玻璃外的大街——为什么所有的人看上去都比她开心？为什么别人就有那么多高兴的事情？

她想起 TVB 的师奶剧里一句著名的台词“哪，做人，最重要的就是开心”，可是那些人为什么不再说说，到底要怎么样才会开心？

为什么要活着？

曾经以为是为了那些人所说的快乐而活着，曾经以为只要长大了，那些微不足道的事情就不会再引起痛苦。

可是等长大了，才发现所有的欢乐都很短暂，任何的拥有都只能让人得到瞬息的安宁，大多数的时间仍然无所适从，在现实生活与美好幻想的夹缝中，依然不知道自己该何去何从。

康婕捧着奶茶，咬着吸管，忽然有点儿想流泪。

就在这个时候，她的手机响了。

每次见到陈沉，她都会想起第一次见到他的情形——

他穿一件蓝色的 T 恤，那种发嫩的蓝像天空一样。他的头发短短的，像是很柔软的刺。那个时候的他那么年轻那么美好，每一根睫毛都在阳光里颤动。

那是康婕第一次听到爱情的召唤。

那个时候，那是一个康婕偶然去到的台球室，在一片乌烟瘴气里，陈沉像是唯一的一缕清风。

康婕记得，他们刚在一起那会儿，陈沉每天都要去网吧打游戏，她就在旁边上网、看小说，隔一会儿他就会凑过来握一握她的手。

陈沉爱踢足球，很多时候康婕就抱着他的外套坐在球场边等他，要是进了一个球，他就会很开心地朝她做一个“Y”字手势。

两人第一次亲吻是在秋天。

他们一起去爬山，漫山遍野都是金黄色。她穿着一件有点儿土气的紫色毛衣，傻乎乎的，像个直立行走的茄子。

爬到半山腰上，她死都不肯继续了。陈沉停下来哄她说爬上去了有奖励。

奖励就是一个吻。

那是彼此人生中的第一个吻，两人都没有经验，瞪着眼睛看着对方，最后还是陈沉用手把她的眼睛挡住了。

因为青涩所以有些笨拙，但即使笨拙，也是纤尘不染的笨拙。

在呼啸的秋风里，她感觉到心脏被什么东西狠狠地捏了一下。

即使后来生出许多龃龉，但她没有忘记过那个黄昏，在绚烂的晚霞中，他背着她从山顶一步步往下走，他的头发软软地刺着她的脸，有点儿痒。

路上都是干枯的落叶，踩过去会听见轻微的碎裂声。在逆光中，她看到他轮廓边的绒毛，很可爱，像水蜜桃。她突然心里一动，连自己也不明白为什么那一刻会觉得鼻酸。

最美的不是山路上的落叶和夕阳，而是她爱着的男生一步一步踏实的脚印。

他是世界上第一个让她感觉到自己被爱的人，第一个让她知道自己的存在有某种重要意义的人。

像很多情侣一样，他们说过许多相亲相爱不离不弃的傻话，但也像很多情侣一样，他们没有说到做到。

她知道自己有一个致命的弱点——太念旧。

都怪她把过往的美好记得太深，攥得太紧了，才会在后来的年月里弄得自己苦不堪言。

在街口见面的时候陈沉一脸菜色，一看就知道他已经连着好几天没睡过一个饱觉。他愁眉苦脸地说："我怎么知道会输啊！前面一直赢，谁晓得最后一把全输了！"

康婕冷冷地看着他，心里有些鄙夷，既是对他，也是对自己。

她不止一次地告诉过自己：忘掉吧，忘掉他的蓝色 T 恤，忘掉他曾经笑得像个孩子，忘掉他曾经傻呵呵地想攒钱带她去迪士尼，忘掉炎炎夏季，他手里快融化的冰激凌……忘掉那些吧。

忘掉那个明亮茁壮的少年，看清楚眼前这个丧心病狂的废物，这个十足的赌徒。

可是为什么，偏偏就是忘不掉呢？铭刻在青春最初的爱情，时间不能侵蚀，岁月也难以磨灭，尤其是在偶尔难过得想要干脆去死算了，反正活着也没有什么眷恋的时候，那些记忆总会从尘封的盒子里挣脱出来，扑腾着抖搂。

悲伤、脆弱、无奈都是开启盒子的钥匙。为什么会这么矛盾——美好总由痛苦唤醒。

康婕一言不发，从包里摸了几张百元钞票甩给陈沉，转身正要走，却被他一把拖住。他的眼睛里那些关心倒不是装出来的："怎么啦？又不是不还你，过两天翻本了带你去买衣服行不行？"

康婕厌恶地甩开他的手，用那种看阴沟里的老鼠般嫌弃的眼神看了他一眼。

陈沉的脸色立刻变了："你别用那种眼神看我。"

康婕冷笑一声，被刺伤了？原来这人还有点自尊啊。她撇撇嘴：

“算了，我是心情不好，不是冲你来的，你好自为之吧。”

她刚要走，又被陈沉拉住：“你什么事啊，心情不好？不能跟我说啊？”

“关你屁事啊。”

月光下陈沉的脸看起来又像是回到了少年时，干净而明亮，让她想起了小时候飞过蔚蓝天空的白色纸飞机。

终于还是没忍住，她的眼泪奔腾而出。

过了几天康婕来找我，跟我说了这件事：“陈沉找兄弟把那个阿龙打了一顿，打得好惨啊，脸上都是瘀青。”

我愣了半天：“陈沉是谁啊？你新交的男朋友？”

她也愣了：“你不记得了？我初恋啊，你还见过他一次，后来你和我说你不太喜欢他，我就没让你们再见过面。”

满腔心事的我根本无暇去往事里搜寻“陈沉”这个名字，这么多年康婕也交过好几个男朋友了，我哪里记得那么多甲乙丙丁，我哪里还记得和我仅有过一面之缘的男生，我更加不记得我说我不喜欢他，是因为他趁康婕去洗手间的时候跟我要电话号码。

现在的我尚不能做到喜怒不形于色，何况是在那时候。

只是时间过得太久了，经历的事情太多了，所以我完全忘了——当时，我立刻垮下脸来，拉着从洗手间里出来的康婕就要走，她不明原因，一直追问我怎么了。

我忍了忍，骗她说：“我肚子疼，好像要来‘大姨妈了’，你陪我回去吧。”

我隐隐约约记得，她非常喜欢他，近乎一叶障目，无论我如何旁敲侧击跟她说这个人不行，她都听不懂，也听不进去。

那是她第一次的爱情，没有谁阻挡得了她，说得形象一点，她那会儿就跟范进中举了似的。

对康婕，我心中其实一直有着很复杂的感情，最深处，当然是内疚。

在好长好长一段时光里，康婕就像是隐没在光线背后的人一样。当我在众目睽睽之下高调地展示着自己的快乐、满足、悲伤和痛苦，我情绪里所有的起伏波动都有那么多双眼睛看着，无论多失败多折堕，总有一些人关心我。

可是她有什么呢？她似乎早已经习惯了不被重视，习惯了作为某一个人的某种附属，习惯了一个人面对千疮百孔的生活并尽量修补它们，是的，她远比我坚韧强壮，早就习惯了独自成长。

其实我不配。每当她和别人说起我，用到“我最好的朋友”这几个字的时候，我都有这样的感觉——我真的不配。

看到我丝毫没有兴趣聊陈沉，她也就收了声。我们沉默地吃完了她带过来的两块胡萝卜蛋糕，我感到胃里有点儿顶着了。

我终于说出了我的决定：“康婕，你说得对，我应该出去走走。”

我只是想和他在一起，只是想要爱自己。

做出这个决定之后，我仿佛终于在黑暗崎岖的山路上看到了一点儿光亮。终于能暂时卸下沉重的包袱了，我感觉身体都变得轻盈起来。

那段时间里康婕非常忙碌，恨不得一天能有三十六小时，不，甚至是四十八、七十二小时。

她彻底辞掉了化妆品专柜的工作，专职上夜班。

“太累了，落薰，你知道我最少的时候一天能睡几个小时吗？”

她伸出一只手，比着四个指头，“四个小时，连续一周，我真是吃不消了。”

我忧心忡忡，又不知该怎么劝她：“长期下去，你的身体会垮的呀。”

她笑笑，很无奈的样子：“等我妈懂事点儿吧……”

说到她妈，我们都很头疼。

夏季天亮得早，有时康婕下了夜班，干脆睡都懒得睡，玩一会儿手机就直接去菜场，买骨头回家炖汤。

这还不算完，她稍微再有点时间，还得参谋我的出行计划——“你想去哪儿呢？听说漠河的夏天有极光，可是江南水乡温婉多情，也很值得去。要不你去北京看看长城、故宫什么的？啊！要不去海边吧，我们长这么大还没见过真正的海呢！”

最后我们都快疯了，铺开一张中国地图，值得去的地方这么多，要不闭着眼睛随便指一个吧？

我去探望休完产假复工的罗素然，不知道她用了什么惊人的魔法，这么短的时间之内就恢复了生产前的身材。

“哪有什么魔法，就是疯狂去健身房啊。”她翻了个白眼，“没办法，职业女性总得有点自觉性。”

在她工作地点附近的咖啡馆里，她给我点了焦糖拿铁，自己喝意式浓缩。我们自然而然地聊起旅行的话题，她脸上有种令人向往的神采。

她说：“我去过的地方里……国内的话，我最喜欢云南，天空出奇地蓝，像是把大海挂到了头顶上。”

她说云南有三种极致的颜色，一种是天空的蓝，一种是树木的翠绿，还有铺天盖地的花红。

她的描述中有一种具体的画面感，我听得恍了神，完全没发觉有一辆我曾经很熟悉的车子刚从广场边的马路上行驶过去。

在你身处的空间之外，平行的时间之内，你爱过的人和爱过你的人，他们分别在做着什么，你概不得知。

唯有命运含笑看着尘世，这些凡夫俗子，又要上演怎样浪漫或荒诞的故事。

要在很久很久后，我才会见到那个女孩子，唐熙。

哪怕用最严苛的标准去衡量，她也算得上是个真正的淑女。

淑女，不是指扭捏造作的女生，例如吃饭时，刚沾湿筷子就说自己吃不下了；买一只手袋或珠宝，要拍一万张照片发在社交软件上；找到一切能借题发挥的机会炫耀自己读过多少书，去过多少地方，拥有多少别人羡慕的物质或资源。

唐熙当然不是这样的女孩。

她不爱卖弄或炫耀，平时只穿些看不出名牌的衣服，尽管那些衣服价格并不比大牌低廉；听到别人谈论她懂的东西，即使说错了，她也不会当场指证；喝水时一定会擦掉杯口的口红印；街上的宣传单只要递到她面前，她就会接下，找到垃圾桶再丢；她从来不给人发几十秒长的语音信息。

唐熙家世优越，受过良好教育，长相清丽，早早就过了虚荣这一关。

不管怎么说，她和许至君是绝配。

但在这个时候，他们还没有在一起，许至君只是奉命陪唐熙去机场接从英国留学回来过暑假的表妹。

从上车开始，唐熙一直在表达歉意："真的很不好意思，太麻烦你了。都怪我没用，科二考了两次都没过……”

许至君耐心宽慰她：“你不用客气，举手之劳而已。唐叔叔也是信得过我，才让我陪你去的。”

客套过后，两人又不知道说什么好了。

有那么一瞬间，许至君有点失神，如果是跟程落薰在一起，应该不会这么拘束沉闷吧？

曾经看到过一个尚未被证实的推论：一张纸被折叠超过五十一次，其厚度会超过地球到太阳之间的距离。

有点儿黑色幽默的意味。

可许至君觉得，自己与程落薰之间好像就有一张这样的纸在反复地折叠，将原本挨得很近的两个人一点点推至再也无法跨越的距离。

“我记得，你小时候不是一直戴着一块玉吗，怎么现在不戴了？”好不容易，唐熙终于又找了个话题，却没想到这是对方最不愿意提起的事。

许至君脸上浮起尴尬的笑：“那个啊……就不想戴了。”

明显就是敷衍。唐熙何等机敏，立刻就意识到自己问错了问题，于是她也只好干笑了两声，放弃了交流。

算了，如果实在没有话说，就不用勉强说了。车程过半，他们已然产生了默契。

机场高速路上的车子不多，视野开阔，巨型的广告牌上不知道是什么产品的广告，赫然写着一句话：

爱情是鬼。

不知道从什么时候起，李珊珊和宋远之间的争吵爆发得越来越频繁。以前那个性情泼辣彪悍的女生仿佛在一夜之间被偷走了所有的自信和底气，任何一点风吹草动都会引起她的恐慌和紧张。

她越来越敏感、小气，宋远只要不小心说错一句话，甚至一个词，就会导致她勃然大怒。

为了支撑两个人生活的各项开销，以前整日游手好闲的宋远也不得不找了一份朝九晚五的工作。随着浅浅出生和成长，罗素然的经济压力也陡然增大，就算想接济宋远也是心有余而力不足。

宋远翻出了自己以前根本不当回事的学历证书和简历，投递了许多公司，得到的回应不多。无奈之下他只好又找了些朋友帮忙介绍，经过两轮面试，终于进了一家证券公司，暂时只能拿最低薪酬。

这点收入，还不够她以前买一只包、他买一双鞋，现在却要担负起房租、燃气、水电、交通和通讯等所有花费。

在求职的过程中，宋远不止一次感觉到自尊扫地。以前倚仗着姐姐的庇护，他从来没有意识到人生在世是需要吃许多苦头的，当一张张有形、无形的账单递到他面前，他才发觉生活原来是具体的、有重量的。

但李珊珊对于这一切并没有切身体会，或者说，她对这一切欠缺理解。

她的关注点在于——宋远就职的这家公司，有个不要脸的小妖精。

她最初发现端倪，是在情人节的时候。宋远的手机莫名其妙收到了一条信息，一副娇嗔的口吻：“祝你情人节不快乐，一点都不快乐！”

宋远解释说，只是公司一个普通同事，平时就爱开玩笑。见李珊珊没有发难，他以为事情也就过去了。可他万万没想到，从那天开始，李珊珊几乎每周都要检查他的手机。这么检查，没事也变成有事了。

宋远终于爆发："根本就不是你想的那么回事，都是你自己意淫出来的，你怎么变得这么不可理喻了？"

话一出口，两人都愣住了。不可理喻，他竟然这样说她。

李珊珊在深夜里给我打电话，一边说一边哭："落薰，我完全不知道该怎么办了，是不是报应啊？你说是不是真的有报应这回事啊？"

我才是完全不知道该怎么办。我知道自从变故之后，她一直活在患得患失之中，可是我不知道，她竟然已经脆弱到如此地步。

他们最激烈的一次争吵，爆发在我出发之前的那个周末。

等我赶到他们的住处，架已经吵完了，双方进入了冷战。李珊珊坐在沙发上，把脸深深地埋在抱枕里，好像要把自己捂死。

宋远对着电脑，一边打游戏一边骂骂咧咧地摔着鼠标，烟灰缸里堆满了烟蒂。

椅子上堆满了衣服，屋子里乱糟糟的。我一时找不到地方坐，只好去李珊珊旁边挤出巴掌大一块地方，勉强坐下。

过了很久，他们谁也没有说话。在尴尬中，我只好在李珊珊耳边轻声说："过两天我要出去，就不能随时过来看你了，你们要少吵架哦。"

她猛地抬起头来，惊讶地看着我，愕然地问："你要去哪里？"

她脸上最明显的那块疤痕已经淡了些许，不知道究竟是激光的功劳，还是时间的功劳，但仅仅是淡了一些，和从前无瑕的美貌是不能相比了。

发自内心地说，我从来没有嫉妒过李珊珊。正相反，我一直认为，像她这么好看的女孩子就应该多出去溜达，多在网上发自拍，让大家的眼睛也吃吃冰激凌。

面对她的诧异，我解释说："在这里，我和他一起去过的地方太多了，每一条街都有回忆，不管我怎么强迫自己，都摆脱不了那些回忆……我想过了，出去散散心可能会有点用吧，你不用担心我啦，我会给你带礼物哦。"

李珊珊的神情依旧有些木然，微张着嘴没有说话。宋远丢下电脑，坐了下来，他的眉头深深皱成一个"川"字："你出去这段时间她要是发神经，我怎么办？"

没等我接话，李珊珊已经怒了："你什么意思啊！你是不是想分手？"

"分手"这两个字从她嘴里说出来之后，我们都愣住了，包括她自己。

我们这群人早已经分道扬镳，七零八落了，甚至还有一个人永远离开我们再也不会回来，惨淡中唯一值得庆幸的就是珊珊和宋远还在一起——从某种意义上说，这不仅是他们两个人的事情。我从来没想过，经过了那么多艰辛之后，他们竟然会说到这两个字。

沉默之中，我们三个人的面容上都涌起了忧愁。

最后，宋远点了根烟，起身走到了阳台上，他消瘦的背影在昏暗的光线里，让我想起了李珊珊住院的那次，林逸舟在楼梯间留给我的那个背影。我记得他当时告诉我，他和别人在一起了，可是他的神情一点也不喜悦，嘴角是向下弯的，很悲伤的样子，然后他就转身了。

还有一个画面也浮现在我的脑海里：我背着背包，从许至君的公寓离开时，他对我说“我们以后也许再也没有机会了”，说完他也是转过身去背对着我。

我一直不知道，他们转过身去之后，脸上的表情到底是什么样子。

如何让旁人明白，这些猝不及防冒出来的记忆，是我内心不能承受之重。

我离开时，宋远穿上外套要送我。在黑暗的走廊里，他的呼吸听起来有些迟缓而滞重。

可是我根本不知道该如何开解他、安慰他，我想随便说点什么能让他笑一下也好，可是我的嘴真是太笨了。

他忽然说：“她又卖了一个包。”

我一时之间没有反应过来：“什么？”

宋远指了指那扇门：“珊珊又卖了一个包，在二手平台上出掉的，价格是她买进来的五分之一。她跟自己怄气，但又没办法，所以就拿我出气。

“她之前卖过一个香奈儿的包了，价格还行。这次卖的这个包挂了很久，买家一直讨价还价，我和她说要是不高兴就不要卖了嘛，她就跟我吵，也怪我没忍住……

“她后来是借题发挥，非要说我们公司那个姑娘对我有意思，我真是服了。”

一直都是宋远在说，我只是安静地听着，就这样走到了公交车站，正好公交车到了。我拿出交通卡，对他说：“你不要怪她，她现在只有你。”

我想我可能比宋远能多理解珊珊一些。

爱情有时能使人更勇敢，但大多数时候爱情只会使人更胆小，就像李珊珊，原本是贱命一条，现在变成贱命两条，从前任性、放肆的她终于体会到了人生不自由的滋味。

天色暗下去之后，城市灯火通明。

我有点儿惆怅。

很多时候我们都以为自己已经长大了，因为成年人的世界才会有这么多烦恼，但其实我们弄错了，我们为之烦恼的这些，刚好说明了我们其实并没有长大。

终于翻回本的陈沉，兴高采烈地去找康婕，兴奋地对她讲："谢谢你上次借钱给我，我就知道我一定会赢的，哪，这一份是你的，我多还一倍给你。"

躲在员工通道的楼梯间，康婕一脸浓妆，面对陈沉递到她面前的钱，她接也不是，不接也不是。

她冷着眼，仔细打量这个喜上眉梢的人。他打算一辈子就这样过吗？赌博不仅成了他唯一的乐趣，甚至还成了他谋生的技能，赢了钱就花天酒地，输了就东拼西凑，到处欠债。

她犹豫了一会儿，最终还是接过了钱，说了声"拜拜"就要走。

陈沉拉住她："你干吗每次见到我都这个样子啊？找你借钱你不爽，还你钱你也不爽，你怎么这么难伺候？"

"那你以后就少找我啊，最好别找我。"康婕没什么好语气。

"那不行吧，我不对你好还有谁对你好。"陈沉笑嘻嘻地说。

虽然这只是一个小痞子的玩笑话，可康婕心里还是微微地动了一下。真悲哀，她想，就算是这种残羹冷炙一样的温暖，自己也做不到完全拒绝。

同时，唐熙在许至君家里做客。

晚饭过后，唐熙陪着陈阿姨在客厅里看一部冗长的家庭剧，尽管她完全看不下去，但面上没有露出丝毫的不耐烦。

许至君借口有事，躲进了卧室发呆。

自从收到康婕那条短信，他已经稀里糊涂地过了好几天了。他很讨厌自己现在这副优柔寡断的样子。到底要不要做点什么？如果做了会不会引起反效果？他想起那次，就是因为脑子一热，自作主张挂掉了那通电话……他无意识地叹了口气。

就在此时，传来敲门声。

唐熙最近是日系装扮，栗色卷发，淡青色亚麻裙子，妆容清淡干净。

她端着一碟草莓，笑容甜美，两颊分别有一个浅浅的梨窝："你要不要吃草莓？很甜。"

许至君怔住，心里感觉到一丝怪异，但出于礼貌，还是侧过身请她进来。

沿着书架一路看过去，唐熙忍不住笑出来："这一层上放的全是卡通书啊，哆啦A梦、蜡笔小新、樱桃小丸子、阿拉蕾……我没想到你这么童真。"

许至君顺着唐熙的话望向书柜，那一层全是崭新的、还没拆封的漫画。有那么一瞬间，他产生了某种幻觉——站在书架前的人是程落薰，他想告诉她，这些全是买给你的，是我找朋友从台湾寄回来的，因为你说你小时候看的是这个版本。

他还想说，只要是你喜欢的东西，我都会想办法送给你。

那个瞬间很快过去，幻觉消失了，唐熙的脸真切地呈现在他眼前。

他笑了笑："是以前一个朋友很喜欢，所以我买来收藏的。"

唐熙歪着头盯着他，过了半天，她也笑了："是很重要的朋友吧？"

以唐熙的教养和情商，原本不应该在彼此还不算熟悉的时候问对方这种问题。她还没有意识到，她对许至君的感觉，和对过去那些总是捧着她、事事迁就她的男生不太一样。

她察觉到，他和自己在一起的时候，总是心不在焉的样子。

仿佛被他激发出了自己潜在的征服欲，她凝视着眼前这个不太爱笑的男生，在心里暗自说：我一定要搞清楚到底是什么东西、什么人时刻牵引着你全部的注意力，让你如此魂不守舍。

我收拾好行李，再三向我妈保证：在外面不乱吃别人的饭，不乱喝酒，不乱搭理别人的搭讪也不乱主动搭讪别人，每天发信息报平安。之后，我终于获得了独自出行的资格。

但是出发之前，我还有一件事要做。

我打电话给康婕，她那边闹哄哄的不知道在干什么，我们两个几乎是扯着喉咙喊完了这次通话："你有空吗？陪我去个地方！"

"什么事啊？"

"你别问了，到时候你就知道了！"

"好吧！我真是上辈子欠你们的！"

挂掉电话，我拉开了书桌最右边的抽屉。那个抽屉放着很多杂七杂八的东西，像是小时候常听的音乐卡带、图案老土的带锁日记本、褪色的卡通贴纸……在抽屉的深处，有一个原木色的小盒子。

盒子里装着的，是林逸舟的公寓钥匙。

我曾经去到他公寓里，将这把钥匙还给了他。但没多久之后，我收到一个快递——他又将钥匙寄给了我。很难说清楚我是出于什么样的心思，竟然没有将它再寄回，而是保留了下来。

我没有再用过它。这把钥匙连同我的自尊心，还有我对他的爱，一起被封闭在这个盒子里，我把这个盒子塞进了最少打开的抽屉，暗自发誓我永远都不会再把它拿出来。

谁能想到命运急转直下，我无心的一句诅咒——“你迟早死在这辆车上”，竟然真的灵验了。在那之后很长的时间里，我完全是凭着恨意活下来，我恨所有人，恨他也恨自己，甚至迁怒于神灵。

神灵既然可以听到我的诅咒，为什么听不到我的哀求？

我只是想和他在一起，只是想要爱而已。

时隔多日，我终于鼓起勇气违背了自己的誓言，找出这个盒子并打开了它，看见那把依旧闪着银色光芒的钥匙，突然之间，我全身上下的痛感神经一齐苏醒。

就算再顽强坚韧，就算时间过去再久，和他相关的一切仍然令我难以承受。

我约康婕在江边那片芦苇地见面，要她陪我做一件非常矫情的事情。

我们沿着堤岸走了十多分钟，找到一片空地。我蹲下来用手挖出一个洞，将那个小盒子放了进去。

岸边风很大，我裹紧外套，轻声对康婕说：“这里冷，你上去等我吧，我一个人待一会儿。”

你有没有过这样的经历：长夜漫漫，你睁着眼睛瞪着无尽的黑暗，伸出手去只能触碰到虚空，最后连手都被黑暗吞没。

在林逸舟离开的那段日子里，每一个夜晚我都是这样挨过。

埋盒子的时候，那种煎熬又回来了。眼泪不能抑制地滚落，这哭泣虽然悄无声息却强烈得像能把我的躯体撕裂，而在这一刻，我突然懂了，人生中有些遗憾和悔恨是连时间都不能够解决的。

我还有很多话想对你说，你听不听得见？

我已经记不清最后一次见你是什么情形，我只知道，时间将被无限延长，而我再也见不到你了。

我毫发无损地活下来了，当我意识到这一点的时候，我同时也看穿了自己的懦弱和卑劣，我以为自己有多爱你，可我竟做不到与你同生共死。

我希望能够在我的心里也挖一个这样的洞，把关于林逸舟的一切都放进去，盖上土，不去想不去碰，但我知道它一直在那里。

如果说这个世界上还有什么事情会让我难过得可以随时在人群里不顾自尊地哭泣，那就是我永远没有办法知道，那天晚上那通被许至君挂掉的电话里，林逸舟到底是想对我说什么。

来不及，这真是一个残忍的词语。

我永远也不能知道了，在他生命之光即将熄灭的时刻，他是否能够确认他对我的感情？

可是我总是会想起他说过的那句“生不对，死不起”。

想起那个下暴雨的下午，在阴沉的客厅里，我们并肩躺在一起。他说：“有些人没有父母，没有朋友，没有家，没有事业，也没有人需要他，人生像是空荡荡的一个零。可以花钱享乐，也可以喝醉之后和萍水相逢的人上床，但不管怎么样，他终究是孤孤单单的一个人。”

说完他转过身去，假装有了睡意。我从他身后抱住他，不知道他这番话里有多少成分是在说他自己。

可是我那时并不知道，他也许还想说：我觉得自己就要这样一年一年浑浑噩噩地过下去，直到有一天我看见了你，我知道我承受不了失去你，但我还是不知道，这是不是爱。

林逸舟，如果还可以再见你一次该有多好。我真的很想告诉你，我们所共同拥有的那些短暂而珍贵的日子里，一旦想起你的笑容，想起你额头上那道淡淡的疤痕，我心里总是饱胀着一种温暖的疼痛，那是前所未有的感受，它们随着血液在身体里经久不息地涌动。

你不在了，可是它们没有随着你一起消逝。

时间冷却了我们曾经所有的拥抱，你音容笑貌褪去颜色，连气息也都挥发在空气里，这些才是消逝的全部。

康婕站在高处看着我哭完，伤心地抹掉眼泪，从地上站起来，才终于走下来对我说：“落薰，我有件事要告诉你。”

“嗯？”我狐疑地看着她，这么严肃正经，难道又要借钱？

她低下头，唯唯诺诺的样子，几乎是耳语般的音量哼着说：“那什么……我……告诉……许至君了。”

我惊呆了。为什么？凭什么？你图什么？

出发那天，康婕负责说服我妈：“阿姨，你就别去了，从家里到机场来回五六十公里呢，我送她就行了，你放心，放心！”

康婕拖着我的旅行箱，一直陪我到机场。站在出发大厅，她不停地左顾右盼。

不用问，我知道她的目光在搜寻一个人。

我知道她在等待什么，在盼望发生什么，但到了这一步我也不想再责怪她多事。

无论如何，她心里是想我好的。其实我都不明白，两个完全没有血缘的人，怎么会在这么长的时光里，始终有这么多的感情给对方。

我最终还是见到了他。

我换好登机牌，找到安检口，随着队伍缓慢地移动的时候，听见一个久违的声音在背后叫我的名字。

我回过头去，在送行的人群里，看见了他的脸。

那是一张我闭着眼睛都能够想起来的脸，总是带着一点儿节制的笑，心灰意冷时也曾满脸决绝。我记得，他平时讲话语速很慢，语调平和，但如果被我逼急了，也会讲几句粗口。

和林逸舟不同的是，许至君的一切还是如此鲜活。

此时此刻，他就站在离我十几米的地方，这距离并不远，可我没有勇气走过去。我们都呆站在原地，郑重其事地望着对方，千言万语，如鲠在喉。

这世上的事，没有过不去的，只有回不去的。从来没有过一刻，我如此透彻地理解了这句话。

我们对视着，一分钟好像一个世纪。

排在后面的人催了我一声，情急之下，我只好让出来："你先请。"

事已至此，我不得不走过去和许至君说几句话。

他将一个牛皮纸袋给我，轻声说："里面是一些常用药，我担心你自己没准备，要是准备了，就把这些扔了吧。”

我说不出话来。

“你自己多小心。有什么要帮忙的事情，随时打电话给我，不要客气。

“在外面遇到不友善的人，看不顺眼的事，要尽量忍耐……”

往常惜字如金的许至君这么啰啰唆唆的样子，我还是第一次见。忽然之间，酸涩蹿上鼻头，我握着那个牛皮纸袋，感觉眼泪马上就要流出来了。

我稳定了片刻，想对他说一声“谢谢”或者“不用担心”之类的客套话，可是他没有给我这个机会。

他转身大步地走了，都没回一下头。

他还是有他的骄傲的。

他们每一个都是这样，分别的时候不会好好道别，离开的时候也不会回头多看一眼……我突然想翻一翻日历，算一算距离我们第一次相遇，已经过去多少天、多少年。

来机场的路上，我对康婕说：“我最近又开始听素然姐的节目了，有天晚上有个男人打电话，不知道是不是恶作剧，问了一个有点好笑的问题——性无能怎么办？他的语气里有点自卑，也许不是开玩笑吧。”

顿了顿，我接着说：“那一刻，我也想问，性无能可以去看医生，那爱无能呢？”

过了安检之后我回过头望了一眼康婕，她站在人群里显得那么瘦小。她对我挥挥手，看口型是在跟我说“自己好好的啊”，我点点头，赶紧转过身去，怕自己真的哭出来。

不得不承认，在我忽略了她的那段时间里，我的小姐妹康婕独自顽强而隐忍地接受了生活赠予她的所有磨难，视它们为长大成人必经的考验。某种程度上来说，很像我们小时候最爱玩的一款游戏：超级玛丽。

她是吃了蘑菇摘了金币的超级玛丽，她上天遁地无所不能，这局终止了就重新再来。

跟她相比，我实在太过软弱无能。

在引擎的轰鸣声中，飞机冲出跑道，平稳地飞离了地面，从舷窗望出去，所有的建筑物都越来越远，越来越小。

我即将短暂地离开这座埋葬了我们的青春的城市，而未来会有什么，谁也无法预知。

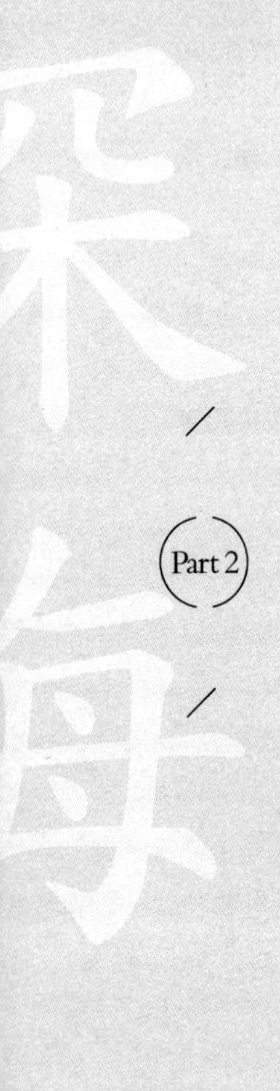

Part 2

很久之后，康婕收到了我从云南寄给她的第一张明信片。她发信息问我："你对那个陆知遥，是一见钟情吗？"

我想了想，回复她说："不是一见钟情，是一见如故。"

倾盖如故，白首如新。有时你不得不相信，人生中就是会有这样奇妙的缘分。

航班在昆明落地之后，我戴着耳机，取好行李，坐上了去大理的班车。出发之前，我妈叮嘱过我"能省则省，不必要花的钱一分都不要多花"，我将这条原则贯彻得非常彻底。

想起素然姐描述过的三种颜色，我心头的感伤和阴霾直到这一刻才减淡了些许。

遵照约定，我落地之后要报平安，先是给我妈发："我到了，一切都顺利。"接下来，把同样的话再发一遍给康婕，她几乎是秒回："记得带礼物啊。"

拜托，我才刚落地，现在就提礼物的事，是不是也太心急了点儿？

在去大理的途中，我在车上小睡了片刻。醒过来的时候，看到车窗外一片无垠的向日葵，满眼的金黄色在摇曳，头顶上是平日里难得一见的碧空。

那一刻，听觉和嗅觉都已经失灵。

我轻轻地闭上眼睛，不受控制地，我又想起了他的脸。

他真是一个时时发作的魔咒，和我胸口的刺青一样，永远地烙烫在我的心里，成了一个人生的坐标。

林逸舟，天上的世界，是不是真的美丽胜过人间，否则为什么你去了之后，再也不愿意回来。

收到许至君的信息，完全是意料之外的事。

我记得，他以前最讨厌长篇累牍地发信息，觉得这太浪费时间，他的说法是，明明一个电话两三分钟就能说完，干吗要你一条我一条来回往返，又不是写邮件。

所以当我看到他说“出门在外一切小心，程落薰，你别总是让人觉得你在努力让自己过得不好，努力让自己不开心。一切都会过去的”的时候，我心中真是五味杂陈。

我努力让自己过得不好？这是什么意思？我感觉受到了冒犯。

犹豫再三，我还是简短地回了他一个字：“好。”

不管彼此之间喜不喜欢，无法否认的是，我们这些人的性格中有一点惊人的相似。

林逸舟固执地胡闹；许至君固执地克制；康婕固执地和一个不断消耗她的人纠缠；罗素然非要生下浅浅并独自抚养她，这难道不是固执？还有李珊珊和宋远，他们在固执地爱，也固执地互相摧残。

而我呢，大多数时刻我特别擅长放弃，但眼下，好好活下去就是我的固执。

人的一生是不断失去的过程，但为了那些星星点点的快乐、欢愉，和也许并不存在的“意义”，我们依然要背负着那些沉重，继续走下去。

当我还在石板路上拖着行李箱寻找旅馆时，康婕已经在镜子前认真地贴假睫毛了。

地球不停地运转着，世界每一分每一秒都在变化，万物增长与寂灭全都在瞬息之间，而人类对于命运总是缺乏了解，因此才有畏惧。

我在大理的街边看到一家书店，怀着随便看看的心情走进去，随手拿起了一本讲佛法的书，翻开扉页，看到一个句子：

如果不是遇见你，我至今还不明了我一直在漂泊。

康婕所在的酒吧已经在夜幕里啪地亮起了霓虹灯。

这个时间，酒吧还没有开始对外营业，所有的工作人员都在忙着准备工作——打扫卫生的，清点酒水的，准备小吃和水果的，联系客人订台的，当然，还有打碟工作者……所有人都在忙碌，像是筹划一场盛大的宴会或演出。

我和康婕曾经跟着素然姐去看过一次综艺节目的录制。在嘉宾登台之前，舞美、灯光、摄像、编导，甚至是拿着台本的主持人，所有的工作人员都全神贯注地核对着接下来的相关事宜。

刚开始我们都很亢奋，一副跃跃欲试的样子，好像我们就是今天的嘉宾。

但录制的过程原来是那么无聊，一次次地笑，一次次地鼓掌，到最后我们都后悔来了。

生活就是没有摄影机的真人秀，有些人把一年过成千姿百态的三百六十五天，有些人把三百六十五天重复成枯燥乏味的一年。

康婕一脸麻木地把员工卡别在胸前，靠在洗手间的墙壁上抽开工前的最后一根烟。她想起程落薰临走前那句伤感的“爱无能怎么治”，忽然露出一个诡异的笑。

程落薰，你是爱无能，我是爱饥渴，哪种更难治？

在漆黑的过道里，摇曳生姿的男男女女不断从她眼前晃过。她把烟蒂扔在地上，用鞋底踬灭，再捡起来丢进垃圾桶。

好了，时间快到了，打起精神来准备上班吧。

她完全没有注意到，有一双清亮的眼睛，牢牢地盯住了她。

康婕原以为这天晚上不过就和之前的每个晚上一样，看到客人举起桌上的蜡烛，费劲地从密不透风的人群里挤过去，微笑着问："请问需要什么？"

她完全没有感知到，这个夜晚将成为一个分水岭——她的人生即将开启新的篇章。

当那双清亮眼睛的主人在震耳欲聋的音乐声中，凑到她耳朵旁边大声地喊出来的不是"麻烦给我一桶冰"而是"你今晚能不能跟我走"的时候，她的脑袋里好像有一枚重磅炸弹爆炸了，愤怒和屈辱一齐冲上天灵盖，一时间，她的听觉失灵了。

她的双眼，原本因长期熬夜而失去光亮的双眼，霎时，瞳孔里烧起炽烈的火焰。

对那一切毫不知情的我，一找到旅馆，进到房间，放下行李箱，就迫不及待地拿出洗漱包和换洗衣服，进了浴室。

先是飞机，再是大巴，感觉自己一身都脏死了，必须尽快洗澡。

洗完澡出来，我套了件白色衬衣裙。电吹风有点儿接触不良，干脆就不吹头发了吧。就这样，我披着湿漉漉的头发，拿了本书，走到旅馆楼下的铺子里，找了个空位子坐下。随意看了两眼菜单，要了一份炒饭。

我望了望周围，不愧是大理，在这里，一个西装革履的人都没有。所有人，无论男女，都穿着宽松闲适的衣服，表情和身体看起来都很放松。人们在笑，在饮酒，慢吞吞地聊天。

而我，我只能举杯邀明月，对影成三人。

这番场景很容易让人想起朱自清先生写的《荷塘月色》：热闹是他们的，我什么也没有。

百无聊赖的我，借着头顶上那抹暖黄色的光，翻开了书。其实我自己也隐约觉得有点儿别扭，试想一下，如果我是旁人，看见一个穿着白衬衣，披着“海草”，不对，应该是海藻般长发的女生，在饭馆里看书，我心里多少也会生出一点鄙夷来——太做作了吧，太装了吧。

所以才会有那种说法啊，一个人想要被另一个人理解，的确是件奢侈的事。

好在我认识陆知遥之后，他对此提供了另一种看法，也算是给了我某种启迪：为什么会想要得到别人的理解呢，你原本就无须有这种期待。

他比那盘炒饭先出现。

一条黑色的影子挡住了头顶的光，我原本以为是服务员过来了。没想到，一抬眼，居然看到一只巨大的背包。

没错，就是在《国家地理》杂志上和旅游节目里经常能看到的那种背包客们爱背的包，就是那种我每次看到都感叹“这能把我整个人都装进去”的大包，就是那种要让我背一天我宁可去死的大包。

我去，真是吓了我一跳！

我很不高兴地看着这个人，他把灰扑扑的大包卸下来放在我旁边。喂喂喂，这是要干什么？舟车劳顿之后，我还没吃饭呢，就先吃了一肚子灰。

更令人无语的是，他竟然连问都没问一声“这里有人吗”，就直接在我对面坐下，认认真真地看起菜单来。

我把书合上，四顾一番，除了我这儿也的确是没有空座了。

没办法，我只好勉强和这个不知道从哪里冒出来的、脏兮兮的家伙拼一下桌了。无奈之下，我只好粗着嗓子催服务员：“喂，就一份炒饭嘛，怎么还不来呀？我饿死啦饿死啦！”

这句话有什么问题吗？为什么那个家伙忽然抬起头来看了我一眼，然后迅速地低下头去。

我绝对没有看错，他真的笑了。

请问，这有什么好笑的？

在这个地方所有的歌者都在唱同样的歌，微微的沙哑是许巍的腔调，“你在我的心中，永远是故乡”。

但也有人独树一帜，让我听到几乎热泪盈眶的歌词：“也不知道究竟在黑暗中沉睡了多久，也不知道要多难才能睁开双眼……我从远方赶来，赴你一面之约。”

我走在逃离命运的途中，却与命运不期而遇。

不久之后，我用黑色的签字笔将这句话写在拉萨平措青旅的墙壁上时，脑海里还在不断地反刍着那首歌。

有些时候你不得不承认，无心之说可能一语成谶，命运安排好的情节总跟你的人生轨迹严丝合缝。

没有人会同情那些从一开始就疯狂的人。

同一时间里，康婕陷入了疯狂，如果不是还有丝毫的理智残余，勉强能够自控，她真的会操起桌上那一桶冰块泼向面前这个无耻的浑蛋。

那人面容清秀，双眼无辜，嘴里却讲出这么轻贱的话，真是人不可貌相。

康婕狠狠地瞪了那人一眼，转身要走，却被对方的朋友拉住：“妹妹，等一等，他还没说完。”

如果不是酒吧灯光迷离，康婕应该能看清那人此刻脸已经涨得通红。

如果不是喝了这么多酒，如果不是身旁有这么多看热闹的人在起哄，这个叫作萧航的家伙绝对不敢这么放肆。事实上，他其实死也不愿意被人当成那种在夜店猎艳的登徒子。

可是，没有办法啊。

可是，愿赌服输啊。

可是，他心里有苦说不出啊。

“我等一下会向你道歉的”，他在心里对康婕说，目光撞上她像看狗屎一样的眼神，他觉得自己无比委屈。

身边那帮损友已经发出嘘声了，他现在是骑虎难下，只好壮起胆子继续厚着脸皮问：“美女，都是成年人了，要不你开个价？”

“三千？”

康婕一动不动。

“四千？”

康婕的眼神更冷了。

“六千吧，行不行？就当我买新手机了。”到这个时候，萧航已经决定了，这个女生如果再不说话他就认输，今晚的酒钱他全付了就是。

康婕一直没有说话，这不是她第一次遇到这样赤裸裸的侮辱。常年浸淫在这种环境里，更难堪更露骨的话也不是没有听过，更不堪入目的事情也不是没有见过。酒精真是一种奇幻的东西，平时各个斯文得体的文明人，只要多灌几杯酒，立刻就像返祖了似的，把礼义廉耻都忘得干干净净。

她只是没有遇到过，这么清秀干净的年轻人开这种低级玩笑。

回过神来，她嫣然一笑：“先生，建议您留着这几千块给自己好好治病，我听说脑残是绝症呢。”

在周围人的哄笑声中，萧航彻底说不出话来。

“Do you speak English?”这是陆知遥对我说的第一句话。

他猝不及防地开口，我差一点把嘴里的饭喷出来。

太突然了，没关系，我又不是没学过英语。不要紧，我在怕什么？开口说话就好了呀！短短几秒钟，这些念头迅疾地从我脑中闪过。我一只手拿着饭勺，另一只手抠着木桌边缘。

过去以为学了也派不上用场的东西，终于等来了一次实战的机会，我只能在心里默默祈祷，这个家伙千万不要提什么复杂的问题啊！

沉默了一小阵子，局面解冻。

我结结巴巴地回答他：“Yes.A little bit,what can I do for you?”这发音，这磕巴，连我自己都听不下去，我红着脸又补充了一句，“Sorry,my English is very poor.”

他的眼睛里荡开盈盈的笑意。

显然不是初出茅庐的年轻人了，他笑起来的时候眼角有那么几条显而易见的细纹，细纹里藏匿着沧桑和阅历。

过了一会儿，他往后仰了仰身体，说：“OK…那我们说中文吧。姑娘，你的头发真长。”

我呆住了，凝视着面前这个狡猾的人，他倒是笑得蛮开心的样子。我真想把这盘还没吃完的炒饭直接扣到他头上。

趁他埋头吃饭的时候，我火速叫来服务员来结账，然后拿起我的书灰溜溜地跑掉了。其实我也不知道自己为什么要跑，也没有很丢脸嘛，不是也勉强说了两句吗？

是我太敏感了吗？人家并没有对我怎么样呀……可我心里还是有点儿说不清楚的别扭，只希望接下去不要再遇到这个人了。

我一边胡思乱想，一边沿着街道两旁的商店瞎逛，当我看到那一条条色彩缤纷的披肩时，之前那点儿不开心，立刻被抛之脑后。

也许是竞争太激烈，每家商铺的价格都差不多。连着看了三四家之后，我终于停下来，选了几条颜色不太突兀的。

我一边付钱，一边在心里盘算：浅葱色的给素然姐，适合她禁欲系的气质；这个粉色很好看，一点儿也不土，可以送给珊珊，这样就不用戴墨镜了；苔色的给康婕，她爱怎么配就怎么配吧，反正不会难看。

最后，我给自己挑了一条枣色的。有点儿奇妙，这颜色重了显老，轻了又欠些味道，但这一条的饱和度刚刚好，我试着披了一下就舍不得放下来了。

“就这些，随便装一下就行，谢谢老板。”我说。

我拎着简易的塑料袋，披着刚剪去标签的枣红色披肩，一路轻快地回到客栈。经过前台时，我再次看到了那个风尘仆仆的大包。

他看到我，友好地打招呼：“哎，买了这么多地毯啊？”

我理都懒得理他。这人明明普通话讲得挺好，先前为什么要为难我？我白了他一眼，“噔噔噔”快步上楼，跑回了房间。

房间屋顶有一扇小小的玻璃天窗，月光如水银般倾泻在木头地板上。这是我第一次一个人在离家这么远的地方，心里既有些新奇，也有些感慨。

行李箱摊开在房间的一个角落，许至君给我的那个牛皮纸袋放在桌上，里面是一些到处都能买到的常规药品，坦白说，他是有点儿多此一举。

但我不是不领情的。

在雪白的月光中，我坐在床边，静静地想：也许，我这辈子再也遇不到比他更珍惜我的人了。

到底是什么令我们错过？我想应该是我的问题。我太不安分，比起现世安稳，我显然更憧憬信马由缰；比起跟他在一起时的细水长流的温暖，我似乎更享受和林逸舟纠缠不清——那种感觉令我几乎窒息，每一分钟都好像会落下泪来。

以前我不听话，不好好念书的时候，我妈总是很伤心地说："我真是前世欠了你。"

我曾经觉得那纯粹是气话，甚至听起来有点儿傻，有点儿愚昧。

但这个夜晚，我写完明信片之后，躺在床上望着那个小小窗口，月亮已经偏移去了看不见的地方，只有深蓝的夜幕静默如谜。我有些伤感地想到，也许我妈说得也没错，许多没有缘由的纠葛真的都是前世欠下的——我欠林逸舟，许至君欠我，所以这一世我们都得慢慢还。

真正的爱情其实是相当卑微的，你不同意，那是因为你还没有经历而已。

终于熬过了这一晚。康婕在更衣室里换回自己的衣服，走出来，看到灯红酒绿的街道已经四下无人，只有几辆出租车停在路边，司机们降下一点玻璃，在车上抽烟。

她也懒得着急，干脆抽根烟再回去吧，一边从包里拿出烟和打火机，一边想起许多遥远的事。

她对这条街太熟悉了，曾经看过多少踩着十几厘米高跟鞋的女孩子，酒醉后，仰着通红的脸，泣不成声地打电话，多少年轻帅气的男生，在深夜里，神色匆忙地赶去新开的夜店。

一条街道有多喧嚣，与之相对应的，就有多寂寞——喧嚣是寂寞的粉饰，寂寞是喧嚣的底色。

往后还会有更多的新鲜血液涌向这条街，只是那些人当中，再也不会再有一个叫林逸舟的男生，他将永远只会存在于一些人的记忆里。

想到这里，康婕长长地吐出一口气，像是要吐尽肺里的杂质。

她原本想上出租车，可一想到离发工资还有十几天，眼下正是手头发紧的时候，就只好走着去街头那家二十四小时营业的麦当劳。

除了陈沉之外，没有人知道，康婕为了多节省一点钱，经常在下班之后来这家麦当劳，点一杯喝的，枯坐着，一直等到快六点，公交车上班了，她再坐最早的那趟回家。

她从未向任何人抱怨过这有多辛苦，比起那些在酷暑和严寒中无家可归的人，她觉得自己能够坐在麦当劳里喝一杯热巧克力或是冰可乐，翻翻杂志，玩玩手机，已经非常幸福了。

这一天和往常没什么不一样，她没注意到，有个人一直跟在她身后，直到她拉开麦当劳的门，那人才抢先一步，闪到她面前说："姑娘，我想向你道歉。"

她正是困意沉沉之时，突然被吓了一跳，瞌睡全都吓跑了："啊！你是鬼啊！"

对方一直鞠躬赔不是："对不起对不起，我太冒失了，真不好意思，我叫萧航。"

借着麦当劳里的光，惊魂未定的康婕这才看清楚这个人的脸，原来就是先前在酒吧里"调戏"她的那个傻 ×。

康婕一时怒从心头起，一把推开他：“我管你叫什么，滚！”

“你怎么没抽那傻 × 一耳光啊！”隔天，得知此事的李珊珊第一反应就是这句话。

康婕耸耸肩，佯装豁达：“算了，又不是真让他睡了……”还没等李珊珊接话，她忽然又仿佛人格分裂了一般怒吼，“哎，你别说，我当时真应该踹他几脚！”

李珊珊白了康婕一眼，没再说话。

这天，宋远没空，所以由康婕陪李珊珊去做激光祛疤治疗——这已经是第四次了。站在整形医院门口，李珊珊忽然停下了脚步，透过墨镜，她死死地盯着大楼玻璃上的巨幅广告。

这个时代的审美观因趋同而越来越乏味，广告中的模特挺着明显不符合身材比例的假胸搔首弄姿，标榜自己是破茧重生的奇迹，旁边配着极富煽动性的文字：

我的双眼皮是假的，我的鼻子是假的，我的美丽是真的。

墨镜背后到底是什么样的眼神，旁人无从得知，只有李珊珊自己知道内心的酸楚。她回过头跟康婕说：“反正你来都来了，不如把那颗泪痣点了算了？”

康婕飞来一个白眼：“我可没这个闲钱，你以为我不知道，这里点颗痣的钱在小美容院都能点几十颗了！”

奸计没有得逞，李珊珊还了个白眼给康婕：“那你昨晚就不应该放弃挣快钱的好机会啊！”

整形医院的护士小姐妆容一个比一个精细，从某个方面佐证了康婕一直以来的猜想——这里和三甲医院的整形科果然不是一回事啊。

“欸，珊珊，我说，要不你下次还是去正规医院咨询看看？”康婕小声说。

李珊珊没把康婕的话当回事：“这边还有好几次呢，钱都付过了，定期来就行了。”

康婕没再多嘴。

她忘不了——

很早之前的某一天，我和康婕决定对李珊珊进行突然袭击，看看这个家伙素颜是什么样子。于是我们清早就去她住处敲门，她带着起床气打开门，睡眼惺忪依旧让人感受到怒气，我和康婕都惊呆了，天生丽质，确实有这么回事的。

李珊珊进入治疗室之后，康婕的心有一点点揪着。她之前没有来过，李姗姗也没有告诉她具体的流程，所以她只能凭借自己的想象，猜测里面会是怎样的情形。珊珊会疼吗？会尖叫吗？花这么多钱，吃这样的苦头，到底有没有效果？

落薰陪我去医院的那次，也是这种担忧的心情吗？她心想。

做完激光治疗，李珊珊戴着口罩走出来，肿着一双眼睛骂骂咧咧：“还有两次，就又要交钱了，唉，这样下去卖包也不够了，我只能去卖身了……”说罢她还不解气，“宋远也是个指望不上的，每个月就那点工资，也不知道什么时候能涨点。”

一提到钱，康婕不由自主地就又想起了前一天的事情。

其实，当听到萧航哆嗦着说出“对不起”并一直重复这三个字时，康婕是很想哭的，那种委屈，非要号啕大哭着发泄出来才能得到平复。

那日晨光熹微，空气清冷，在最早的那趟公交车上，她很难过地想：如果我是出生在富贵人家，年纪轻轻就背名牌包、开跑车，或者是生在知识分子家里的女儿，每天研学功课，为了要不要出国留学而烦恼，不不不，真是不用做那么奢侈的设想，哪怕就是个普通工薪家庭里的女孩儿，只要父母的工作和感情都稳定，自己就没有太多后顾之忧……

在胡思乱想中，她感到了深深的悲哀，为了自己的贫穷。

贫穷，是这样无从掩饰的事情，任何不怀善意的人都可以一眼看穿你的窘迫，然后以此折辱你、要挟你。

而最无奈的地方在于，你是那么清醒地知道，对你的生活构成最大威胁的不是那些不怀善意的人，而是生活本身。

你没有任何能够逃脱困境的选择。

当李珊珊和康婕挽着手去罗素然家看浅浅的时候，我正在街头跟那些逢人就问“要不要包车、要不要坐船”的“黑导”砍价：“不能便宜点吗？我是学生呢，给我便宜一点吧！”

为了突显无助，我还特意把“呢”字发成“捏”，假装纯良的笑容背后是一颗泣血的心。

经过一番艰难的讨价还价，我终于说服了其中一位皮肤黝黑的大姐，她是唯一一个同意给我便宜十块钱的人。

十块钱，省着点也够吃一顿早餐了——我挺满意。

到了买船票的地方，我惊喜地发现学生证可以打折，我一下子变得非常明快，趁着学生证最后的期限，让我再谋取一点福利吧。

可是我翻遍全身上下也没有找到我的学生证，磨蹭到最后，我不得不接受这个事实：我果然是占不到便宜的命呢。

买了一张全价票的我，丢三落四、没有一点生活自理能力的我，穿着宽松的T恤和凉鞋，脑子抽风了似的，连防晒霜都忘了涂，就这样兴致勃勃地游洱海去了。当我举着手机“咔咔”自拍的时候，我完全没有预想到，仅仅在两个小时之后，我裸露在阳光下的皮肤就迅速地发红，脱皮，变得惨不忍睹。

船上有美丽的白族姑娘给游客们表演三道茶，据说是白族待客的礼仪。就在这个时候，我的手机振动了，有电话打进来。

康婕在那头神秘兮兮地说：“我今天偶遇你前男友了。”

我这个白痴脑袋在那一刻再次抽风：“我哪个前男友？”话音刚落我就呆住了，除了许至君还能是谁，要是林逸舟岂不是康婕见鬼了？

果然，手机那边也停顿了好半天，康婕才重新组织好语言：“他身边有个很漂亮、气质也很好的女生……我们都没见过的，珊珊说话有点不客气，不过许至君和那个女生也都没生气。”

我嘴里有一种说不上来的苦涩，姑且认为那是茶的原因吧，我久久没有回过神来。

也许没料到我会是这种反应，康婕的语气里听得出，她有点儿后悔给我打这个电话。

很默契地，我们把话题扯到了一些别的事情上——浅浅怎么样啦，李珊珊和宋远怎么样啦之类的，我们说了一些在此刻我们根本就不关心的废话，然后适时地挂掉了电话，仿佛什么都没有发生过。

但我真的能假装什么事情也没听见吗？

他身边有另外一个人了，这么快，他身边就有另一个人了，我无法忽视从心底里钻出来的那一丝失落。可是，这不是我曾经真心希望的吗？

我不是很慷慨地说过，他值得更好地爱和被爱吗？

心中这种百折千回的复杂情绪究竟是怎么回事？

难度系数再高的奥赛题都有一个精准的答案，但是鬼使神差的爱情，没有。

游览结束，我意兴阑珊地回去客栈，在大厅里，我看见昨天那个假外国人正拿着一张古城手绘地图，给两个真外国姑娘指路。

他看了我一眼，说："要脱皮了。"

我还没听懂他的意思，他已经转过头不再理我，继续用流利的英语耐心地给那两位金发碧眼的女生讲解该怎么走。

色鬼！肤浅！以貌取人！不要脸！我在心里骂了他一遍。

把不满发泄在这个萍水相逢的陌生人身上之后，我顿时感觉舒畅多了。但是，当我回到房间，一照镜子，我才知道他说的"脱皮"是怎么回事。

镜子里的我，从脖子到胸口，大面积的皮肤此刻呈现出一种骇人的红，用手轻轻一搓就有细碎的皮屑纷纷跌落，我再低头看看穿凉鞋的脚，天哪，我原本白皙细嫩的脚背，活生生被晒出了凉鞋图案！

那一瞬间，我死的心都有了。

我以前那么小心呵护，四季防晒是为了什么？那是我引以为傲的冰肌雪肤啊，我太对不起自己了！

在桌上的牛皮纸袋里，我如愿找到了薄荷膏，赶紧打开，涂抹在身上被晒伤的地方。

我不得不想到许至君，他是如此细致周到的人。在男性们视"细心"为"反男性化"的时代，做他的女朋友，大概真是能轻易引起别人嫉妒的事情吧，我有些酸溜溜地想。

我深知自己反复无常的个性，越独处越爱钻牛角尖，为了避免自己越想越深，我随手拿起那块枣红色披肩披上，走出房间，落上锁，想出去随便转转。

刚走到楼梯口就听见一阵欢腾，住客们真是精神好啊，我心想这都晚上了，还闹腾什么呀？

下了楼，只看到公共大厅里挤满了人，大家随意地挤着坐着，每个人的背影看起来都很快乐。人总会被环境影响，悲伤或许只能独自承受，但欢乐是可以共享的。

怀着一点凑热闹的心态，我径直走了过去。

我小心翼翼地从人群的最外围慢慢往里挤，尽量不影响别人，终于挤到了最里面。我才不管旁边一个胖胖的女生一直拿眼睛斜我——怎么了？坐你身上了？费了好半天，我终于凭着蛮力勉强占到一点儿座，这才看清楚，被包围着的竟然是我一直看不顺眼的那个人。

此刻的他，与我第一次见到的他有些微妙的差异，我一时词穷，说不上来到底是哪里有些不一样，只觉得褪去了那份随意和戏谑的神态，他的眉目之间多了严肃稳重，这令他顿时区别于我们所有人而显现出某种王者气质。

他怀抱着吉他正在调弦，片刻，第一声吉他声响起，原本闹哄哄的人群迅速安静下来，眼眸里涌动着温柔，面孔上浮起仿佛微醺的酽酽色泽。

这是仲夏的古镇的夜，远离纸醉金迷的浮华都市，远离声色犬马和光怪陆离，只有一把琴和低吟浅唱。

在飘摇的烛光里我凝视着他的脸，握着瓷杯的手不能自持地颤抖起来。这种令人战栗的感觉，在很久以前我也曾与之狭路相逢，今天发生的这一切，仿佛冥冥中宿命再度召唤。

我原本应该漂浮在半空中，却被某种尖锐击中，只能束手就擒，无能为力地陷入了黏稠浓郁的深沉夜色。

我不明白为什么会有如此悲怆的感受，并如此强烈。

我原本以为只要双脚离开那片熟悉的土地，即使不能立刻忘记，但至少在某一段时间之内我可以尽量不去想起。然而眼前的这个人，他身上有种近乎魔力的气息，如果我稍微聪明点儿，或是有点记性，我应该已经意识到这种气息里的危险性——它是自由的、肆意的、不受拘束的，我曾经不止一次地想象过，将它的某种化学因子提取出来，凝固成坚硬的晶体，随身携带。

我想起了林逸舟。

但就在下一秒我便恢复了清醒，知道那一定是自己的错觉。

可以称之为爱情的，只有那一样东西。

在我十八岁那年秋天的某个下午，一个盛开着大丽花的小小花园里，它像飓风一样突然袭来，我毫无防备并且无法镇定，在之后更加漫长的时间里，它始终与我形影相随。

它是我耳垂上那枚不愿摘下的耳钉，也是我心口的那个刺青。

我觉得这世界上不会再有更恰当的名称能够概括它，所以只能称之为爱情。

那么其他的邂逅，是不是都只能笼统地称为艳遇？

而此刻，我还不知道这个近在咫尺，弹着吉他，正在唱《加州旅馆》的人叫什么名字，我甚至没有预感到他在我的人生中将被赋予怎样的意义，我只是单纯地觉得这歌很好听，真希望他继续唱下去，不要停。

当他停下来的时候，停顿了两秒钟，人堆里忽然爆发出如雷的掌声和口哨声。我原以为他会有些不好意思，可是没有，在他的脸上我丝毫没有看到类似于羞涩或腼腆的神情，就像林逸舟一样，没有什么局面会让他们乱了分寸。

有那么一类人，天生就是要接受赞美和崇拜的吧——等到我们彼此熟悉了之后，我偶尔还是会想起这天晚上的情形，因此得出了这样的推断。

余音过后，场面沉寂了一会儿，不知道是谁提议大家来玩一轮真心话大冒险的游戏。

我不认识他们，对游戏也没什么兴趣，起身正要走，却被那人叫住："那个披地毯的，你你你，别走，过来坐。"

霎时，所有人的目光集中在我身上。我的脸迅速变得绯红，只能不情愿地走去他身边坐下，但还是忍不住狠狠地瞪了他一眼。

每个人的额头上贴一张扑克牌，除了他自己之外别人都能看到，根据大家给出的暗示去猜，猜对的人掌握生杀大权。

"哈哈，怎么样，刺激吧！"先前看我不爽的胖女生亢奋极了，她蠢蠢欲动、跃跃欲试的样子让我很害怕她会记我的仇，逮着机会要我表演"胸口碎大石"之类的节目。

可是人倒霉起来，总要栽在某个人或者某件事手里，胖姑娘没逮到我，坐在我旁边的这个貌似流浪歌手的家伙却没有放过我。

他环视了周围一圈，最终把目光锁定在我身上："就你吧，长头发，你选真心话还是大冒险？"

我看他那个样子肯定狗嘴里吐不出象牙，我还是不要自寻死路选真心话了，毕竟我还是很尊重游戏规则的，如果选了真心话，我说的话就不会掺一点假。

可是我……我死都没想到，他居然说："你现在去门口站着，大声喊，我的狐臭太严重啦！”

如果杀人不犯法的话，我现在就想杀了他。

在身后所有人期待的眼神里，在路人们不明真相的眼神里，我心里的哆啦A梦、野原新之助、超级赛亚人、美少女战士……还有无数革命先烈、邱少云、董存瑞……所有我能够在那一刻想出来的人，可以给我力量的人，能够让我身体里的小宇宙在这一瞬间彻底爆发的名字，迅速在我脑中闪现。

“我的……我的……”我真的恨不得咬断自己的舌头，可是我程落薰不能丢这个脸啊，我闭上眼睛，心一横，视死如归地喊出了那句冲破云霄的话，“我的……狐臭太严重了！”

喊完最后那个字，我蹲在地上彻底起不来了。

门口经过的人全都停下了脚步，既惊恐又觉得好笑，而我身后爆发的笑声更像是能把整间旅馆的屋顶给掀翻，其中还夹杂着那个家伙的嘲笑：“哈哈哈……她还真喊了……啊哈哈哈。”

散场后，等人都走得差不多了，羞于见人的我才埋着头打算偷偷摸摸回房间，这时，我的仇人又盯上我：“喂，你是哪儿的人啊？”

“关你屁事！”我恶狠狠地回。

可是他一点也不在意我恶劣的态度，还是一脸好脾气地笑：“那你是干吗的，还在念书吗？”

欸，我真是想不通，我刚刚不是说了吗，关你屁事？

我索性胡说八道：“我是做二奶的。”

“真的吗？”这个白痴好像当真相信了，我心里笑出了山崩地裂的动静，这人也太蠢了吧哈哈！

我继续顺着话说：“对啊，你看不起我吗？我也是凭真本事挣钱啊，二奶也有二奶的尊严……”

在我还没有打算停下来的时候，他从外套口袋里掏出一个暗红色的小本子，冲我晃了两下：“程落薰，你毕业之后的宏图大志就是当二奶啊？”

我愣住了，他手里拿着的，可不就是我那不翼而飞的学生证？

他接着说：“就算你真有这么个理想，也不用这么高调吧？”

我觉得，上苍一定是认为我失去了林逸舟还不够惨，所以派这个叫作陆知遥的家伙在我的散心之旅中继续折腾我、折磨我，总之就是不能让我好过。

在同样的夜色中，许至君坐在客厅里，心不在焉地摁着电视遥控器，换来换去也没有一个想看的台。那只叫作“萨摩耶”的萨摩耶躺在他身边，喉咙里发出模糊不清的咕噜声。

他机械地重复着同一个动作，思绪始终停留在偶遇康婕的那个下午。

当时，康婕和李珊珊正站在路边等车。正好是出租车交班的时间，她们等了好久也没有一辆空车肯停下来。就有这么巧，他刚好开车经过，看见她们沮丧的样子，就顺便载了她们一程。

他原本是去接唐熙吃晚饭。

双方的父亲近期有项目合作，其实已经谈得七七八八了，只等法务最后再出一版合同，但场面上总归是要一起吃几顿商务饭，喝几次酒，维护关系也联络感情。

许至君也拿不准，他爸爸是真心喜欢唐熙这个小姑娘还是别有目的，这阵子总是让他约她出去玩。音乐会的票、艺术展的票、电影首映礼的邀请券，还有一些有的没的VIP卡，都是两张一起给他。

唐熙倒是也没有辜负这些馈赠，无论是去听音乐还是看艺术展，她总能沉浸其中，并不是那种为了拍几张照发在社交平台上的人。某次的画展上，她还和那位知名策展人聊了很久，双方都很尽兴的样子。

许至君在一旁看着她，不是不欣赏的。

是的，唐熙很真诚，不装，得体，优雅，唯一的问题是——他无法和她更亲近。

康婕和李珊珊从上车那一秒钟开始，就没有停止过对他和唐熙的审视。只是，李珊珊戴着口罩，显得有点无从捉摸，而康婕的一丝微表情都没能逃过后视镜。

傻子也能看出来她们一定是在揣测他和唐熙的关系。

为了不被她们"污名化"，去程落薰面前挑拨离间，许至君决定主动澄清："康婕，珊珊，给你们介绍一下，这是唐熙，我爸的朋友的女儿。"他已经尽量把自己和唐熙的关系说得疏远了，又向唐熙介绍，"这是康婕、李珊珊，我的好朋友。"

他很少表现得如此没有情商，两句话，亲疏立现。

唐熙的神色有些尴尬，但一贯的好教养还是令她保持礼貌："你们好，我叫唐熙。"

康婕还没来得及问好，作为林逸舟曾经最好的异性朋友，一直因为那通电话而对许至君耿耿于怀的李珊珊抢先开口，有点儿阴阳怪气地说："许至君，看不出你是动作这么快的人嘛，和落薰分开才几天啊，这么快就交新女朋友了。"

气氛顿时冷至冰点。

“你误会了。”唐熙的脸上仍然保有笑容，“我们不是男女朋友。”

唐熙语调平和，不卑不亢，倒是反衬出李珊珊刁蛮任性，不通人情。

离罗素然住的小区还有一条街的距离，许至君以“再开过去不好停车”为由，停下了车。

康婕和李珊珊心照不宣地交换了一个眼神，都知道他是故意不想靠近那里，于是也就识趣地下了车。

眼看着她们走出十几米，他想了想，还是忍不住下车，追上去，叫住了康婕。

犹豫了半天，康婕的眼神从疑惑渐渐转为了不耐烦，他终于问出了那个问题：“她在那边怎么样？有没有跟你联系？”

顷刻，康婕心里一声重重地叹息：唉，许公子，美人近在眼前，你怎么还想着程落薰那个傻子啊，你真是比傻子还傻。

但她还是说了个善意的谎：“没有啊，她连她妈都很少联系。”说完这句，为了强调真实性，又画蛇添足地加上一句，“可能有艳遇吧哈哈……哈哈……哈……”

在李珊珊意味复杂的眼神里，康婕和许至君都默然了。

临睡前，我看了一眼手机，有素然姐发来的QQ信息：“落薰，你一切都好吗？”

她的大胡子头像换成了一只肥嘟嘟的婴儿脚，不知道的人会以为那是在网上随便找的萌图，但我们都知道那是浅浅。我明白，她未婚生子，为了不引起不必要的非议，她低调些也是能够理解的。

我贴上面膜，直接拨了视频电话过去，没想到她正好也在敷面膜。视频一接通，她只能艰难地扯动着嘴角，问我：“出去了几天，感觉怎么样？”

我表示一切都很好，就是今天脑子进水，忘了涂防晒霜，只怕回去的时候要变成黑人妹子了。

她哈哈大笑，用手指摁住面膜："你好讨厌啊，别逗我笑啦！"

视频里的她看起来好像是真的很快乐。

其实我觉得，比起我刚认识她的时候，现在的她的确疲惫了很多。我不知道这变化和生育是否有直接关系，但我相信，浅浅的降生和成长，会抚平她内心的某些缺失，也会令她更懂得人生，因此面对再多的艰辛困苦也能坚韧、乐观和宽容。

那我的缺失呢？

和罗素然互道晚安之后，她下了线，我正要退出，许至君的头像亮了。

随着社交联络的软件越来越多，我们也越来越少使用 QQ 了，除了老朋友之间聊聊天，平时几乎不会特意登录。

所以，看到他的头像亮起时，我第一反应就是要赶快下线。可是，我立刻就想起自己本来就是隐身状态，他又看不到我。紧接着，我又想到，很久以前，我们刚在一起的时候，因为两人都不爱上线，所以每次说话都要先喊一下"你在吗"。

后来他说："干脆这样吧，我们都对对方隐身可见，这样就省事了。"而我们分手之后，我在第一时间就取消了给他的那只小眼睛。

我觉得其实这样才是最好，如果我们还能看到对方的状态，但又不知道能说什么，对彼此来说都会有点儿煎熬。

夜深人静，我枕着手臂仰望着小小的天窗，发了很长时间呆。

罗素然以前和我说，女孩子大学一毕业，就会感觉自己是大姑娘了，也会认真想未来了。可眼下的我，真的不知道自己的未来在哪里。

我在大理的最后几天，突然接到康婕打来电话："我辞工了，再在这种环境做下去，我怕会折寿。"

她的语气里有种我捉摸不透的东西，还有点儿轻微鼻塞的感觉，我迟疑了一会儿，问她："你在哭啊？"

"哭你个头啊，这有什么好哭的。什么年代了，找份工作有多难，大不了我开网店啊，或者去摆地摊啊，不是说有人摆地摊也发财了吗？"

我不忍心戳穿她，几万个摆地摊的人里边也许会有一个发财的，我敢保证那一定不是你。

她总是这种调调，从她说的话里，你听不出悲观也听不出乐观，就是一副好死不如赖活着的无赖调调。我从来没有告诉过她，某些时刻，其实我是真心佩服她。

和动辄掉眼泪的我相比，她哭得很少。但我想，这并不意味着她真的没有眼泪，只是都流在了没人看见的地方。

康婕最后既没有开网店，也没有去摆地摊。

开网店，她既没有供货商也没有客源；摆地摊，她挤不进夜市，稍具规模的夜市，每个摊位都有固定的人，才不会有活雷锋愿意去照顾一个不知来历的新人。她听说，早年间，治安不太好的时候，有人为了抢夺一尺宽的地方，引发了一场群架，受伤最严重的人被砍了十几刀，终身致残。

十几刀啊！康婕默默地想，就算是一头大象也经不起这么砍吧……

后来康婕告诉我，在她当无业游民的那段时间，她妈妈也基本康复了，身体一好了，骂人、挖苦人也更来劲了，简直可以从早说到晚不用换气。

“好好的一份工作你说不做就不做了，你有骨气给谁看啊！王阿姨的女儿，肚子都七八个月大了，你就每天躺在家里装死。同样养的是女儿，怎么别人就那么好福气，我命就这么苦？

“当初她结婚我是送了红包的，就指望你结婚的时候收回来，现在别人都要收生孩子的红包了，你还连个男朋友都没有！

“说你几句你还不高兴了，怎么啦，有本事就回你爸那边去啊！”

…………

某个早晨，康婕已经不记得自己这是第几次被市侩的咒骂吵醒了，她决定不忍了。

我清早就收到她的信息：“我受够了，我要搬出去了！”

我随手回了句早就想对她说的话：“恭喜你终于决定醒悟了。”

也许是逃离这里的心情太急切，康婕在半天之内就找到了一间出租屋。她一个熟人的表姐的男朋友正好是做地产中介的，按照她的要求，火速给她提供了一套“只要有床有热水器有冰箱有宽带就可以啦”的房子，凑巧还离李珊珊他们住的地方不远。想想也很正常，全城就属那片区域的房子最便宜。

时间紧迫，康婕甚至没来得及去看房子，她只顾得上想：我的人缘真不是一般的好，我真是太厉害了！

趁着周末，康婕一通电话把李珊珊和宋远叫起来：“你们赶快过来帮我搬东西，我一分钟都待不下去了。晚到一个小时，你们就给我收尸吧！”

原本想趁着双休睡个懒觉的宋远只好强打起精神，找罗素然借了车来帮忙。康婕一看到那辆熟悉的小车就崩溃了：“你有没有搞错啊？这车平时多装个人都嫌挤，你开过来帮我搬家？”

李珊珊照例戴着墨镜，穿了一身黑，单手叉腰站着，气场超强，乍一看还以为是某个小网红在搞街拍。她不耐烦地说：“我们现在穷得都要卖肾了，你还嫌东嫌西？去哪里帮你找个大车来啊。再说你又没家具，就那点破衣服鞋子，难道要弄个航空母舰来帮你搬吗？”

伶牙俐齿的康婕被更伶牙俐齿的李珊珊堵得半天接不上话，只好转移话题：“好啦，我的衣服都是便宜货，怎么能跟你比……欸，你这件上衣什么时候买的啊？”

这原本只是康婕一句无心的话，没人注意到李珊珊在那个瞬间愣了一下，之后才假装轻描淡写地说：“旧衣服啊，这有什么好问的。”

康婕本想回一句“旧衣服，你当我傻啊，明明是当季新款，我前两天陪人逛街刚看到，价格抵得上我半年房租”，可是，她没机会说了。

阿龙吊儿郎当地从巷子口一摇一晃地走进来，一看到康婕就下意识地往旁边一闪。他本想说点什么，但康婕已经转过身去，背对着他，专心致志地往车里搬东西。

康婕完全没有注意到，当宋远看到阿龙手臂上的文身的时候，突然之间，连呼吸都变得急促起来。

他定了定神，装作不经意地问：“那个人是谁啊？”

“不认识！”康婕没什么好语气。

“不认识？不会吧，我看他好像想跟你打招呼啊。”宋远不死心，接着套话，其实他心里已经着急得恨不得对康婕严刑拷打了。

“说了不认识！”康婕也有点儿来气了，她没意识到宋远的问题关系着某件大事，她只觉得自己实在没脸告诉朋友：他是我妈的……男朋友？相好的？还是更直接一点的说法……姘头？

宋远铁青着脸，哆嗦着嘴，他还想问点什么，康婕把东西一摔：“宋远，你要是不想帮忙，我就找搬家公司了！”

看得出康婕是真的很忌讳跟那个男人扯上关系，宋远见此，只好暂时压下心头巨大的疑问，先帮她搬东西。

从头到尾，李珊珊站在旁边一句话也没有说。

当天晚上，康婕住进了那间“家电齐全，窗明几亮”的老房子，真正住进来她才知道，这世上的事啊，真是一分钱一分货。

床，翻个身都嘎吱嘎吱响；冰箱是从没见过的品牌，打开冰箱门就能闻到一股异味，像是用了几十年都没有清洁过一次；热水器看起来年纪比她还要大，刚打开淋浴头就听见热水器传来轰隆隆的声音，一副随时会散架的样子。

“毕竟你强调了要便宜啊。”中介大哥的话在康婕耳边响起。她知道，她能担负的就是这样的条件。

算了吧，就当卧薪尝胆吧，忍辱负重地活下去吧，至少，电视是可以看的呀。想到这里，她几乎要喜极而泣了。

晚上十点半，康婕冲完澡，对着电视正在擦头发，手机响了，陈沉的名字在屏幕上一跳一跳的。

康婕想了几秒钟，还是点了接通。

没过多久，陈沉提着两盒炒饭、几袋卤味和两杯冰可乐来敲门了。他一进门就一通抱怨：“我说，你怎么找了个这么隐蔽的地方，你要躲起来搞传销吗？”

“你以为我愿意啊，我也想住在高级公寓里，每天端着咖啡杯对着窗外感叹这个世界真是不符合我的梦想啊！”康婕没好气地说。

陈沉在旧茶几上扫出一片空地儿，放下食物，打开饭盒大口大口吃起来，边吃边问：“你怎么不搬回你爸那边啊？租房子每个月少说也要几百吧，浪费这个钱干什么？”

康婕盯着他嘴边的饭粒，一时失了神：“我搬回去，那个女人肯定会想方设法找我的麻烦，每天搞得鸡犬不宁……我爸够辛苦了，让他过点轻松日子吧。”

陈沉的神情变得严肃起来：“当初我劝你不要去酒吧工作，你不听，现在做得好好的突然又不做了，你说你到底怎么想的？你要是有难处，我怎么都会照顾你的，我以前说过，我只有十块钱就会分你五块，你又不信我。”

康婕低下了头，很久没有说话。

在康婕的沉默中，电视的声音显得特别大，那是一个偶像剧，女主角和男主角在海边奔跑着，海浪打湿了他们的脚。镜头一摇，画面里是康婕从未真正见识过的碧海蓝天。

那样明媚、阳光、朝气蓬勃的青春，只有电影和电视剧里才有吧？

可是青春有多种多样的姿态，它可以以千千万万种面目呈现，就像罗列在一个巨大的书架上的书，别人青春的书脊上写着晨光、雨露、花朵、朝气蓬勃，她的书脊上写着孤单、赤贫、困苦和居无定所。

还有失望。

对亲人的失望，对情感的失望。她本以为她离开酒吧这件事，无论是妈妈还是陈沉都会表示支持，没想到他们的反应竟然完全相反。康婕心里涌起一阵悲愤，她甚至偏激地想，是不是只要能赚钱，你们就不在乎我在什么样的环境里，哪怕我去做违法乱纪的事情也没关系？

绝望的时候，她不是没想过死，死了就从她厌倦和厌恶的这一切中解脱了。

也许很多人都想过吧——关于死。可是在冷静下来之后，还是会选择继续苟且偷生，她就是如此。

她起身去打开窗户，夜晚清凉的空气冲进来，冲散了屋子里的食物的香味。在陈沉探究的目光里，她缓缓地开了口。

“好好的？我差点被人强暴了。”

很久以后我才从康婕口中得知她决定辞工的真实原因，而这件事除了我跟陈沉之外，她没有再对任何人说起过。

“跟谁说都没用，不能让事情变得好起来，还有可能变得更坏，所以就懒得说啦。”她是这样解释的。

而当晚，陈沉也结结实实吓了一大跳：“强暴？你说得太严重了吧？是不是又像上次一样，只是无聊的人恶作剧啊？”

“屁！是真的！我衬衣的扣子都被扯掉了！”康婕一激动差点把那张原本就颤颤巍巍的旧茶几给掀翻了，她语无伦次，“我又不是不懂事的小女孩，真的假的我难道分不清吗？”

顿了顿，陈沉放下手里的饭盒，拉住她的手，轻轻拍打她的背，就像安抚一只受惊的雌性小动物：“你慢慢说，慢慢地说。”

那是一个看起来和往常没有什么不同的深夜——

清洁人员打扫完场地，康婕换上工作服，吃了两块三明治就当晚饭，还顺便给李珊珊打电话聊了一会儿天：“珊珊，现在的夜店早不是我们的天下了，以后不打几针玻尿酸，都不好意思出来玩了。唉，人要服老啊！”

“滚，是你老了，我可没老！等有钱了我也要去打玻尿酸、打肉毒杆菌、做线雕，女明星做什么我就做什么！”

两人嬉嬉笑笑地打完了电话，康婕刚走出来，就被一个男人狠狠地撞了一下，一个不小心，连手机都被撞掉了。她刚想爆粗口，忽然记起现在是上班时间，只好硬生生地把那句脏话吞了下去。

对方停下来替她捡起手机，说了一句“不好意思”。

那是一个说不上哪里不对劲但就是看着让人感觉不舒服的男人，并不算胖的脸上浮着一层油光，坑坑洼洼的皮肤，眼神不善。穿的是大牌衬衫，图案繁复夸张，颜色跳脱，啤酒肚上横勒着一条皮带，扣头是高调的金色的品牌商标。

夜越来越深，客人随之越来越多，康婕和同事们忙得晕头转向。不知道谁在她耳边扯起喉咙喊了“那桌有人找你，你去看看吧”。

她只好硬着头皮，从乱舞的群魔中艰难地挤过去，心里一边骂脏话一边在思索到底是谁找自己，难道是上次那个傻 × ？

好不容易到了那一桌，她第一眼看见的就是先前那个金色的皮带扣头。康婕不禁心想，太土了，真该让林逸舟或是许至君好好指导一下这些“土锤”，有钱该怎么花。

“先生，请问是您找我吗？”她扯着喉咙大声喊。

那人一脸殷切：“是啊，美女，过来喝杯酒喽。”

他一边说着，一边往一只空的玻璃杯里倒酒，好家伙，倒了一大杯，举到康婕面前：“美女，赏个脸吧？”

看着对方猥琐的脸，康婕心里那个声音又开始咆哮了：看样子

又碰到傻 × 了，今天是什么鬼日子，生理期碰上这种事。但表面上，她只能微笑着应对：“先生，真的不好意思，我今天实在不方便，下次您再来我一定跟你们喝，你们慢慢玩，我先走了。”

她刚转身，那个男人就像会凌波微步一样，瞬间绕开了桌子来到了她面前，两只手像两把钳子一样死死地钳住她的手臂：“我可跟你们经理是朋友，你这么不给面子吗？就喝一杯，喝一杯就让你走。”

那一刻康婕真的很想破口大骂，这么喜欢喝，你怎么不去喝妇炎洁！

那是理智在崩溃之前的最后一次警示，她沉下脸，冷冰冰地说：“先生，我今天实在不能喝……”

话还没说话，酒杯已经逼到了她嘴边，玻璃杯口碰撞到牙齿，发出了清脆的声音。

一秒钟之后，康婕奋力地挣脱了那只肮脏的手，吼出来的声音超过了音响里震耳欲聋的鼓点：“滚开！臭流氓！”

沸腾的人群在顷刻之间，有了短暂的停滞，紧接着，是更火爆的起哄和煽动。

康婕狠狠地瞪了那个傻 × 一眼，转身大力拨开人群，头也不回地走了。

她没看到对方涨红的面孔以及凶狠的眼神。

整个晚上，康婕没再靠近过那一片区域，虽然在员工室被经理狠狠地教训了一顿，但她拒不认错，也不道歉，当下她心里已经有了走人的念头。

是时候离开这个乌烟瘴气的环境了，她恶狠狠地想，却怎么都没料到就在几个小时之后会经历那么惊心动魄的事。

康婕称之为，被强奸未遂事件。

因为是周末，下班之后几乎已经天光。同事们三三两两地结伴走了，剩下她独自一人，无精打采地换好衣服从员工通道出来，刚下到一楼，正想拐弯去便利店买点东西吃，忽然被一只手狠狠地拽了一把，重重地倒在了楼梯间里。

她还没明白发生了什么事，外套就被粗暴地扒开了，那双在几个小时之前死死钳制住她的手，此刻带着泄愤的目的，正预备把她身上所有的衣服都剥掉。

“我去！”康婕使出了全身最大的力量，冲着黑暗中看不太清楚的这张脸愤怒地骂着，手脚牙齿一并上阵，又是踢又是打又是咬。

没用的，她太瘦弱了，何况对方是个五大三粗的男人。

衬衣的扣子已经被扯开了，这个楼梯间是有多久没打扫了？躺在水泥地板上，她感觉到厚重的灰尘在往她的肺里钻，旮旯里还有蜘蛛网，离她的脸不远的地方明显看得出有痰干了的痕迹。

她忽然停下了挣扎。

真脏，真的，这个肮脏的楼梯间，这个肮脏的尘世，这些肮脏的人。

对方原本沉迷于压制她的挣扎反抗，看到她忽然鬼魅似的笑，不禁也停下了动作。

“你有套吗？”康婕问。

那个背对着光的男人在这一刻，的的确确被她脸上那种不知道应该用什么词语形容的奇异神情吓住了，好半天，他没动弹也没说话。

“问你，你有套吗？有套就快戴上做了完事，没套的话就赶快去买一个，我是为你好。”康婕继续说。

楼梯间微弱的光线照在她的脸上，这个轻贱的男人发现她的眼神里有一种不惧的淡定，甚至可以说是胸有成竹。

这一下，他反而慌了："你……什么意思？"

康婕面无表情："经理没告诉你吗？我在这里做事是为了挣医药费，我男人，在外面乱搞，把我也传染了。"

"呵呵，你这招对我没用的。"对方挤出了几声干笑，手脚却并没有动作。

"那随便你吧，我帮你脱……"康婕边说边伸手去拉那人的皮带扣，手还没碰到那块金属，就被狠狠地扇了一耳光。

"贱货。"

那人从她身上爬起来，丢下这句话，扬长而去。

她在昏暗中躺了很久，在那段时间里她的脑袋一片空白，不能思考。

连她自己也不相信，一个蹩脚的谎言，竟然帮她逃过了一劫。是不是因为这个社会上，每个人每天都说假话，所以也就随之都失去了辨别真假的能力？

她拉紧了身上的衣服，自己都没意识到自己的嘴里，发出了轻微的冷笑。

"后来我还是去便利店买了面包，然后像平时一样坐公交车回家。"她这样告诉陈沉。

茶几上的烟灰缸里已经堆满了烟蒂，每一根都燃到了过滤嘴。

在听康婕叙述的过程中，有好几次，陈沉气得差点把茶几给踢翻、掀翻，气得差点揪着康婕骂"傻 ×"，但他还是忍住了，愤懑和狂怒无处发泄，他只能像疯了一样不停地抽烟。

就算他再迟钝粗糙，毕竟两人认识这么多年，毕竟曾经也是真切地互相喜欢过，他对康婕还是很了解的。

他知道，就算他说"你怎么不早点告诉我，我找人砍死那个畜生”，她也只会不以为然地认为他不过是在逞口舌之快。

他满腔的怒火都快把自己焚烧了，却还是没办法让她相信，他是真的可以为了她去拼命。

是的，他们早已经没有了踏着落叶一起爬山的少年情怀。可是在他心里，她跟他后来认识和交往的那些女孩子，多多少少总是不一样的。

他在别人面前总是很爱逞能，爱装，走到哪里都是一副想当老大的样子，兄弟有事他一定到场，借钱二话不讲，打架也一定要冲在第一个。

可是只有她，真的只有对着她，他可以嬉皮笑脸地说：“借点钱给我嘛。”

有一两个女朋友和他分手之后，越过越堕落不堪，可是传到他耳朵里，他也没什么感受。唯独康婕这个家伙，她不能出任何事，连他自己都讲不清楚，这种执念到底是为什么。他只知道，这跟爱不爱没有半毛钱关系，她是出现在他还很干净的时候的人。

守护她，就是守护自己的过去。

“算了，没真的被强暴啦，只是受了点惊吓。”康婕看着陈沉越来越难看的脸色，只好轻描淡写地安慰他。

陈沉一语不发，突然站起来侧身进了逼仄的厕所。

她知道，他是对她有脾气，怪她没早点告诉他这件事。

她也知道，虽然她用很平静的语气来说这件事，看起来好像真的没有对她造成什么影响，但每一个被噩梦惊醒的深夜，都明明白白地宣告着，受到的惊吓和伤害都镂刻在人生的底版上，永远不会湮灭。

很久之后我得知了这件事，反应要比陈沉激烈得多，我差点没把手里那杯柠檬水泼到她脸上！我又是气愤又是心疼，可越是气愤越是心疼我就越不知道说什么，只能眼泪汪汪地瞪着她。

康婕只能反过来安慰我："真的没什么大不了啊。说真的，这事发生之后我自己闷着想了好几天，我觉得挺后悔的，真的不该那么鼠目寸光，为了多挣点钱去那种地方混那么久。不过坏人始终还是少数啊，绝大部分客人和同事都还挺好的……不说这个了，反正也不在那儿干了，你看我现在不是蛮好的吗？"

她说这句话的时候，已经进了一家小广告公司工作，那都是很久之后的事情了。

这晚，陈沉留宿在康婕的出租房里，第二天很早就走了。康婕醒来已经是中午，睁眼就看到茶几上的垃圾都已经被收拾干净，水杯压着几张钞票，昨天刚签的租房协议反面朝上，写着几句话：

我最近手气还行，你拿去吃饭吧。有事给我打电话。垃圾我替你丢了。

这么多年，他的字还是这么难看，像刚学会写字的小孩子的笔迹。

不知为何，康婕凝视着那两行歪歪扭扭的留言，字迹在她的眼睛里慢慢地、慢慢地变得很模糊。

就是在那天早上，我收到康婕的新地址，她说："楼下有个老信箱，我问过了，可以收，你给我寄明信片吧，我也装一把文艺女青年。"

我对着手机笑了好半天，站在阳台上忽然很矫情地说了一声：

“大理的清早，你好。”

隔壁伸出个头来，是那个神经病：“程落薰，吃了吗？”

这是不是北京惯用的打招呼方式？

“没呢，您呢？”我没意识到，自己的口音有点被他带着走了。

“那一块儿吃吧，你换换衣服，要不就把你那地毯披上，穿这么点儿不冷吗？”

我忽然觉得儿化音挺有意思的。

不对，等等！他知道我叫程落薰，我可还不知道他叫什么呢。我妈叮嘱过我，在外面一定要多几个心眼，可不能像在家那么没心没肺的。

于是，我问他：“喂，你叫什么啊？”

“陆知遥，身份证上是这个名儿。”他笑了一下。

我本来还想跟他斗斗嘴，可是他那一笑，我忽然就有点蒙——说不清楚什么原因，就是蒙了。

拐到一条小巷子里，我看到一间小小的店铺门口竖着个牌子，上面写着“牛肉面、饵丝”之类的字，我估计选择也不会太多，随便吃吧。

我们要了两碗牛肉面，出乎意料的好味道，我本来不怎么饿，没想到三两下竟然全吃完了。

“你是该多吃点儿，瘦得跟猴儿似的。”他说。

“我以前是个胖子……不对，也不能算胖子吧，反正不瘦，后来很长一段时间吃不下东西，就饿瘦了。”

“干吗不吃东西，失恋啊？”

他真把我问住了，面对一个仅仅知道他身份证上的名字，听他唱过两首歌，被他捉弄过几次的新朋友，我还不想将我的心事和历史全盘托出，虽然他连我的学生证都看过了。

“嗯，失恋，绝食，就瘦了。”我顺着他的话说。

他又笑了一下，没说什么，可是我分明看出那个笑容的意思是说我幼稚。

幼稚就幼稚吧，这不重要，反正也不过是萍水相逢的人，没过去也没未来，不必在乎他怎么看怎么想。

吃完早餐，我们一前一后闲散地游荡着。我总觉得他是在伺机观察街上的漂亮姑娘，当然，我也是。不料想，他突然回过头问我：“你接下来有什么计划？”

“啊？我啊……去买点明信片吧，然后找个地方写好，寄了。”

“不是。”他啧了一声表示我误解了，“不是问你待会儿打算干吗，是问你接下来还打算去哪儿，是不是直接回家？”

“不知道……”我说。

我停下了脚步，呆呆地、怔怔地看着他。这个时刻，我的脑袋里好像刮起了一阵风，我发现自己真的很不擅长规划、计划和做打算，一想这些我就头痛，就本能地想要逃避。

陆知遥也停下了脚步，转过身来，长时间地，静静地看着我。

我真的不知道这是怎么了，这个人好像只费了吹灰之力，就把我苦心整理好的内心秩序打乱了。他只是随随便便地问我一个问题，我却因此被弄得心烦意乱。

这到底是怎么了？

我在一家小店里选了好半天才选中几张明信片，不同于其他花花绿绿的风景照，我选的这几张明信片都是黑白照片。

很长时间没写字了，拿起笔来觉得有一点儿别扭，但我还是尽力工工整整地在背面写着：

我住的房间有一扇小小的天窗，每天晚上都能看到月亮。有一天我想起一句话，我所有的失去都是关于你，我忽然觉得，执着也有执着的快乐，是那些不执着的人无法体会的。

真的是太久没有用笔了，写出来的字很难看。

我举起明信片推远又拉近，算了，远看还行，也别太苛刻了，于是又郑重地在收件人的地址后面写上康婕的名字。

给所有的朋友写完，还多出来一张，这是我难以告人的私心。

在收件人的位置，我写上了一个尘封的地址——我曾经有那间公寓的钥匙。我不知道这张明信片能不能准确地投递到那个地址，但我知道它一定无人查收。

收信人的名字，是林逸舟。

我只写了一句话：

这个世界上曾有过你，我不知道这对我是好事，还是坏事。

在邮局把所有的明信片一起投进邮筒之后，我又不知道要干吗了，正好看见一间甜品铺，就顺便进去坐了一会儿。

我随手翻了翻菜单，最后还是照习惯点了杨枝甘露。很长一段时间，我都没有意识到看菜单这个环节是多余的，不管一家店有多少种类的甜品，最后我都只会点杨枝甘露。

以前我和康婕很喜欢吃一家餐馆的盖饭，我第一次去点的是小炒香干，在康婕把菜单上所有的盖饭都吃过一遍之后，我还是只吃小炒香干。

康婕说我就是那种破壳的时候看到谁就把谁当妈妈的动物，第一眼喜欢的东西就会死心眼喜欢一辈子。

其实我也不知道这样好不好，但是我就是这个样子，我也拿自己没办法。

我一勺一勺耐心地挑着碗里的西米露，旁边两个男生聊天的声音有点儿大，我听了半天。忽然，早上陆知遥问我的那个问题，我心里有了清晰的答案。

我回到旅馆路过他的房间，看到门是敞开的，他正端着笔记本在打字，我站在门口叫他："喂。"

他转过来看着我："喂什么喂，不是告诉你我叫什么了吗？"

"可是直呼其名也不礼貌啊。"我说。

"那你叫我喂就礼貌了？"

这个人怎么这样，看着比我大这么多呢，也不让着我一点儿。可我看他对别的姑娘都挺客气的，旅馆前台的小妹逢人就夸他人好，还帮她修电脑，怎么对着我就非要这个嘴脸？

"算了，叫什么都不要紧，反正过几天你就看不到我了。"

我说完这句话，他把电脑放下了，穿着人字拖走到我面前郑重其事地问我："什么情况？你要回去了？"

这是我们第一次离得这么近，我这才发现他蛮高的，比我高出一个头，我跟他讲话必须稍微仰起一点儿头。

我说："不是，我要去西藏。"

没错，我在甜品店里听到那两个男生商量如何进藏的时候，我心里就立刻做出了这个决定——我要去西藏。

我长这么大，还从来没有独自去过那么远的地方，不像许至君、林逸舟和罗素然他们那样经常出国旅行，但当我决定去西藏的时候，我的心里没有丝毫顾虑。

好像这个决定早就已经存在于那里，只是在等着我的目光看到它。

陆知遥看着我，他的瞳孔像两只琥珀包裹着我的面孔。过了半天，他忽然说了一句完全不相干的话："咱们吃饭去吧。"

后来，我回想起来，陆知遥跟我说过的最多的话就是：你饿了吗？吃了没？吃饭去吗？

我不知道为什么他一看到我就会想起吃饭这件事，是我长得让人很有食欲吗？当我把这个问题抛给他的时候，他也只是轻描淡写地说："没有为什么，就是一个人吃饭很闷。"

但就是在那段时间里，我的脸渐渐圆了一些，照镜子的时候能依稀看到自己当初婴儿肥的模样。而在我们最后分开的时候，他拍拍我的脸说："程落薰，你还是胖点儿好看，我刚认识你那个时候，太瘦了。"

我站在比我高出一个头的他面前，听到那句话，眼泪完全不能抑制，汹涌着流了满脸。

"决定去西藏了吗？"他替我开了瓶啤酒。

这是本地的啤酒，和我以前喝过的味道不一样，我仰起头大口喝了两口，沫子沿着上嘴唇画了半个圆圈。我擦了擦嘴："是啊，已经决定了。"

"真是巧了，我也要去。"

"你？"我睁大了眼睛。

"嗯，滇藏、川藏、新藏，我都走过了，只有青藏这条线没走过，正好有朋友想去阿里，我陪他们走一次，你要不要一起？"

那句话好像自带了回声的效果，在我的耳中循环着：你要不要一起？

我的思绪有短暂的停顿，脑海里拼命地搜寻关于“阿里”的一切，可惜我匮乏的地理知识没能提供给我任何有价值的信息。

阿里是什么地方？我仅仅知道孔繁森曾经在那儿工作。

“阿里的平均海拔都有四千多米，基本算是无人区，但有很多野生动物，我三年前走新藏线的时候看到过成群结队的藏羚羊、黄羊，玛旁雍错边还有很多黑颈鹤。对了，那年我还在冈仁波齐转了山。我们这次打算走青藏线进藏，从拉萨出发，走新藏线到新疆叶城，再去南疆逛一圈，你要不要一起？”

我怔怔地看着他，在他说出这一长段话的中途有好几次我都想打断他问，什么东西？藏羚羊我知道，可它们不是生活在可可西里吗？

还有那个什么错？错错错？是什么东西？

冈仁波齐是什么？转山是什么？

可是我不敢开口问，虽然我很无知，但至少我还知道要掩饰自己的无知。

过了半天，我只问了一个突兀的问题：“你是干什么的？”

他哈哈笑：“我什么都不干，就瞎玩儿 。”

走在回旅馆的路上，忽然下起一阵淅淅沥沥的小雨，温度骤降，我穿着单薄的衬衣冻得有点儿发抖。陆知遥什么也没说什么也没问，自然而然地握住了我冰凉的手。

我说不清楚那是怎么一回事，也不知道这算不算唐突，可我没有丝毫挣脱他的想法，只是安静而顺从地跟着他走在滑溜溜的石板路上。

各自回房之前，他跟我说：“你再想想，不用急着回答。”

我低着头根本不敢看他的眼睛，心里有一种很难定论的情绪，像一条细细的丝线勒住了我的心脏。

要等到很久以后，当我回到日常生活，走在熟悉的街道上不再被突如其来的悲伤击溃，不再因为电脑里某张我们牵手的合影就无端地流下泪来，不再在和朋友聊天时不由自主地提起他的名字，说起在那段日子里所经历的一切……

是的，要等到那个时候，我才可以在写给他的信里坦率地讲——

你不会明白，当你用平淡无奇的语气说起那些我只在学生时代的课本中接触过的名词时，引起了我内心怎样的震动。你让一个终日沉溺在自怜情绪里的女孩，在一口很深的井底，猛然抬起头来。

当初我之所以决定跟你走，不是因为你帅，也不是因为你的才华，更不是因为我当时还不了解的你那些辉煌的过去和远大的未来，而是因为你点亮了一盏灯，我靠近一看，那的确是我所向往的世界。

两天后的晚上，我坐在离他一两米远的地方，看着他叼着一根烟配合着一个唱歌的男生打着手鼓，我们的目光始终停留在对方的脸上。

“我去拉萨等你。”人散了之后，我对他说。声音轻微而坚定。

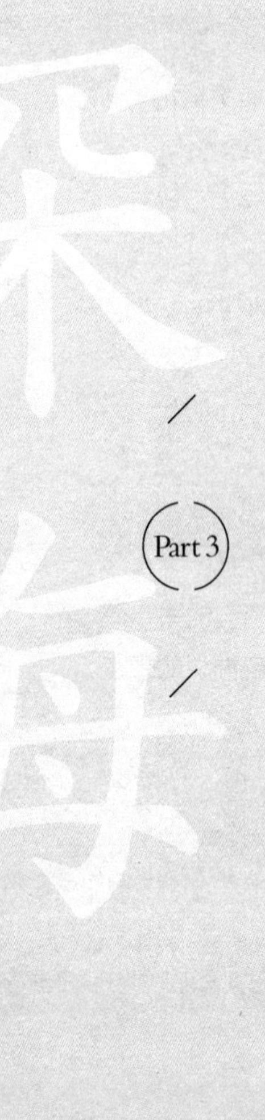

Part 3

我要去拉萨了，这件事确定了之后，我每天都活在一种别人难以理解的亢奋里。

基本的行程定下了，我开始收整行装，准备把一些多余的东西寄回家。

陆知遥不厌其烦地强调："能不带的东西都别带，光去拉萨还好，接下来往阿里走一定要减轻负重。化妆品之类的东西想都不用想了，到了那儿你弄得再漂亮也没人看，几天几夜没水洗脸洗澡是常事，你得做好心理准备。"

我最初听到他这么说的时候，不可避免地感到有些惊恐，要知道，如果两天不洗头，那和要了我的命有什么分别？

他斜着眼睛看着我，似乎对我的小题大做有点儿鄙视。

"那……那边有 Wi-Fi 吗？"我有点儿担心，假如要和我妈，还有朋友们失联一两周，他们该有多担心啊。

"Wi-Fi？"陆知遥听到这个问题，几乎快要笑出声来，"到了那边儿，手机信号都没有，还 Wi-Fi，你想清楚吧，到底要不要去。"

"去，当然去！"我可不想被这个家伙看不起。

"还有，你那些花裙子、吊带什么的也都寄回家去吧，之后没机会穿了。"

"啊！我还想穿着那条橘红色的裸肩长裙站在……那个什么，什么错边上让你给我拍张照呢！"我几乎都语无伦次了。

他又露出了那种欠扁的笑容："我只会拍野生动物，不会拍人。"

屁！我看了他的网络相册，是一个什么国外的服务器，打开的时候费了好半天，一集电视剧都快放完了。

没错，大多数照片都是野生动物，可是，也有很漂亮的姑娘。

我心想，陆知遥你个王八蛋，你心里明明是觉得我不好看吧！

给我妈打电话的时候我没敢说出真实情况，要是她知道我跟个刚认识几天的男人跑到荒无人烟，没有水洗澡，没有手机信号的地方去，她说不定会亲自过来把我抓回去。

我含糊其词地说："我就去西藏看看，放心吧，没事的，很多比我年纪小的孩子都能去，我有什么不能去的啊。"

幸好我妈对西藏也没什么概念，对她来说，西藏就是拉萨，就是有布达拉宫的那个地方，她也没搞清楚西藏到底有多大。

"要是有高原反应怎么办？"她在电话那头表示自己的担忧。

"不会的啦，拉萨的海拔跟香格里拉一样，都只有三千六百米，我前两天去了一趟香格里拉，完全没有一点不适，放心吧！"

这我可没骗她，虽然只去了一天，但同行的几个女生都脸色苍白、呼吸困难，我可是一个人健步如飞呢。

"那好吧，你自己要小心点，有什么问题就赶紧回来。"

不知道为什么，从我跟许至君分手之后，我妈对我比以前放任了很多。虽然我确信她并不知道那些事情的内情，但也许就像康婕说的——就你躺在家里不吃不喝的鬼样子，你妈肯定能看出不对劲啊，女儿大了，还是少管吧。

等快递员来取件的时候，我抽空给康婕打了个电话，没想到，这都中午了，她还没起床。

"你过得真是堕落啊。"我感叹着。

"是啊，我都快穷得要去申请低保了。"她跟我说的完全不是一回事。

"我过两天进藏，有些东西要先寄回去，我怕我妈翻，寄到你那儿吧。"

“行。哎，对了……你那个姓陆的朋友，靠不靠得住啊？不会是骗子吧？”

骗？我有什么好骗的，我有什么值得他骗的？我自嘲地笑笑：“我一没钱，二没美色，三没旅行经验，一路上随时有可能成为他的累赘，换了你，你愿意骗这么一个废柴吗？”

“程落薰！”康婕的语气忽然严肃起来，“我觉得你到现在还是没什么改变啊，为什么要这样贬低自己呢？你肯定有你的优点呀……照你说的，他是个挺厉害的人对吧，他为什么叫你一块儿去呢，一定是看到了你某个闪光的方面吧？”

我完全愣住了。我既不相信这是从康婕嘴里说出来的，也不相信她说的话——我有什么闪光的方面，连我自己都没察觉到，却被陆知遥发现了？

“我觉得你就是在外边还没待够，你再走走吧。”康婕说。

我动身的前一天晚上，陆知遥忽然过来敲门，问我：“你有没有帽子？”

帽子？我摇摇头。

他回到自己房间里，倒腾了一会儿，拿了一顶棒球帽过来给我：“戴着吧，你们女生不是最怕晒黑了吗？”

那顶灰色的帽子被我紧紧地攥在手里，一时之间我不晓得该有什么反应好，是该认真地说谢谢？还是开玩笑说您真是个好人？都不对，我只觉得怎么说都不对。

我只是低着头，沉默地看着木地板上我们的影子交会在一起。

“你有没有防晒霜？”陆知遥接着问。

“有。”我的声音很轻。

“嗯，那就行了，药品那些我会准备的，万一有什么事到时候就给你打一针葡萄糖。”顿了顿，他又说，“你到了之后别做什么剧烈运动，你第一次去，身体需要一点儿时间适应高原气候，也别忙着洗澡洗头，会降低免疫力。冷的话就找个户外用品店买件山寨的冲锋衣穿着……哈哈，里面那层抓绒挺保暖的……我得跟几个朋友先碰头，十天之内，到拉萨跟你会合，有事你给我打电话，好吗？”

“好。”我用力地点点头。

在他说话的时候我一直没抬头，很难说清楚为什么在那一刻我会有点儿想哭，也许是因为即将到来的短暂分别吧。

我被这种惆怅弄糊涂了，明明大风大浪生离死别都经历过，为什么我还是如此脆弱？

要再多经历一些事情之后，我才可以解释这种突如其来的忧愁是为什么。其实任何一个女孩子，她的多愁善感都不是来源于偶像剧或者言情小说，而是来自牵过她的手的那个人。

那个人是谁，他会不会跟她一起走，还是说他会先走，是明天醒来他就走，还是留在身边永远不走。

在我动身去拉萨的时候，康婕那每天睡到日上三竿的生活也戛然而止，眼看就要弹尽粮绝，她必须出去工作了。

面试的前一晚，康婕把李珊珊叫出来吃东西，两人喝了很多冰啤酒。

康婕脸上逐渐泛起绯红，半是真切半是玩笑地说：“年纪越大越觉得投胎才是真正的技术活啊，真的，投对了父母就等于做对了一生中百分之九十的事情……”

李珊珊有些心不在焉。家里的网就快要到期了，宋远说约了朋友晚上一起去网吧打游戏，她心里是不太情愿的，可到底还是同意他去了。

其实宋远一出门她就后悔了，剩下她独自在家，要多无聊就有多无聊。电影、电视剧都不想看，刷刷手机也没什么有趣的八卦新闻，再看看身边，连个说话的人都没有。

有那么几分钟的空当，她感觉自己都快要窒息了，所以，当康婕打电话来的时候，她简直想叫一声“救命恩人”。

她们各怀心事地，继续喝了好几杯。忧伤的气氛笼罩在餐桌上。

“康婕，你说，落薰她能忘掉林逸舟吗？”李珊珊突然问出这个问题。

康婕怔住，手里拿着筷子无意识地敲打碗的边沿，发出清脆的声音。她想了一会儿，说：“这个……我觉得，忘不了吧。”

“你不是说她新认识了朋友，而且，还要和那个人一起去什么阿里巴巴吗？”

“是阿里，没有巴巴！”康婕翻了个白眼，也许再也碰不到像李珊珊这样比自己还没文化朋友了，康婕心想，我一定要珍惜啊。

沉默了一会儿，康婕说：“那是不一样的……她以后肯定还会遇到更多人，比他好看，比他有钱，比他优秀一万倍，但我觉得落薰是没法忘记他的。因为她是在最爱他的时候失去他的呀，不是有人说吗，死去的爱人是完美的。”

这番话，后来康婕也当面说给我听了，我只能以沉默相回应，觉得反驳或者赞同都没有意义。

是的，我内心是这样认为，无论我再遇到多少人，我永远不可能忘记林逸舟。但同时，这个定论也让我不堪重负。如果一直活在和他有关的回忆里，我该如何重塑我的人生呢？

有人说时间会治愈一切伤痛，我从未质疑过这个说法，有很多时候我也以为自己已经平安过渡了，可以继续找回简朴而无聊的生活，看电影，逛街，购物，剪头发，毕业，求职……

新的人生观，新的朋友，我以为一切都已经没事了。

可是会在某一天的中午，窗外大雨倾盆，天色昏暗，就像我第一次被淋得透湿，被他带回公寓休息那天的天气一样。

有人敲门，我睁开眼睛，以为是他，然而打开门，不过是要签收的快递。

我没有跟任何人提起过，却无法欺瞒自己。无数次，我在脑中重温那天的场景，我似乎说过一千次，大雨会让我想起他，不是惆怅的，是震惊的刺痛，身体里面像被掏空了似的恐惧，因为我们，永远不会再见了。

他的的确确，走了。

因为我无法再改变这悲伤的起源，所以无法终结痛苦日夜相随。

康婕说完那句话之后，李珊珊很久没有说话，周围别桌都是热热闹闹的一大群人，更反衬得她们两人郁郁寡欢。

“走吧，我明天要去面试，喝太多了会水肿。”康婕挥手叫服务员过来结账。

分开时，李珊珊把一个纸袋交给她：“这个给你。”

康婕打开一看，正是上次搬家时李珊珊穿的那件黑色外套，从版型到材质都看得出价格不便宜。康婕一时愣住，李珊珊先开口了：“你不是要面试嘛，穿得好点儿，人家印象也好些。现在的人都势利。”

我们这群人有个共同的毛病，就是心里再感动，嘴上也非要把话反着说。

康婕明明是想由衷地说句谢谢，可是话到嘴边，就变成了：“你也太小气了，做戏就让我做全套嘛。你不是还有个香奈儿的包吗，一起借给我呗？”

“滚！”

因为顺路，两人就上了同一辆出租车。李珊珊先到，下车前，她忽然幽幽地问康婕：“你说死去的爱人是完美的，那如果我死了，宋远是不是也会一辈子记得我？”

她盯着瞠目结舌的康婕，过了两秒钟，她笑了：“我开玩笑的，傻子，你快回去吧。”

可是她的话却像一根刺，扎在康婕心里好半天拔不出来。康婕不知道自己是不是太多虑了，她只是觉得，那么不容易才在一起的两个人，可千万不要为了一些莫名其妙的原因再分开了。

次日清早，康婕起床了。

过去，她总在这个时间段去坐公交车，路上还算安静，车厢里也没什么人。而再过几个小时，情况就完全不同了，沿途的公车站点都挤满了人，去学校的学生、去上班的白领，还有抢在早上买菜和送孙子上幼儿园的老人。

如果今天的面试顺利，她就能得到这份工作。那么，不久之后，她就会成为那些人中的一分子，如同一滴雨水落入汪洋大海，像每一个为了生计奔波的人一样忍受那一切，缺觉、拥挤、忙碌、加班、焦虑、脱发，日复一日，年复一年。

在晨光里，有一瞬间，她忽然觉得自己和程落薰已经走在了两条完全不同的路上，这是她以前很少认真思考的事情。

落薰寄来的明信片上，写着：

希望这一生还有许多机会能再遇到一个人，能说话，也能相爱。

这种句子如果不写在纸上，而是说出来，一定会显得特别滑稽。康婕从信箱里取出明信片，看到那行字时，有过短暂的失神。

虽然她知道，在情感上受过重创的程落薰还能保有这份难得的孩子气，但她自己，却是无论如何也没有心情关心风花雪月了。

现实的生活会磨灭一个人的灵魂，不对，这么说或许还不够确切，应该说，现实会磨灭你关心灵魂的兴趣。康婕看着镜子里自己，粉底也盖不住脸上的丧气。

她从化妆包里拿出了遮瑕膏，一点一点涂在黑眼圈上。她在心里说，落薰，对人生还有那种期待，老天还是厚待你啊。

化好妆，穿上高跟鞋，再套上李珊珊那件价值不菲的外套，康婕觉得自己看起来也是个像模像样的白领女性了。她背上包，再次确认简历和手机都装进了包里。

等公交车的时候，她在脑中不断模拟着待会儿面试的场景，挺直脊梁的这个动作让她有一点儿自我感动。好吧，既然已经注定做不了富二代，就凭自己的本事跟命运玩下去吧。

到了面试的公司，一看这环境这架势，康婕心凉了一大半，觉得自己真是有点儿自作多情。公司上上下下加起来才十几个人，她不自觉地叹了口气：这身行头真是浪费了。

一个戴眼镜的男生问："康婕是吧？"

"啊，是！"康婕回答完还纳闷，难道简历上的照片美得让人过目不忘？所以一见到本人就立刻认出来了？

那个男生好像看穿了康婕的想法："今天就面你一个。"

一听这话，康婕的脑门上立刻三道黑线。

她还没说话，一个穿着米色雪纺裙的女孩子扭着腰走过来，瞟了康婕一眼，说："你穿个外套干什么，我们这儿的冷气效果没那么好吧？"

"呃……我，特别怕冷。"康婕结巴了一下，心里立刻埋怨自己为什么露怯。

面试过程几乎可以省略不提，总之，和康婕模拟过的所有场面都不一样，她几乎毫无难度地成为这个刚起步的小公司的一员。工作内容也很简单，打印文件，接接电话，有需要的时候帮老板和同事订一下机票、车票和酒店，日常收发快递……都是些没有技术含量的活儿，所以薪资也不高，但好歹能解决温饱。

不管怎么样，也算是一个新的开始。康婕脱下了外套，随手搭在了工位的椅背上。

下午公司聚餐，说是为了欢迎新同事。一想到自己还没拿到一毛钱工资就要透支信用卡请这帮名字都没记全的人吃饭，康婕就觉得心口疼。

那个戴眼镜的男同事叫小川，他的位置就在康婕旁边，趁大家没注意，他小声跟康婕说："你别怕，老板会付钱，公司虽然刚起步，员工福利还算可以的。"

康婕立刻放下心来，深呼吸三下，顿时神清气爽。

穿米色长裙的姑娘叫苏施琪，就坐在康婕对面。她之前是公司里唯一的女生，平日里骄纵惯了，大家都不太和她计较，除了老板之外，她就是这个小公司最受宠的人。

但现在康婕来了，长得不比她难看，待人接物又比她亲切大方，不怪男同事们在第一天就散发出蠢蠢欲动的气息。

其实苏施琪弄错了，康婕绝对不是个温柔好脾气的人，她只是……还没暴露真面目。

“我估计，那个女生对我的印象不怎么样，不过，我也不在乎，反正我也不喜欢她。”

聚餐结束之后，康婕急着给我打视频电话。

“为什么呢？我觉得女生之间应该更容易亲近起来呀。”

这个时候的我，在成都一家青旅里。正值雨季，滇藏线的路况不好，何况我是独自进藏，预算和精力都是问题，所以我选择先折来成都，再上拉萨。

“我也想跟她亲近点，但人家不配合啊。晚上吃饭的时候，老大说，为了欢迎康婕，我们大家一起干个杯，所有人都举起杯子了，就她说‘我酒精过敏，我不喝’。”

“嗯，我觉得吧，你就尽量躲着她吧，不招惹，省事。”我冲着镜头挑了挑眉。

“是啊！我还跟你讲哦……”康婕脸上露出了一丝妒忌的神色，“她啊，超丰满，胸超大。”她一边说，一边在自己胸前比画了一个大致的弧度，逗得我哈哈大笑。

我笑着说：“搞了半天，是你嫉妒人家啊。”

“我没有……哎，程落薰，我就是不想老跟人斗智斗勇嘛，人生太悲催了。”她苦着脸说。

我挥挥手，说拜拜：“你放心，到了西藏，我会替你多拜佛的。”

当我暂时放下困扰我的那些往事和回忆，准备在拉萨享受一段安静平和，与世无争的时光，康婕彻底脱离了昼伏夜出的生活，再也不需要在凌晨的麦当劳里捧着一杯朱古力等天亮。而这个时候，李珊珊和宋远却又陷入了水深火热之中。

战争总有导火索，他们的导火索是一盒樱桃。

那天宋远加完班，开完会，回到家，累得说话的力气都没了。他也知道，精力不够主要还是怪自己前一天晚上和朋友一起打游戏打到凌晨。今天要不是那个叫橙橙的女孩，特意跑去给他买了两次咖啡，可能他撑不到开会就趴下了。

对了，这个橙橙，并不是李珊珊之前很介意的那个姑娘。宋远完全不敢想象，如果被珊珊知道又冒出一个新的，被她称为“潜在小三”的女孩子，她是不是又会逼他辞职。

他就这么一边胡思乱想，一边拿出钥匙打开了门，刚换好鞋子往床上一倒，闭上眼只想休息一会儿。没料想，李珊珊直接扑了上来：“我买了樱桃！进口的，一百多一斤呢，你快起来吃！”

她当然是出于好意，怎么都没想到自己刚说完这句话，宋远的眼睛立刻睁开了，还瞪得很大，眼神复杂地看着她。

“怎么了？你不想吃？我特意给你留的欸，你是不是太累了？说了让你晚上别去打游戏嘛……”

“你闭嘴。”宋远的声音不大，语气却很不好。

以前小吵小闹也有很多次，可是从来都是势均力敌地对骂。无论怎么样，宋远都没有用这种语气勒令过她。他的语气听着挺平静，但平静后面正在酝酿一场暴风骤雨。

李珊珊从床上爬起来，抱着手肘靠着墙壁站着。她面无表情地看着宋远，预感到今天他们又要开战。

她心里默默地算了一下，距离上一次吵架，好像才过去四五天吧……

“你在乎你的脸我知道，你在整形医院花了多少钱，我从来没说过什么。我知道你一直怀念以前，所有人都说你是大美女，所有人都争着抢着取悦你……但是你能不能睁开眼睛看一看，醒一醒，现在不是以前了……你大手大脚花钱的习惯，稍微改一点点，很难吗？你知不知道，浅浅出生到现在，除了周岁，我们没有给她买过一件像样的礼物。”

宋远的语速很慢，但是每说出一个字，都像是在李珊珊的胸口捅一刀，要不是靠着墙站着，她几乎都要瘫坐在地上。

话一说出口就收不回来。其实宋远马上就后悔了，看到李珊珊沉重的表情和难以置信的眼神，他心里也慌了。

他伸出手，想把她拉过来，可是刚刚碰到她就被甩开了。

“你别碰我。”

“珊珊……”

李珊珊打断他，幽幽地问：“宋远，你在抱怨我吗？你不觉得这一切是因为你自己太无能了吗？”

小小的房间里空气好像凝固成带刺的冰凌，随着呼吸进入肺叶，五脏六腑都跟着一起痛了起来。

为什么会这样，当初拼了命地要相守在一起，难道只是为了互相伤害起来方便一点儿吗？付出那么大的代价，差点弄得众叛亲离，就是为了在日后有资格指责对方吗？

如果不是因为你，我怎么会是现在这个样子？

几乎在同一时刻，两人心里都冒出了这句话，在不被谅解的对视中，这句话变得越来越清晰，与之伴随而来的，是无穷无尽的悲哀。

李珊珊贴着墙壁滑坐在地上，两只手捂着脸，很久没有再说一句话。

宋远点了烟，颓然地看着李珊珊蜷缩着，瑟瑟发抖，却无力做一点什么去减轻她的悲伤和痛苦。

是的，她那句话真的很伤人，几乎将他的自尊心戳出了一个洹汩冒血的伤口。但是，能否认吗？能否认她说得不对吗？

无能——还有哪个词语比这两个字更能践踏一个人的尊严？

很多人都会说，在气头上说的话，别当真。可是所有人都知道，气头上说的话，或许才是实话。

因为忍无可忍了，因为理智崩塌了，那些夜以继日盘踞在心里的感受才会宣泄得淋漓尽致。

宋远把烟头捻灭在烟灰缸里，那是一个橙色的烟灰缸。当初决定同居的时候，珊珊从一家买手店里买回来的，说是北欧的品牌，三百多。

后来康婕告诉他们，在夜市上，看上去一模一样的货，才卖二十五。

过去的他们，是两个常年生活在衣食无忧的玻璃罩子里的人，傻乎乎地以为爱情是世界上最强的力量，凭借它就能对抗罩子外面所有的风刀霜剑。然而当甜美的糖衣被舔舐干净，生活渐渐露出它本质的、粗粝的内核时，他们才悲哀地发觉自己当初是多么天真愚蠢。

而爱情……

爱情的确美好，可是不堪一击。

宋远一言不发地打开门，他没有向李珊珊交代自己要去哪里，她也没有开口问他要去哪里。不知道从什么时候起，他们都变得那么小心翼翼。

在每次争吵过后，都要花费加倍的时间来修复裂痕，在每一个激烈的夜晚过去之后，都要假装什么事情都没发生过那样亲密无间。

宋远茫然地走在亮起路灯的马路上,想起了很久以前那种生活。

那时候，和姐姐住在一起，无论自己多不懂事，多任性，闯了什么祸都不用担心，反正姐姐会收拾烂摊子。那时候，吃穿用住哪一样要自己操心？在冻死人的大冬天，清早起来打车上班，费尽唇舌游说客户——这些，从前他连想都没想过。

那时候，他还没有遇到她，她也还没有遇到他，两人都像某种攀爬类的植物，倚靠着更强壮的树木……不不不，宋远想到，这样说还是太嘴下留情了，他和李珊珊，以前根本就是两只寄生虫，罗素然和那个男人是他们的宿主。

现在轮到自己面对和承担生活了，他才知道，以前的日子有多无忧无虑。

走在街上的宋远，和蜷缩在屋子里一动不动的李珊珊，第一次不约而同地冒出这样一个念头。

当初那么执拗地，不顾任何人的反对要在一起，是不是，做错了？

是不是，根本就不值得？

那晚宋远没有回去，他去了姐姐家。

以前属于他的那间房还空着，没怎么变样，只是堆了一些婴儿用品。他坐在熟悉的那张床上，百感交集，眼眶里凝聚起满满的眼泪。

把浅浅哄睡了之后，罗素然走过来，倚着门看着他，他有些不好意思地低下了头。

“小远，你还记不记得，有天晚上你换身衣服，信誓旦旦地跟我说了几句话，然后你跑出去，再也没有回来。”罗素然问他。

像一剂催泪剂，宋远一直努力克制的眼泪，在这一刻终于决堤。

你真不是个东西，他心里愤愤地骂自己。

罗素然到他身旁坐下，揽住他的肩膀，眼神失焦地停在墙壁上，好像在与记忆中那个不愉快的夜晚对照："你不知道那天我有多难过，比跟人分手还要难过。爸妈去世之后，浅浅出生之前，你是我唯一的亲人，我觉得我有责任让你过得幸福快乐，过得不比任何一个父母健全的孩子差，但是我失败了……没有任何一件事比你离开我更让我伤心。

"如果你在外面过得不开心，就回来吧。亲人永远是亲人，你再任性叛逆，我始终是你姐。"

那是宋远成年之后，第一次哭得那么凶，那么尽兴。

很晚的时候，李珊珊收到宋远的信息："珊珊，我们到底是哪里做错了？"

她在黑漆漆的屋子里，握着手机，一直看着那句话，一直看着，直到喉咙里发出呜咽的声音。

"我不知道要不要跟你说，你听了别生气啊，许至君好像和那个唐熙在一起了。"

飞机降落在拉萨贡嘎机场，下机之后我收到的第一条信息就是来自康婕。那一瞬间我的心情变得极其微妙，一方面我很想问问到底是怎么回事，一方面我又觉得自己很好笑，就算他交女朋友了，关我程落薰什么事？

我想了想，硬着心回了她一句："不知道要不要跟我说干吗还跟我说，你神经病啊！"

光说了这句话，我还觉得不解气，又加了一句：“我到拉萨了，待会儿我就要去搞艳遇！”

发出去之后我立刻后悔了，我觉得自己做了一件很傻 × 的事。我怎么就不能淡然一点呢？哪怕是装也要装作对这件事毫不关心毫不在乎啊。

回那么一句话是什么意思呢？还不是等于直接承认了许至君对我来说并不是街上的路人甲、路人乙，还不是等于坦白了，在我心里，他和别人是不一样的。

只有失去才能验证曾经拥有吧……只有在意识到真的失去它们的时候，愚钝的心灵才能感知到它们的嘲弄，它们想让你悲伤，可你这个笨蛋，居然真的上了它们的当。

坐在从机场去市里的大巴上，我的注意力渐渐被车道两旁巍峨的高山转移了。

我从来没有见过那样的山，很深的暗红色，没有一点儿植物的绿，都是光秃秃的岩石，在那一刻我忽然明白了什么叫作荒凉之美。

也正是在那一刻，我才确定，我来对了。

眼前的一切忽然蓬勃明亮。

这就是拉萨，我一心一意要来寻找内心虔诚和安宁的圣城，拉萨。

而康婕收到我那条信息的时候，已经快到中午了。她从字面意义上已经分析出了我的想法，所以也就没再啰唆什么了。

但是，是真的吗？中午在写字楼附近的快餐店吃午饭的时候，她还在想这个问题。

前一天下午她去超市，上电梯的时候看到许至君就站在她前面不远的地方侧面对着她，她刚想叫他的名字跟他打声招呼，唐熙就从旁边冒出来了。

绝对没有看错，虽然只见过那一次，但那个女孩子绝对是唐熙。这个越来越浮夸的城市里到处是妆容着装相似的女生，个个像是从同一款 App 滤镜下走出来的。唐熙脱俗的气质十分罕见，所以才令康婕对她印象特别深刻。

他们没有拿推车和篮子，唐熙把一盒曲奇饼干抱在怀里，仰起头不知道在跟许至君说什么。他笑得很温和，却是那种很客套疏远的温和，从她手里接过那罐曲奇，两人一起朝收银处走去了。

康婕没有叫他，在当时，她心里就冒出了这个巨大的疑问。

难道许至君真的跟别人在一起了？上次见面还是对程落薰念念不忘的样子，这么快就听从大家的劝告移情别恋了？

可是如果真的是在谈恋爱，他们两个看起来未免也太僵硬了吧。

对，就是僵硬——康婕快吃完的时候，脑袋里浮现出这个词，再也没有一个词语能够比它更准确地形容许至君和那个女生之间那种怪异的感觉了。

正当康婕为自己的敏锐感到一丝得意的时候，一个人大步跨到她桌前，惊喜地喊了一声："康婕？"

她被结结实实吓了一跳，抬头一看，难以置信，居然是曾经在酒吧里调戏过她的那个浑蛋！

"我是萧航啊，你不记得了吗？"

看着对方那张喜出望外的面孔，康婕简直想当场自尽。

"你怎么会在这里？好巧啊，这样都给我们碰到了。"得是个多没眼力的家伙才能完全无视康婕面上的乌云，继续这么热情地跟她寒暄啊。

“我一点也不觉得有什么值得高兴的。”康婕心里怎么想，嘴上就怎么说。

“我觉得很值得高兴啊，我后来去那里玩，再也没见过你。他们说你不做了，我还想跟她们要你的电话号码，想着有空的时候请你吃顿饭赔罪，可她们都说跟你不熟，就知道你叫康婕……”

康婕本想说“吃个鬼”，话还在嘴边，有个人就走过来攀住萧航的肩膀，一转脸对着康婕说：“哎，你们认识啊，好巧啊。”

康婕满脸的戾气，霎时转变为哭笑不得：“呵呵……老大，真的，好巧啊。”

真不知道这该不该算是孽缘，整个中午康婕都被迫不得不面对着那张让她一看到就想扇两巴掌的面孔，违心地微笑。

可是萧航丝毫没察觉出她的违心，他天真地以为康婕早就不计较那天晚上的事情了。最令康婕想暴打他一顿的是，他居然原原本本地把那天的场面描述了一番给老大听。

“当时我们几个人啊，你也知道猴子他们什么德行，最喜欢搞这种无聊的事了，每次都整我。

“我们看了一圈，就觉得她……”说到这里，他还指了指面前的康婕，“最好看，所以就选了她开玩笑，没想到她那么生气，害得我被那帮贱人嘲笑了好久……”

康婕心想，你有什么资格说别人，你自己不也是个贱人！

老大乐呵呵地听完他们相识的经历之后，察觉到了康婕的不自然，连忙跟她解释：“萧航他们几个都是我学弟，在学校时经常一起踢球，关系很好。其实他们就是嘴上油腔滑调，人不坏的，算是靠谱的男青年。”

康婕心里依旧充满不屑，可是人在屋檐下，不得不低头，只好笑着点点头："呵呵，就算不打不相识吧。"

萧航一直保持着很亢奋的状态："我真没想到还会碰到你，更没想到你会来我师兄的公司里，哈哈，以后我找你玩可就方便了！"

看着那张傻笑的脸，康婕心想，我今天可真是倒了血霉。

仲夏以来，许至君几乎每天都会见到唐熙。见面次数最多的地方，就是他的家里。

第一次，他和几个朋友打完球回家吃晚饭，开门一看，唐熙竟然端坐在他家客厅里看电视。

看到他的时候，唐熙也有点不好意思，她羞涩地微笑着解释："下午陈阿姨打电话给我，说她买了好吃的八宝饭，我嘴巴馋，就不客气地来了。"

许至君虽然觉得有些尴尬，但还是礼貌地笑了笑："你请便，我一身汗呢，先去冲澡了。"

他当然很明白他妈妈是什么意思，这样费尽心思地撮合他跟唐熙，也真是辛苦她了。

可是他不知道要怎么开口跟妈妈讲——你不要这样，太刻意、太明显了，动机和目的都一目了然，这样对唐熙也不够尊重，对他自己……对自己他没什么好说的，总之他就是不喜欢这样。

正当他这样想的时候，他妈妈来敲门了。

经过那次大病，陈阿姨的气色总是不太好的样子，吃了多少补品都不见效果。

陈阿姨压低了声音说："你回来就闷在房间里干什么，去陪唐熙聊聊天啊。”

“妈，我又不是专门干这个的，干吗老叫我去陪人。”他故意说。

“你怎么说话的？”陈阿姨皱起了眉头，“别以为我不知道你想什么，你老躲着唐熙，当初落薰来家里的时候，怎么没见你一回来就往房间里钻？”

“妈，没事提她干什么？”听到某个名字，他脸上有些挂不住了。

原本，陈阿姨是很避讳在许至君面前提起以前的。她也不是没有安慰过自己，说现在的孩子，感情都是这么不稳定，分分合合很常见。许至君还这么年轻，伤筋动骨一百天也就过去了。

但是唐熙出现之后，她心里就产生了一些微妙的变化。

此刻，她看着许至君不耐烦的神情，轻声说：“要我看，唐熙比落薰好。”

话说开了，也不管许至君愿不愿意听，她自顾自地说下去：“其实我们做大人的看来，落薰并不是特别讨人喜欢的女孩子。不过那时候你喜欢，妈妈也不好说什么。现在你们都分开这么久了，我真不明白你整天在想些什么……虽然妈妈不知道你们到底是为什么分开，但我敢说，一定不是你的错，我的儿子我还是知道的……”

许至君实在听不下去，他极少用这么反感的语气跟妈妈讲话：“妈，你别说了，我这就出去！”

吃饭的时候，许至君阴沉着脸。但有一瞬间，他抬起头看到对面的唐熙，不禁产生了某种错觉——时间好像回到了他第一次带程落薰回来，她也是坐在对面的位子。不过，许至君很快就醒悟过来，她的吃相可没有唐熙这么斯文。

他的思绪飘荡去了很远的地方：她曾经那么爱吃东西，一看到新开的奶茶店小吃店就挪不动脚步，整天说要减肥却一斤也瘦不下来。

而后来，听说她很长一段时间里几乎只靠喝水维生，不管旁人怎么劝都不肯吃东西……他想起那次，在机场看到她，确实是瘦得面目全非了。

可那一切都不是因为我，许至君悲哀地想到了这一点，她再伤心难过也都不是为了我。

"我真的吃饱了。"面对陈阿姨的盛情，唐熙只能连连表示抱歉，"我没有想减肥，是真的只能吃这么多，阿姨不要误会，我真的吃得很饱。"

唐熙并不迟钝，她一早看出许至君心不在焉，这种情况已经不是一次两次了。

她在心中暗想：许至君，我知道，你对我确实没有朋友以外的想法，但是……我对你有。

稍微晚一点的时候，许至君奉命送唐熙回家。他刚拿起车钥匙，被唐熙阻止了："别麻烦你了，我自己打车回去就可以了。"

见她那么坚持，许至君也就顺水推舟："那我送你去打车。"

从他家出来，两人默默地走了一段路，似乎都在等着对方先开口。

毕竟是盛夏的夜晚，风也是热烘烘的。唐熙的头发被风吹得有些凌乱，从侧面看过去，许至君差点儿又被那种错觉迷惑了。

冷不丁地，唐熙单刀直入地问："其实你不太想见到我吧？"

他被她的直接吓了一跳，反应过来之后迅速否认："没有这回事，你多心了。"

“我有没有多心，你自己知道。”唐熙声音不大，语气却不太友好。

又沉默了一阵子，许至君才说话：“我是这样的性格，不太擅长交际。这么多年来也就几个老朋友……如果我的态度让你觉得不舒服，我向你道歉。”

说到这里，唐熙站住了，许至君的脚步也跟着停了下来。

“许至君，坦白讲，我的性格是有一点……别人说的那种……清高，也不是随随便便就能和人做朋友的。我也讲不清楚，为什么总想见你，哪怕你一直是这么冷冰冰的，我也还是愿意和你待在一起。

“我希望你也有同样的感觉。”唐熙认真地说。

她在说这些话的时候，好像换了一个人，和在长辈面前那个温文尔雅的样子相差甚远，或许这个时候她更接近自己真实的性情——骄傲的、笃定的，不愿意拐弯抹角。

许至君有些招架不住。

自从和程落薰分手之后，他仿佛过上了苦行僧的生活，身边完全没有异性。突然来了唐熙这么一个说话不留余地的家伙，他有点儿慌了。

他斟酌了片刻，解释说：“我只是觉得我妈太刻意了，其实你没必要顺着她。叫你十次你来两三次就够了，要不然，以后也很麻烦。”

“麻烦？我不觉得麻烦，只要你也别觉得我麻烦就行了。”唐熙脸上绽放出笑容，像夏夜的白色花朵。

“我……我没有……没有那个意思。”许至君低下头说。

在这场对峙里，他完败。

似乎从那个夜晚开始，他们之间有些混沌的东西变得明朗起来。

唐熙大大方方地把许至君介绍给她的朋友们认识，在别人意味深长的笑容和眼神里，她也总是一脸坦荡。她甚至更频繁地进出他家，跟陈阿姨的关系越来越好。

唐熙绝对不是个招人讨厌的女生，和她相处多了，许至君的态度也逐渐有些松动。

但仍然不是那么回事……他也说不清楚原因，但就是一直在回避那个核心里的问题。

他仔仔细细地考虑过了，如果非要把一切摆在台面上，他就坦白告诉她：我心里还有个人。

有个始终放不下的人。

对发生的那一切毫不知情的我，从抵达拉萨的第一天开始，就迫不及待地想要了解这个传说中能洗涤灵魂的城市。

我住在位于朵森格北路的平措青旅，据说这是整个拉萨规模最大的青年旅社，有两栋楼，新楼那边的餐厅可以直接眺望到位于不远处北京东路上的布达拉宫。

看得出这楼房是有些历史了，墙壁上到处是黄黄白白的斑驳痕迹，隐约能嗅出陈旧的气息。令人惊叹的是每一面墙壁上都写满了字，画满了画，包括天花板上都有，我真是想不出那些背包客们是怎么做到的。

我兴致勃勃地看了好久，那都是曾经住在这间房里的旅人留下的字迹。

一路看过去，终于在一个角落里看到一句话，让我在顷刻之间，有些失神：

你的心里可以住任何人，就是不要我住在里面。

这里曾经有多少故事？萍水相逢，莫逆之交，擦肩而过，咫尺天涯。

终于，饥饿感打断了我。

好吧，那就去新楼那边的餐厅吃饭吧。

我一个人坐在餐厅里点了一份菜单上标价最便宜的蛋炒饭，出乎我的意料，分量很足，味道也不错，性价比确实很高。

坐在我对面的一个女孩要了一碗牛肉面，看着她一次一次往碗里添盐，我偷偷笑了。

刚扒了两口，我的手机就振了，有信息进来。我原以为又是康婕要向我通报许至君的恋情进展，正有点生气，没想到，竟然是陆知遥。

“你到了吗，感觉怎么样？”

我放下勺子，手忙脚乱地回信息，像给领导汇报似的生怕耽误一分钟：“平安抵达，一切顺利，这里的天好蓝啊！”

发送之后，我才为这毫无创意的回复感到羞愧，你平时不是伶牙俐齿挺会说的吗？怎么现在就编不出类似“天空如同海水倒悬一样蓝”这种文艺腔的句子呢。

这里的天好蓝啊——跟小学生作文似的。

他回我说：“那你自己先到处逛逛，好好等着。”

握着手机，我的心顿时被一种不可名状的东西所充满了，很轻盈，温柔而空灵。

可是紧接着，我的小人之心又摁不住了："你不会把我丢在这里不管了吧？"

这话问得的确有点儿欠揍，说明我根本就信不过他嘛。果然，他被我的质疑惹到了："我是那种言而无信的人吗？"

见过陆知遥的人都知道他气场有多强，我光是隔着手机屏幕都能想象他冷下脸来，瞪着我的样子。

"我错了，我不该怀疑您的契约精神。"我灰溜溜地回了一句。

话虽那样说，但其实，我内心并没有十足的把握。

我并不敢真正期待他能如期而至，履行他对我的许诺。我做好了准备，他不会来见我，我甚至想过，他也许会交代都不给一个就彻底消失。

在某些事情上，我始终保持悲观，好像只有这样，才能使自己免于遭受失望和伤害。

但在很久之后，罗素然告诉我，世界上最幸福的事情之一，就是身为悲观主义者，依然可以对人生中的某些美好抱以希望和梦想。

整个下午，我独自在布达拉宫前的小广场呆坐着，耳朵里塞着耳机，没有任何与人交流的欲望。

对此时此刻的我来说，时间的流逝是无意义的。我乐意就这样荒废着，享受半天的安宁。

小广场上，有一大群鸽子，有一对祖孙模样的藏民过来给它们喂食。婆婆从一个红色的布袋子里面颤颤巍巍地拿出一些不知道是什么的东西撒在地上，鸽群围着他们聚拢，慢慢地又散开。

有藏民手执转经筒，口中念念有词地从我身边走过，阳光照在他们平静安详的脸上，有一种远离尘嚣的遥远，仿佛将一切虔诚都献给了信仰，了无牵挂。

我静静地目睹这一幕，心中涌起温柔的潮汐，为这平凡却肃穆的一刻。

摘耳机时，我无意间碰到了左耳上那枚耳钉，因此又陷入了往事的泥潭——

我们不算在一起过吧，我是说，我跟林逸舟。在我们共同拥有的短暂时光中，我们从来没有机会正正经经地谈论过爱情这回事。

我们总是把心里最想说的话藏着，为了所谓的尊严，也为了许许多多愚蠢的理由。

从来不曾像别人谈恋爱那样牵手散步，逛街，不曾在漆黑的电影院一起看一场电影，偷偷亲吻，不曾一起窝在床上看一整天的综艺，一起睡觉，入睡前商量明天要吃早餐……

日常生活的一切琐碎，我们都不曾一起经历过，更别提旅行了。

苏瑾说她嫉妒我，我还没说我嫉妒她呢，至少他们还一起去过一座小岛，而我呢，除了他家和那个小花园，我们还曾一起去到过什么地方？

那时我是不介意的，总想着以后还有机会。我们都还年轻，我们总会再在一起做许多事情。我们会去旅行，看风起云涌，看潮来汐往。

没错，山川湖海也好，岛屿也好，极地也好，高原也好，那些地方永远在那里。

但那时候我不知道，我们不会永远在一起。

是谁说，时间是用来流浪的，身体是用来相爱的，生命是用来被遗忘的。

而我只觉得，生命是无法被遗忘的。

我凝视着近在咫尺的布达拉宫，思绪如天幕中的云朵般翻涌。

满脸皱纹的老妪转着藏经筒走过来，颤颤巍巍地伸出手，我把手里的几块钱零钱全给了她，她苍老的脸笑起来就像是湖面上泛起了涟漪。

“扎西德勒。”她说。

这是我唯一知道意思的一句藏语：吉祥如意。

高原上天黑得晚，直到快晚上九点天才渐渐地暗下来。

你有没有见过那样美丽而奇异的天空，在黄昏中，整个天幕呈现出一种宝石般的蓝色，如果不是我亲眼所见，我几乎会以为那是加了饱和度的照片。

不知道为什么，上午收到的康婕那条短信的内容这个时候又从脑海里冒了出来，我努力想要压制它，可是它越加顽强地反抗我。

好吧，那我就确认一下吧。

打通了康婕的电话之后过了好久她才接，开口就是：“怎么，被那个陆知遥抛弃了？打电话来哭诉啊？”

“你少放屁了……”也只有在康婕面前，我才能这么松弛地暴露我的粗俗，“拉萨现在才天黑，我觉得这个场景很美，又不晓得要跟谁分享，就打电话给你炫耀一下。”

“你炫耀个鬼啊，没事我挂了哦，心情不好呢。”康婕的语气的确反常。

“你什么事心情不好啊？”我也真够无聊，就是不想挂电话。

“唉……那个苏施琪啊，今天故意当着大家的面说‘康婕，你读的是中专啊，我们公司对学历的要求也太低了吧’。”

“你自己介意吗？如果介意的话，现在有很多函授课程和自考啊，你可以报一个。”我本来想顺着她骂几句脏话，但转念一想，真正的好朋友就应该给她提供更有用的建议。

“再说，她有什么骄傲的，她自己不也和你一样在这种小公司打工吗……”

我发誓，我说这句话的时候，纯粹是想要安慰康婕，丝毫没有奚落她的意思。

那端，康婕沉默了几秒钟，换成了自嘲的语气：“我才不会一辈子待在这里，让人看不起……”

我们闲扯了几句，她挂掉了电话。我也站起身来，走出好几步之后，我才猛然想起，我打这个电话的初衷是什么。

我在心里骂了一句粗口。

我才不是因为闲着没事想找康婕聊天呢，我关心的是，许至君是不是真的和那个仿佛天使在人间的唐熙，谈恋爱了！

然而我还不知道，我那句无心的话，狠狠地刺痛了康婕的自尊。

我更加不知道，她后来去报班报考，轻描淡写地对别人解释说“我想把浪费的时间追回来”并非因为被苏施琪当众挖苦，而是因为，她最好的朋友，在不经意间泄露出对她的轻蔑。

我绝对无心贬低她，只是习惯了在她面前说话不经思考，脑子里怎么想的，很自然就说出来了，是我疏忽了她的感受。

准确地说，我并不算是个好的朋友。

那晚我早早地洗漱完，爬上床，可直到房间里的其他人都发出均匀的鼾声，我还是翻来覆去睡不着。

躲在被子里，我在手机里编辑了一条信息："听说你谈恋爱了，真为你高兴。"

想了半天，最终还是一个字一个字地删掉了。这么言不由衷的虚伪措辞，真要发给他了，我以后也不用做人了。

还是尽快睡觉吧，明天还要去爬布宫。不休息好，哪儿来的体力啊。

我心里有些酸涩。好吧，晚安吧，拉萨。晚安吧，那些在别的姑娘身边的人！

我在外旅行的那段日子，康婕感觉到了前所未有的无聊。身为双方共同的朋友，李珊珊跟宋远之间的矛盾，她也不好多说什么。

"你们双方，我其实都能理解，但是我觉得吧……你们还是应该多沟通啊，有什么事情不能当面讲清楚呢。"在电话中，康婕语重心长地说了些废话。

"沟通个鬼啊，他已经在他姐姐那里住了一个多星期了！以前他从来不会这样，我知道他肯定是变心了，我和你说过吧，他们公司有个小女生……绝对的！"李珊珊完全不能心平气和。

"我觉得宋远不是那种人，你不要想多了……"康婕坐在去上课的公车上，压低了声音，生怕引起周围的人注目。

"他不是那种人谁是那种人？不对！男人都是一个德性，这么多年我还看得不明白吗？没追到手的时候都捧着你，一到手了都是一样的，真的……"说着说着，她的声音里几乎都带着哭腔了。

"你冷静点啊……我下课了过去陪你，你别做什么偏激的事……"康婕都语无伦次了。

"不用你陪我。"李珊珊深吸一口气，"真以为我在他这棵树上吊死了吗，我自己找乐子去，你专心上课去吧，拿个证回来扬眉吐气！”

还没等康婕再说什么，电话就被挂断了。她一脸茫然地看着窗外暴烈的日光，不禁感叹，人生如戏吗？不，人生比戏曲折多了。

没错，人生比戏曲折得多！

离下课还有半个小时的时候，康婕收到一条陌生号码的短信：“晚上一起吃饭吧！不要说有约了！有约了也要推掉！”

康婕看着那个号码想了好半天，实在是没一点印象，这么热爱感叹号的人，自己应该不认识。

出于礼貌，她还是回了一条：“不好意思，请问您是不是发错了？”

很快，手机又振了一下：“我啊！我是萧航啊！你没存我的号码啊！你这个骗子！”

康婕顿时觉得眼前一黑，那些感叹号仿佛化作棒槌，狠狠地敲击在她的脑门上。

那天，当着老大的面，萧航跟她要了手机号码，并当场拨通验证真伪。碍于老大的面子，康婕只好假装不计前嫌，装模作样地在手机上点了几下。

可是，她心里想，我凭什么要存你的号码！还有空吃饭？你吃屎去吧！

此时此刻，她看着那个号码真是欲哭无泪了，得罪这人是不是不太好啊？别人一定会觉得她小肚鸡肠没有度量吧。其实别人怎么看无所谓啊，问题是，这有可能会让老大对自己印象不好吧？领导对自己印象不好，就不利于工作，工作做不好，直接关系到每个月实打实的收入啊。

这么一推理，康婕只好不情不愿地回复萧航："我在上课，改天再约吧。"

可是她万万没有想到，下课之后，萧航就站在大厅里等她。

看到她的第一眼，萧航满面春风地迎上来："师兄告诉我，你在这里上课，我特意过来接你的。你不用太感动啦，我们一起吃个饭吧。"

还没等康婕说话，两个女同学正好从旁边经过，看到这个场面，顺势调笑："康婕，你男朋友对你真好哦……"

没有给康婕反驳的机会，萧航已经将她拉到了自己身后："对啊，还要请你们平时多关照她哦。"

"这次我认认真真地，为自己曾经无礼的、愚蠢的行为，向你道歉。"在光线不明的餐厅里，总是一脸无赖相的萧航换成了正儿八经的严肃表情。

康婕有点儿招架不住。

她原本也不是没有娱乐精神的人，以前朋友们在一起玩的时候，什么过分的玩笑没开过啊，个个都是千锤百炼出来的女流氓。萧航只是在一个错误的地方，一个错误的时间，开了一个错误的玩笑，而且，康婕记得，那晚那群人走了之后，萧航独自在酒吧外面等了几个小时，就是为了向她道歉……

想到这里，康婕觉得自己的气也消得差不多了，没必要再继续纠缠。

她笑了一下："算了，都过去了，你也别总提了……"

"真的？你真的原谅我了？"在瞬息之间，萧航就恢复了本来面目。

“康婕，我跟你商量个事，你一定要帮我……其实很简单的，上次你不是当着猴子他们骂了我嘛，我后来和他们说，我又碰到你了，我们现在关系特别好……你别笑，难道我们关系不好吗？然后他们又要跟我打赌，看我能不能追到你……你别生气，听我说完嘛……我想，你先跟我配合几天，到时候你再说看不上我也行，觉得我是傻 × 也行，总之你先配合我两天，我就是想赢个面子回来……行不行？”

看着萧航认真哀求的样子，康婕觉得自己真是快疯了。这叫什么事啊，我还没到本命年吧，怎么赶上这么多倒霉事？

她翻了个白眼：“你们这次又赌多少钱？”

“没多少钱，我就是上次输了不服气……你就帮帮我嘛，又不会死。”

“那你去死。”康婕再懒得跟他废话。

那顿饭吃得挺轻松，虽然萧航一直没有放弃说服康婕，但始终只得三句重复的话：“滚”“去找别人配合你”“他们笑的是你，关我什么事”。

吃完饭，萧航本想再带康婕去喝点东西，找地方坐一坐，再慢慢劝说她，但康婕义正词严地拒绝了：“我才不像你们这些富二代每天就吃喝玩乐，我要回去了，明早要上班。”

萧航一脸肉痛的表情：“你别羞辱我了……我？就我，算哪门子富二代啊！”

康婕本应该直接回家，可是途中忽然想起李珊珊打过的那通电话，于是改变路线，去了罗素然家里，嘴上说是来看浅浅，心里真正目的其实是想帮李珊珊侦察一下情况。

宋远不在，浅浅睡着了，罗素然正在书房看书。

打开门，看到康婕，罗素然露出了洞悉一切的表情。

她揶揄道："你是珊珊的先头部队吗？"

康婕只有短暂的尴尬："不是啦，我就是想来看看你们嘛。"

"是很长时间没见了，你最近在做什么呢？"罗素然故意顺着康婕的话说，就是不提宋远，也不说他去哪儿了。

"没忙什么啊，就是正常上班。上周末回去看了一下我爸，他的日子还算太平，总体来说，我目前没什么烦恼。"

康婕和罗素然闲聊时，脑海里闪过了上周末的真实情景。

那日她回去，爸爸不在，阿姨一个人在家里看电视，不知道多开心。

看到康婕回来，阿姨又开始阴阳怪气地说话："哎哟，大小姐拿了多少钱回来孝敬你爸？"

康婕不想理她，也不想吵架，于是没有吭声。

没想到那女人得寸进尺了，继续挖苦她："怎么？没拿钱回来啊？是不是来找你爸要钱的？"

康婕无法继续装聋作哑了，只好提起精神，准备战斗："我爸爸的钱本来就是归我的，我现在不要，以后他也要给我的。"

原本只想逞口舌之快，却被那女人抓到了话柄："你这是咒你爸爸早点死啦？是的吧？我早就看出来你是个没良心的东西，幸亏我早就给你爸爸打了预防针，要他防着你，省得棺材本都被你骗走……"

一声清脆的破裂声——

康婕把一只茶杯狠狠地摔在地上。

回过神来，她也在骂自己，你个傻子，又上当了，又被她气到了，来之前不是说了不管她怎么挑衅都不理她的吗！

可是那一瞬间过后，她也豁出去了：“你尽管嘴贱吧，我是不会对你怎么样，但哪天你儿子要是少只手、少条腿……”

没等康婕说完，她已经被扑倒在地，两人扯着头发撕打起来。

等她爸到家的时候，康婕已经走了。但她不用想也知道那个女人又会如何在她爸面前挑拨离间。

算了，爸，我是个没用的女儿，不能为你争气，至少少给你添麻烦吧。她边这样想着，边拐进了街角的药店，买了好几个创可贴，贴在被那女人的指甲抓破的地方。

她记得，从药店出来的时候，巷子口的路灯已经亮了。

老街道的路灯总是一副风中残烛的样子，好像一个老人佝偻的背影。

她仰起头看着那盏昏暗的灯，心里充满了深切而无法言语的悲哀。有人说，夜再长也会天亮，可是她生命中这段漆黑的时光是否真的太过于漫长了。

长得好像永远无法看见曙光。

罗素然确定浅浅已经熟睡之后，拿了一支红酒出来，对康婕说：“陪我一起喝点吧，自从落薰出去之后，很久没人陪我一起喝酒了。”

她的声音将康婕拉回了现在。

鲜血一样红的液体缓缓地流入玻璃杯。罗素然没有作声，康婕也只是呆呆地看着电视屏幕上，走马灯一般的化妆品广告。

“素然姐，你有没有收到落薰寄的明信片？”过了好久，康婕忽然想起了什么。

“云南的那张都收到了，拉萨的还没有。落薰蛮洒脱的，说出去走走，竟然走了这么远。”罗素然微微一笑，喝了一口红酒。

“不见得吧……”康婕幽幽地说，“她只是嘴上不说，其实心里一个也放不下，林逸舟也好，许至君也好，全都挂着呢。”

“这是她自己的事。不管怎么样，还是让她自己解决吧。”

整个晚上，她们都没有说起宋远和李珊珊，但罗素然四两拨千斤地提醒了康婕。

康婕不是傻子，她听得出弦外之音。

告辞的时候，罗素然将她送到电梯口，忽然说：“小远他们公司里的同事今天过生日，他去凑热闹了。”

康婕抬起头，看着罗素然平静的脸，点点头：“他们自己的事，让他们自己去解决吧。”

可是，就在同一个夜晚，康婕坐在回家的公车上，在一个路口等红灯时，她分明看见李珊珊坐在一辆保时捷的副驾驶上。而红灯很快过去，康婕奋力推开车窗玻璃，想要确定自己究竟有没有看错的时候，那辆保时捷早已经呼啸而过，甩出公车一大段距离。

时光仿佛倒退回几年前的某一天，那场景和刚刚的那一幕何其相似。

康婕茫然地望着那辆车消失的方向，心中虔诚地祈祷着：是我看错了？应该是我看错了……

第二天的中午，萧航又来到那家快餐店找康婕。同一个时刻，我跟着一群来自东南亚的游客一起，进入了布达拉宫。

从布宫对面的广场看过来，或许会让人觉得布宫并不符合想象中的雄伟壮阔，难怪有些游记说，看到布宫外形的第一眼，内心的期待可能会落空。

但是一走进正殿，那种不需言说的庄严肃穆迎面压来，即便心情再浮躁，也会立刻平静下来。

我默默地摘掉了帽子和墨镜，迈出左脚，踏入殿堂。

沿着一座座佛像流连过去，每一座面前我都双手合十，颔首低眉，也学着身边一些游客那样，拿出一些散钱往黑色的容器里塞，塞不进去的就任由它飘落在地上。

旁边，一位导游轻声向她带领的旅行团讲述着每一尊佛像的来历，我凑过去蹭着听了几句，她站在一尊佛像面前笑着说："以前佛祖的脸是没这么胖的，后来每年都要刷金粉上去，慢慢地就变胖了。"

大家都轻声笑了出来。

她接着又说："在这里，最不值钱的就是金子了。"

人群又有了小小的骚动，纷纷发出感叹。

我看着那些落在地上的钱，这些原本在现实社会里蕴含着功利性质的纸片，到了这里，它原本的意义变得十分模糊。

在这里，它成为一种期许。

遵照我的承诺，我替康婕也在这里投下了一份期许，希望佛祖保佑她万事如意。

有点儿土吧，在我年少的时候我也觉得这四个字是千千万万的祝福里最没创意的，可是当我长大之后才发觉，其实这简单的四个字，是中文里最美好的祝语。

从布宫出来，又见蓝天白云，我顿时觉得自己好似重新回到人间。这么说其实有点儿不妥，但的确是我在那一刻真正的感受。

接下来做什么去呢？总不能这么早就回青旅吧，我可不是跑到拉萨来做宅女的。

思考了一会儿之后，我决定去八角街逛逛。

八角街应该算是城里最热闹的地方了，有点儿像商业步行街，人山人海，拥挤如潮。

仔细看才知道原委，在这人山人海之中有很大一部分是转经的藏民，年迈的婆婆，壮硕的汉子，皮肤黝黑、双眼明净的藏族姑娘，还有穿着僧袍的喇嘛们。

我在大昭寺门前那堵墙下坐着，长时间地，静静地看着在磕长头的藏民们，虔诚写在他们的脸上。

其实我一直不知道信仰究竟为何物，它是一种什么样的力量，那样威严，那样强大，那样不可侵犯，不容亵渎。

愚钝的我看着他们，以世俗的思维在揣度，什么令他们这样坚持。在我们这些人看来，这件事既不能获得利益，又不能获得乐趣。

陆知遥同我讲过，他们做的一切都是为了在来世轮回中得到解脱，所以这一世受多少苦做多少事，他们都心甘情愿不求回报。

但对于很多功利的人来说，这是没法接受的，烧香拜佛、行善做礼拜做弥撒都是为了早生贵子、升官发财、平安顺利等等，这一世我就要能看到、享受到的好处。

来世怎么样谁在乎？你得给我现世的好处我才信你。

“很多时候说没有信仰，很大一部分原因是太计较回报，太爱算计，跟宗教都要讨价还价，其实这样的人，不是没信仰，只是选择性地信仰。

“我们只是太精明，在所有的意识里，只选择对自己有利有用的东西来信，这才导致我们很难去理解那些虔诚而还不求回报的人们。”

我望着他，因为内心的巨大震动而无法言语。

于是我想，在某种意义上，情感或许和信仰有类似之处，都不可用理智和逻辑去解释。

陆知遥曾对我讲，大昭寺是朝圣者磕长头的终点。

坐在墙下的那一刻，我怅然失神地想，那我的终点在哪里？

我无法不想起林逸舟。

如果我们还能再相见，他会不会告诉我，其实死亡才是真正的终点？

黄昏时，下了一场雨。我坐在一家小面馆里，要了一份拌面，独自享用这廉价的晚餐。

另一片天空下，唐熙在许至君家的厨房里帮着陈阿姨洗番茄。

长久以来，唐熙心里那个巨大的疑问，终于在五分钟之前找到了开启的线索。眼下，那句话就在她嘴边，她一直用余光观察着陈阿姨，寻找一个合适的契机开口。

“最近你们出去玩得多吗？”陈阿姨没注意到唐熙神色异常。

“呃……”唐熙觉得再不抛出那个疑问，她心中的谜团就要爆裂了，“阿姨，我刚刚搜你们家的 Wi-Fi，名字好奇怪啊……clxdbxzj，那……是什么意思？”

听到这个问题，陈阿姨一怔，目光好像对上唐熙的眼神——那是急于要知道答案的眼神。

“clxdbxzj”就是：程落薰打败许至君。

陈阿姨沉吟了片刻，决定说实话："程落薰，是小君以前的女朋友，来家里玩过几次。有一次他们玩什么游戏，落薰赢了，就把无线网的名字改成了这个。"

见唐熙脸色尴尬，陈阿姨连忙补充："都过去很久了，他们完全没有来往了。小君一定是不记得这回事了，所以一直没改。"她拍拍唐熙的肩膀，"他们根本就不合适，那个时候我就想说的，我想，他自己心里也很明白，到底应该和什么样的女孩子在一起。"

停顿了一会儿，唐熙才接上陈阿姨的话。

"对，他又不是小孩子，他知道的。"

两人的话都说得清清淡淡，但是彼此的心意却已经准确地传达给了对方。

看着眼前这个通情达理的女孩子，再对比程落薰疯疯癫癫的样子，陈阿姨的嘴角向下弯了弯，有眼睛的人就能看出谁更好，更配许至君吧。

"唐熙啊，我的身体状况，我自己是知道的，也不知道会不会哪天……"

"阿姨，您不要想这些，放宽心，多散步多运动，都会好的。我会努力让他看到我的优点的。您就试着相信我，好不好？"

陈阿姨看着唐熙温柔的笑脸，轻轻地点了点头。她欣慰地想，自己的眼光到底是没错的。

宋远有种预感，他和珊珊的感情，已经游走在分崩离析的边缘了。

那次同事生日聚会，他喝了一些酒，从洗手间出来的时候被橙橙拦住，小姑娘一脸关切地问他："你没事吧？"

恍惚之间，他想起刚和李珊珊认识的时候，姐姐为了庆祝落薰考上大学请客吃饭唱歌，他从洗手间里出来，在洗手台前的镜子里看到正在补妆的李珊珊，而对方也从另一块镜子里看到他，四目相接，电闪雷鸣。

我去，才过去多久呢，怎么会搞成这个鬼样子。一想起现状，宋远不禁有些鼻酸。

他忽然很想回去，回到那个远不如姐姐家舒适的出租房，抱住珊珊，为自己这一个多礼拜的出走向她道歉。

不顾橙橙目光里的殷切挽留，宋远迫不及待地告别了同事，提前退场，叫了一辆车就要回家——不是回姐姐家，是回他和珊珊的家。

在车上，趁着酒意，他酝酿了很多想要对她说的话。其实，那些字字句句在跟她分开的这些天里，无时无刻不在他的心头徘徊，可是他过去真的被宠坏了，他骄纵惯了。向来都是女孩子哄他，哪怕他那么伤姐姐的心，最后姐姐不也还是原谅了他。

他从前不知道要如何向一个人表达自己的歉疚，对于他来说，那是非常陌生的事情。

可是这天晚上，他的身体里的每一个细胞都在跳跃着，他从来没有觉得自己这样口齿伶俐过。

她一定会明白，会接受，会原谅我的。他一面兴奋地想着，一面催司机开快一点。

但他无论如何也没有想到，自己兴冲冲地赶回去，摸黑爬上年久失修，连过道都没有一盏灯的楼梯，打开那扇用根铁棍就能撬开的旧铁门时，里面空无一人。

她不在。

一开始，他并没有想到别的地方去，只是热情有一些受挫，但也不算要紧。

可能是去朋友家了吧，宋远一边这么想着，一边拿出手机来，她的朋友来来去去就那么几个，都问问好了。

可是当他挨个儿问遍了她的朋友，而所有人都说没有和她在一起，也不知道她在哪里的时候，他心中那些温暖的、澎湃的、激荡的东西，随着一通通电话而慢慢地熄灭了。

不知道在黑暗中站了多久，邻居家的狗叫声将他从失神里惊醒，他这才感觉到两条腿都站得麻木了。

在寂静的黑暗中，他躺在有股霉味的沙发上，忽然想起了小时候，姐姐给他讲过一个关于瓶子里的魔鬼的故事。

魔鬼说："在瓶子的第一个世纪，我想谁要是在这个世纪里救了我，我一定会报答他，让他一辈子都有花不完的钱。在第二个世纪开始的时候，我又想要是有人在这个世纪里救了我，我必须报答他，替他挖出地下所有的宝藏，可还是没有人来救我。到第三个世纪开始的时候，我发誓，谁要是在这个世纪里解救了我，我一定会报答他，满足他的三个愿望，可是仍然没有人来救我。"

在第四个世纪被人搭救之后，早已丧失希望的魔鬼说："谁要是现在来救我，我就杀死他。"

宋远觉得，这个夜晚，自己彻底理解了那个被封闭在瓶子里整整四百年的魔鬼。如果说，推开门，刚发现李珊珊不在的时候，他仅仅是感到一点小小的失望，随着时间慢慢地流逝，他心里那些热切和愧疚，渐渐地也都一并消散了。

连最开始的担忧和焦灼都不存在了，现在心里只有无法抑制的失望和冷漠。

手机亮起来，是姐姐：“还不回来？”

“马上就回来。”他说的是真心话，他一秒钟都不愿意待在这个破房子里，跟这些破家具、发霉的沙发待在一起。

下了楼梯，他双眼无神地沿着街道缓缓地走着，快走到街口的时候，他站住了。

如果康婕看到这一幕，她会确定自己在公车上没有认错人。李珊珊从那辆酒红色的保时捷上下来，手里提着好几个印有大牌logo的纸袋。

她拉开车门，对着里面欠了欠身，直到车开走之后，她才转过身来往家里走。

明明是酷暑，可是宋远只觉得从身体到心都被冰冻住了。

李珊珊一直走到路灯底下，才看到他，看到他苍白的脸，她有一瞬间的惊慌失措，可是立刻，她就镇定了下来。

“你打算怎么骗我？”宋远的声音里有一丝颤抖。

“为什么要骗你？我没有做错任何事。”李珊珊刚强的语气不是装出来的。

“你觉得背叛不算是做错事吗？那我也可以跟除了你之外的女生……乱搞吗？”宋远在说到那两个字的时候，还是有一点点犹豫的，可是看到李珊珊那张毫无愧疚的脸，他就一咬牙说出来了。

“宋远！你再乱讲一个字试试看！”

“我讲了又怎么样！”

“你试试看！”

“李珊珊，我看透你了，你就是拜金虚荣，水性杨花，你改不了了！”宋远被她激得完全丧失了理智，再不制止他，更难听的话他都说得出来。

“啪”的一声，在安静的夜晚，四下无人的老街道里，这一声耳光显得格外响亮。

大颗的眼泪，哗哗地砸了下来。

“宋远，你一声不吭地冲出去，回你姐姐家里高枕无忧。你没想过我一个人是怎么熬过这些天的吧？你连问都没有问我一句，我过得怎么样、吃什么、睡得好不好，你完全都不关心。现在，你心血来潮跑回来，发现我不在，第一反应不是担心我有没有意外，而是认为我出去乱搞去了……

“在你的眼里心里，我一直都是个肮脏的人，我没读过书，虚荣，水性杨花……但是你认识我的时候，我就是这样的啊，你认识我的时候不就知道我是这样的人吗！不是你要和我在一起的吗？不是你，我的脸会变成这样吗？”

一开始，她的语速还是缓慢的，越说到后面越快，声调越高，在宁静的夜里，那种尖厉的语调简直让人不寒而栗。

宋远捂着脸，冷冷地看着她。

之前所有的愧疚、情分，都被这一耳光打没了，纵然此刻她站在自己面前声泪俱下地控诉着，他也没有一丁点儿感觉。

“我们暂时分开一段日子吧。”

宋远坐在车上，发了这样一条信息给李珊珊，然后，他关掉了手机。

李珊珊一看到这条信息，毫不犹豫地将手机狠狠掷向墙壁，一声闷响过后，手机支离破碎。

她在黑暗中哭了起来。

不记得哭了多久之后，她才忽然想起了什么，赶紧爬到门口捡回了那几袋东西。她像抱着宝贝似的，把它们紧紧抱在怀里，口中碎碎念叨：“还是你们最好……还是你们最可靠，不管我变得多丑，只要有钱就可以拥有你们，不需要付出感情，也不需要承受任何痛苦，就可以拥有……还是你们最好……”

她就这样碎碎念着，紧紧抱着那些已经被蹂躏得变了形的纸袋，跌入沉沉的梦里。

面对生活，面对命运中不可避免的噩梦，我们以前是无能为力的，以后也一样，唯一可行的方案，就是在今后漫长的人生中，尽量避免，努力接受。

也许这一生，有些东西我们就是对抗不了，也赢不了。

但那又怎么样呢，还是要一天一天活下去，每天睡前都确定自己明早还会醒过来，这样一点一点地，活下去。

拉萨的夜，清冷宁静，我在等待着一个人，我对他的了解还仅仅只停留在他的样子和名字。

为什么要等他？我也曾认真地思考过这个问题，是出于我这么多年来一直不安分的叛逆，还是仅仅因为好奇？

“无论你走到哪里，你都在我心里，只要我看见金色的麦田，我就会想起你。”

这是我最喜欢的那本童话故事中，小狐狸说的。

只要你曾经被驯养，这个世界就不会是原来的样子。

我想，我之所以要等陆知遥，或许就是因为我的直觉告诉我，他会让我看到一个崭新的世界。

在独自的等待中，那个世界已经在我眼前展露雏形。

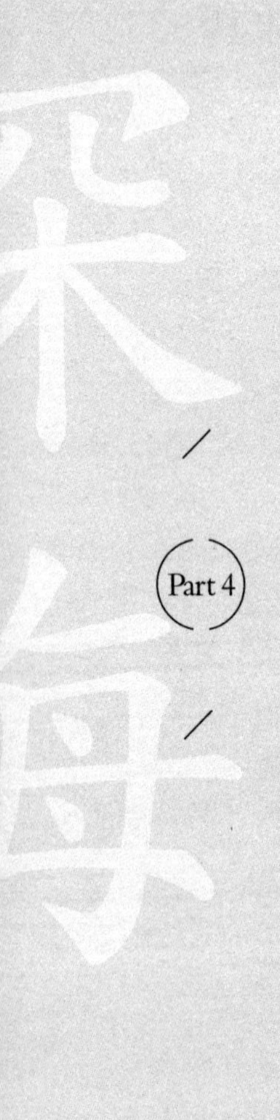

Part 4

即使在后来的路途中，我有过许多的沮丧、失落，甚至是悲哀，但它们加起来都不足以令重逢那一刻，从我内心迸发出来的盛大感动有丝毫的褪色。

在陆知遥到达拉萨之前，我们只是偶尔发一两句信息联络，像例行公事一般，汇报了一下各自的行程。从他的信息里，我得知了一些以前没有听说的地方，比如色达，比如卓克基。

而独自在拉萨的我，每天的日子都乏善可陈。

同房间的小麦邀我一起去了纳木错，回来之后，我们又一同去了色拉寺看喇嘛辩经，除此之外的大部分时间里，我都坐在大昭寺前发呆。

我和陆知遥都遵循着某种潜在的规则，谁也没有表露出自己真正的内心。我是在经过了某些事情之后，对外部世界关上了交流的通道，但我知道他不是，他是真的无所谓，不在乎。

他没有告诉过我，他具体将在什么时候到达拉萨，出于一种奇怪的自尊心，我也一直克制，没有问过。

直到那日——

我睡到快中午才起来，泡了一碗泡面，五分钟后撕掉那层纸，正准备开吃，手机一亮，他的信息跃入我的眼帘。

我到底还是没能保持淡定。

就那么简简单单的几个字：“我们到了，刚下火车，待会儿见。”

手里的泡面差点被我打翻，顾不上再多吃几口。我冲进洗手间梳头发，看见镜子里惊慌失措的脸，忍不住暗暗骂自己：程落薰你个蠢货，就不能从容一点吗？哪怕是装的呢？

我化不了妆，也没法换身好看点的衣服，所有的化妆品和裙子早已经寄给了康婕。连草草打个底妆都做不到，只能顶着这张已经晒黑了一个色号的脸，素颜去见他。

为什么在那个时刻，我会对自己的形象那么在意，在意得有些矫情，甚至是斤斤计较？我又抬起头，看着镜子里——我穿着一件在八角街以五十块钱的价格买下的毛衣，扎了一个大光明的马尾，眉眼紧张，神情忐忑不安。

算了，反正我再怎么打扮，也不是大美女，不如就自然一点去见他吧。我这么安慰自己。

远远地，看到他们从出租车上下来，我竟然有些不敢迈开脚步。

那种感觉极为不真切，就像是……你做了个很美好的梦，而且在梦中你知道这是在做梦，你比任何人都清醒地明白这些温暖光亮、甜蜜动人、璀璨绚丽都是一场瞬息的骗局，太阳一晒就会蒸发。

可是当你睁开眼睛，以为要再次切身地面对这个残酷现实的世界时，有人告诉你，那不是梦，那都是真的。

我看着他们几个人从后备厢里把行李搬出来，陆知遥扶着他的吉他，临街而站。

没有语言能够形容那个时刻我心里涌动的那些情绪。我曾经跟自己说，如果我不能强迫自己以一张平静的、不动声色的脸来面对那些会让我的心跳在瞬间加速的人，那我就不要去见他们。

但事实上，我一次也没有做到。

关于怎么称呼他，我们一直没有达成共识，所以此刻，我只好硬着头皮叫了一声“陆知遥”。当他循声望过来时，我已经朝他跑了过去。

我并没有预谋过，可一跑到他面前，看到他，我整个人就完全不受控制地扑了上去。

站在一旁的那些人都笑了，我虽然红了脸，却没想要松开他。一秒钟过去之后，他也伸出手来抱住了我。

这是我们的第一个，也是唯一的一个拥抱。

他轻声问我："你怎么了？"

我深呼吸，仰起头来，努力笑了笑："没什么呀，久别重逢，礼貌性的拥抱。"

可是，如果真的没什么，那种从胸腔一直蹿上鼻尖的酸涩，又是为什么？

等大家放好行李，我们一群人浩浩荡荡地去了一家川菜馆坐下。

陆知遥十分自然地牵住我的手，向我逐一介绍即将一起踏上旅程的朋友："这是一尘，这是阿亮，"又转向我，"这是程落薰，我在路上捡的。"

我本想抽出手去打他，却被他牢牢地握住。直到吃饭的时候，我们都腾不出一只手来端碗，他仍然不肯放开。

如果说那一刻不是他的真心，我无论如何也不相信。

晚上，大家坐在小酒吧里一起喝酒，我凝视着摇曳的烛火，在心里拷问自己。

我难道不应该厌恶这种感动，我难道不应该为自己潜在的期待而感到羞愧，为这种突如其来的快乐和满足而感到自责吗？

这算不算得上是一种背叛？对那个以死亡的方式永存于我记忆中的人、对我对他的爱的背叛？

直至今日，我也只能够说是我对他的爱情，而没有把握说那是我们之间的爱情。因为自始至终，我都不能确定，他心里到底有没有爱过我，哪怕是那么一小时，或十分钟。

从那个初秋，第一次见到他，我似乎再也看不见别人，连那么好的许至君都被我忽视，被我轻慢，被我毫不珍惜地对待。

可是现在算怎么回事呢，我该如何证明自己仍然忠于那份爱情？

如何证明自己忠于某种情感，忠于自己的心——许至君也在思考这个问题。

那是唐熙第一次主动提出想和他一起去参加朋友们的聚会，在短暂的错愕之后，许至君只好点头："没问题，只是怕你觉得闷。"

唐熙微笑道："怎么会呢，我本身就是个很闷的人呀。"

她心里有一声讥讽，我当然没有那个程落薰活泼有趣，否则怎么过了这么久，你还对她念念不忘。但她绝对不会让许至君察觉到。

"我原以为，你只是有一些不愿意对我说的事，可是我没想到，你心里是有一个不愿意对任何人提起的人。"

唐熙沉默地看着许至君的侧脸，心中有些黯然。

的确就像许至君所说的那样，聚会本身是没什么新意。都是老朋友，也过了特别爱热闹的年纪，大家只是找了个清静的小酒馆坐着聊聊天而已。

整个晚上的话题都让唐熙提不起兴趣，来来回回就是关于明星八卦、各地房价、股票、基金、年底打算去哪国旅游之类。

许至君很少发表自己的看法，只有在被点到名字的时候，才不得不开口讲几句敷衍的话。

唐熙一直端坐着，静静地等待着一个合适的机会，她想从这群乏味的人嘴里套出一些有用的信息。

终于，有人说饿了。

许至君和另外一个男生主动起身，出去买烧烤。他特意问了一句唐熙："你想吃什么吗？"

"我要玉米。"唐熙说。

趁着酒吧的歌手换了一首轻柔的歌，唐熙微笑着问留下的其他人："许至君一直都是这么沉默寡言吗？我以为他只有和我在一起的时候才不爱说话。"

一个男生回答说："他从小就这样，多说几句话好像会要了他的命一样。"

他话音刚落，就被一个女生否决了："哪有啊，和落薰在一起的时候很开朗啊，经常和我们开一些很妙的玩笑啊。"

程落薰——唐熙心中一动，就是这个名字。

昏暗中，大家脸上都闪过一丝尴尬，而这细微的一切都被唐熙捕获在眼底："我知道程落薰，他们感情很好吧？可是，为什么会分开呢？"

没有人愿意当坏人，大家都只呵呵地干笑了几声，任由唐熙提出的问题飘荡在空气里。

"你们不要这样，我没有别的心思……坦白和大家讲吧，是陈阿姨拜托我，让我多开导许至君，说他现在整个人都变了，经常无精打采的……那是做妈妈的心啊。"

唐熙说出来的话，准确地击中了大家的同情心。

那个女孩子也不掩饰了，立刻调整了坐姿，从她的神情看来，其实她早就想聊这件事了。

"自从他和落薰分手之后，性格都变了，也不太喜欢出来和我们一起玩了。实在没办法，来了，也不提落薰。你知道，他不提，我们谁敢提啊，唉……”

“为什么会弄得像一个禁忌？他们究竟是因为什么事情分手呢？”唐熙的脸上有种真诚的疑惑，她今天必须搞清楚这个困扰了自己很久的问题。

大家又沉默了一阵，互相之间交换着眼神。没人能确定将事情的真相告诉唐熙之后，许至君会是什么反应。

只有刚才那个女生，没心没肺地接上了话：“没办法啊，又不是他想分手的。我觉得，那天晚上之后，许至君肯定是做了很多事情挽留落薰的……但我也能理解啦，落薰肯定没办法原谅他。站在旁观者的角度看，其实两个人都没错。有几个朋友是觉得落薰太狠心了，但我还是觉得都没错……”

她撇了撇嘴，显然是真的为程落薰和许至君感到惋惜。

唐熙感觉到，揭晓答案的时刻终于到了。她定了定神，尽量做到不泄露心底的真正情绪：“原谅？难道说是许至君做了对不起落薰的事？”

“不是你想的那样，是……”

女孩没能说完这句话，就被其他人打断了：“你消停点吧，别人的事，少多嘴吧。”

功亏一篑，唐熙简直气得想拍桌子，她原本打算继续套话，可是许至君已经回来了。

他把食物放在桌上，在其中找到唐熙要吃的玉米，拿给她。可唐熙只是勉强地笑了笑，一点儿胃口都没有。

那天晚上到底发生了什么事？到底是什么原因，让程落薰那么决绝，让许至君自责至今？

这个疑问就像是扎进了唐熙心里的一根针，聚会散场，她以“有空一起出来喝下午茶”的理由要了那个女孩子的联络方式。

唐熙打定了主意，一定要搞清楚。

等到很久以后，我才知道许至君和唐熙之间曾经发生过这些小插曲。

感情这回事，的确是一物降一物，我想我们也许永远也不会明白，为什么世界上明明有这么多的人，可我们偏偏就是会爱上某个无法给予同等回应的人。

聪明的人应该明白自己要什么，聪明的人应该远离那些会带来损耗和伤害的人，聪明的选择应该是和足够爱自己的人在一起，顺从命运的安置而不是顺从自己的心，不是吗？

可为什么，对我们来说，顺从命运竟然如此艰难，很多人不是都自然而然地就这么做了吗？

看上去是那么简单，只要别人怎么做，你就怎么做，不就可以了吗？为什么做不到呢？

所以康婕说的是对的，我们之中没有一个真正的聪明人。

康婕和苏施琪的第一次直接冲突，发生在公司全体员工招待一位重要客户的那个晚上。

老大千叮咛万嘱咐，大家一定要好好表现，搞定了这个客户，年假就请大家一起去旅游。得到这个承诺，大家纷纷摩拳擦掌，一副誓死也要拿下敌方的气势。

晚上的商务宴请，康婕根本不记得自己吃了什么，只记得满桌的人不断举杯。

“来来来，我们一起敬刘总。”

“来，为刘总这么给面子，大家再干个杯。”

“今天能坐在一起吃这顿饭,就是缘分,我提议为了缘分干杯。”

“康婕，你看施琪不能喝酒的都喝了，你也敬刘总一杯。”不知道哪个傻子非要多这句嘴。

康婕午餐吃得很少，原本就是打算晚上好好吃顿饭的。可是席间一直喝酒，她的筷子都没怎么沾湿，胃里已经很难受了，一听有人说这话，心里也不舒服了。

她在心里反驳道：她喝了我就要喝？下次她跳楼了，我是不是也要跟着跳？

可是这句话终究还是不好说出来，她叹口气，站起来，客客气气地向刘总举杯：“那我也敬您一杯。”

已经喝得红光满面的刘总，笑得嘴都合不上：“不不不，我敬美女，该我敬美女。”

康婕看着他油光发亮的头顶，真心地为他感到担忧：哎，您还是悠着点吧，可别喝出什么毛病来啊……

最烦的是，吃完饭之后还不能走，刘总兴致高昂地提议：“唱歌去吧？”

康婕背过身翻了个白眼。跟你去唱歌？唱什么？大家都不是一代人好吗？刘总，您跟我爸年纪差不多啊！

可是没办法，大家都去，她也不能不去，眼看着老大一个劲儿对她使眼色，康婕只好跟着上了车。

果不其然，一到包厢里，刘总就来了个开门红：“苏小姐还是康小姐跟我合唱个《犯错》吧？”

康婕立刻就风中凌乱了：“什么歌？我不会唱啊！”

苏施琪立马展现了她作为交际花的才能：“那我陪刘总唱吧！”

“沉默不是代表我的错，分手不是唯一的结果，我只是还没想好该怎么对你说……”

“既然你并没有犯错，为什么还要躲着我……”

男女混唱在包间里此起彼伏。对于康婕来说，这歌太陌生了，像是从家里衣柜底下扫出来的陈年旧物，蒙着厚厚的灰尘。

她把手摁在胃部，那里传来隐隐的疼痛感，这是一种只有她自己知道的信号。以前在酒吧工作的时候，如果出现这种情况，那就代表她真的不能再喝了，必须赶紧吃东西。

谁来救救我？

趁大家都在鼓掌的时候，康婕以迅雷不及掩耳之势从桌上的果盘里拿了一块西瓜，迅速地啃掉。她感觉自己马上就要饿晕了，这才后悔为什么中午吃那么少，是命运对她的小市民心态的惩罚吗？

刘总唱完一曲，大家赶紧鼓掌，但他还是不太满意。环视了一周，刘总说出了一句让康婕差点没吐血的话。

“这么多男孩子，只有两个美女，不够吧。我跟这里的经理很熟，叫几个美女来陪大家一起玩吧。”

没人敢反对，大家都坚持了一晚上，已经进行到这里了，实在没必要扫了刘总的兴。

康婕虽然也没有言语，感觉却像是五雷轰顶。

好几个化着浓妆，穿着袒胸露背的小短裙的女孩子进了包间，这架势吓得公司的男同事们动都不敢乱动。

康婕有点儿头晕，但她心里丝毫没有鄙夷之类的情绪，大家都是讨生活的，谁又比谁高贵？

一个穿着黑色亮片短裙的女孩，坐在康婕旁边，非常热心地问她："美女你想唱什么歌，我帮你点啊。"

康婕都快哭了："谢谢你，我真的不唱。"

那女孩还不死心："没关系啊，我陪你一起唱，你想唱什么？"

康婕只得把老大拉过来做挡箭牌："这是我们经理，他是个麦霸，你陪他唱吧，我欣赏就行了，欣赏就行！"

老大是个忠厚老实的人，平时在公司就很照顾康婕，今晚当然更加责无旁贷。当然，他没有透露过，这是因为萧航曾经认真地拜托过他，请多帮忙关照康婕。

看着老大和那个姑娘你一句，我一句，苏施琪跟刘总你一杯，我一杯……康婕坐在最角落里昏昏欲睡，太无聊了，也太无奈了，既不好玩，又不好走。

这世上没有轻轻松松能挣的钱啊，她轻声地叹了几口气，想起了以前通宵达旦的日子。

数不清又开了多少酒，刘总终于玩开心了，许诺说明天派人去公司和老大签合同。听到这句话，在场的同事们都松了一口气，可是接着，就发生了那件让康婕特别崩溃的事——

刘总站起来，摇摇晃晃，嘟嘟囔囔地冲着大家说："今晚上开心不开心啊？"

大家都附和着打哈哈："当然开心啊。"

刘总也满意地笑了，努力瞪起那双眯眯眼，环视周围："大家开心，主要还是要谢谢在座的各位美女啊，没有她们，我们不会这么开心，是不是？"

大家只好又跟着附和："刘总讲得对。"

"唰"的一下，康婕都没看清楚，刘总是从哪里掏出的一沓现金，开始挨个给女孩们发小费，拿到钱的人一个个笑得都很感激："谢谢刘总。"

包厢里灯光原本就昏暗，大家坐得也没有任何秩序，醉醺醺的刘总根本看不清楚人的面孔。发到苏施琪面前，她没有拒绝，而是跟着说了一声“谢谢刘总”。

钱递到了康婕面前，她本来是想推开的，但老大悄悄地拍了拍她，示意她接下，她也就只好收下了那几张票子，可这心里，怎么就那么五味杂陈呢？

“我知道你难堪，但谁跟钱有仇？你看苏施琪不是随机应变得很好嘛。康婕，我们做乙方的，很多时候都不可避免要放下自我啊，尊严啊这些东西，没什么的。”

事后，老大的这句话一直在康婕的脑海中打转儿，不但没有起到宽慰的作用，反而让她更难过了。

想起曾经，萧航在酒吧调戏她，自己还能二话不说怼回去。但现在呢，康婕第一次意识到，她的原则和坚守，在别人眼里看来是不合时宜、顽固不化。

从来没有人教过她怎么去应对这些。

在她的成长过程中，一直缺少一个能够搀扶着步履踉跄的她走一段的人。她所有的人生经验都不是来自别人传授，而只来自自己不断地摔倒、不断地受伤。

其实那句话，用在康婕身上是更恰当的：就是在这么寂寞的时光里，她独自一人，慢慢地、慢慢地长大了。

“我爸妈都不管我的。”

康婕第一次跟陈沉在外边过夜的时候，陈沉问她不回家怕不怕，她就是这样回答的。

当时陈沉还愣了一下，看到她满不在乎的样子，才确定她并不是在开玩笑。

那天晚上是因为陈沉一直发烧不退，康婕才决定留在他奶奶家里陪他，老人家睡了之后，他们偷偷摸摸地开了门，闪进陈沉的卧室。

房间挺小，到处堆着男生看的漫画书和武侠小说，椅子上是陈沉换下来还没洗的脏衣服。天花板垂下来一只简易的吊灯，开关是一根旧式的拉线。

陈沉躺在床上，小声对康婕说："我很厉害的，每次拉线断了都是我自己搬梯子去接。你可别小看这个，很需要技术的，一个不小心就会被电死，哈哈哈。"

尽管陈沉用的是玩笑口气，可是康婕听到耳朵里，就是说不出的难过。

那个时候，他们之间还没有出现任何裂痕，没有后来那些居心叵测的女孩，没有陈沉那些冠冕堂皇的劈腿借口，那还是一段最好、最纯真的时光。

康婕在他的床边坐下来，趴在床沿上一动不动地看着他。

陈沉被看得有些不好意思，脸转来转去都不知道该如何是好："你别这么盯着我，虽然我知道我帅。"

换作平时，康婕早就忍不住讽刺他了，可是这一天，她忽然收起了所有尖利，温柔得让人难以置信："你吃完药好点了吗？想不想吃东西，我出去给你买。"

陈沉也收起嬉皮笑脸，摇摇头："不用了，你陪着我就可以。"

其实也没有别的事情做，两人就是说话聊天。

陈沉示意康婕躺到他身边来，她想了一下，觉得这也没什么好推托的，便只脱掉了外套，穿着毛衣躺了下来。

“你爸妈关系不好吗？”陈沉问。

“‘不好’这两个字根本不足以形容他们的关系有多恶劣，这么说吧，他们简直是把对方当成是杀父仇人……我从小到大，只听见他们没完没了地吵，我也怀疑过他们是不是吃错药了才会结婚，才会生下我。

“我妈是个超级势利眼，嘴巴很恶毒，这点我像她，不过比她稍微好一点吧。你是没听过她骂我爸的那些话，再没有自尊心的人也经不住那些话……我爸呢，一开始也想着对方是女的嘛，还是尽量让着点吧，后来实在受不了了，两人就天天在家里摔东西，再后来东西不够摔了，就直接打架……

“总之，我公平地说，我们家是让我妈给毁掉的。”

康婕说话的时候，陈沉一直轻轻地拨弄她的头发，安安静静地等她说完，才接着问：“那他们对你也不好吧？”

康婕对着天花板，发了一小会儿呆：“这么说也不对，我爸对我还是蛮好的，虽然我没给他争过光，但他说了，将来我出嫁一定不能比别人家的女儿寒酸，别人有什么，我都有。”

陈沉忍不住笑了：“那这么说，将来我娶你，还能挣一笔呢。”

那个时候，他们都没有想到，如此温柔缠绵过的人，到头来会各走一边。在那一刻，他们都不觉得陈沉这句话不切实际，更可笑的是，康婕还认真地回答他：“反正我爸不会亏待我们的……不过那也是以前了，后来他找了新老婆，我觉得他说过的话也不见得能作数了，唉，一堆破事，不提也罢。”

她的发梢弄得陈沉的脸上有点儿痒，陈沉让她转过来面对着他。两张面孔，离得只有几寸远，在对方清澈的眼神里，时间缓缓地淌过。

“你放心，我会对你好的。”

那时候的许诺，或许青涩幼稚，但一定比成为世故的成年人之后做出的承诺更单纯更坚定，但同时也意味着更不可预测和不可实现。

大多数的人，在慢慢长大和老去的过程中，早已经不记得自己曾经说过的话，立下过的誓言，或是，假装不记得。

仅仅过去半年的时间，陈沉那句深情的话言犹在耳，可是那个女孩子的突然出现，让康婕知道了原来那一切都是个笑话。

多年后，康婕和陈沉都已想不起那个女生的样子，甚至连她的姓名也很模糊，可是康婕没有忘记过自己在当时所遭受的打击和震惊。

那女孩找上门来，单刀直入地说：“他已经不喜欢你了。”

简简单单一句话把康婕整个人都弄蒙了，她甚至没有反应过来，那个女生说的是谁。

对方又补了一句：“我知道你和他睡过，你能和他做的我都能做，你不能的我也能，你趁早死心吧。”

她不是来宣战的，她只是来通知康婕一声：你的男朋友，我要了！

最终令康婕感到失去陈沉一点儿也不可惜的，是那女孩的最后一句话：“陈沉说你的胸比我小多了。”

那是个艳阳高照的中午，康婕抬起头来看了一眼天空，觉得自己的两只眼睛好像瞎掉了。

她讪笑了一声，不知道该笑这个女孩傻，还是笑自己傻。陈沉不过是这世间最普通不过的一个愚蠢的男生，他凭什么比较我们，挑选我们，羞辱我们?

“你打算怎么解释？”康婕冷冷地看着陈沉。

他的脸上没有一丝愧疚，就是从那一天开始，康婕才意识到原来很多原本熟悉的人和事，可以在一夕之间就变得非常陌生，就好像自己从来没有触及其本质一样。

陈沉点了支烟，无奈地看着气得发抖的她，慢慢说：“我跟她是玩玩的，你不要吃醋，我会尽快解决的。”

见康婕不吭声，陈沉又说：“又不是只有我一个人这样，兄弟们都这样，你随便抓个人问问，也都一样。”

那一刻，康婕简直不敢相信自己的耳朵所听到的话。

你竟然可以做到这么不当回事，而我几乎被你的背叛置于死地，你却好像在说一件无关痛痒的事情，你怎么可以这么云淡风轻地推脱责任？

沉默了很久很久，风把烟灰吹得散落了一地。

再也没有必要说什么了，康婕冷笑一声，装出一副真的看开了的样子，转身走了。

她记得，走到没人的地方，自己停下来，不管不顾地大哭了一场。

不是这么容易就能释怀的，心被捅出了个血窟窿，任何止痛药都止不住这种痛。这是连最好的朋友都不能理解、不能分担的痛。

最深的痛苦，往往是不能言说的，关于这一段，她从来没有跟任何人说过，缄默并不能遏制悲伤，但最起码可以令它不再扩张。

后来陈沉来找过她几次，反复强调自己真的跟那女生断得干干净净了，可是康婕看着他一张一合的嘴，再也没有办法相信他说的任何一句话。一直到很久以后，她对他的爱已经消失殆尽，毫无存留，而这种不信任的感觉却还在。

康婕跟我不一样，她比我更果断也更决绝。从转身开始，她就没有过一秒钟想要原谅陈沉，没有过一秒钟想要重新开始。

流泪也好，痛苦也好，食不下咽、夜不成寐都好，那都是她自己一个人的事情，与陈沉没有一点关系，尽管这些都因他而起。

她比我更早，也更透彻地见识了爱情的脆弱和无常，并且早在很久以前，就不抱希望地接受了这一切。

时隔多年，不知道是哪一根神经触到了记忆的密码，她忽然又想起了往事。

拿着刘总发的那几张钞票，她在夜风里自嘲地笑笑，走进了一家便利店想买包烟。

就在这个时候，手机响了。

除了陆知遥之外，一尘和阿亮也都跟我一样，是第一次来西藏。

他们来了之后，我就拎着包搬到他们那个房间跟他们住在一块儿了。我收拾东西的时候还被小麦取笑了一番："你等的人来啦？"

我含糊其词地笑笑，本想解释什么又觉得其实没必要。

有些事情，你说得再多，别人也很难理解。

洗过澡之后，披着湿漉漉的长发，我坐在窗台上跟他们聊天，陆知遥问我："这些天除了在拉萨晃悠，你还去了哪些地方呢？"

我看着他："我跟同屋的那个姑娘一起去了一趟纳木错。"

是小麦跟我讲的，"错"在藏语中就是湖泊的意思。

纳木错，藏语意为"天湖"，西藏三大圣湖之一，是中国第二大咸水湖，也是世界上海拔最高的大湖。

那天我们两个坐在去纳木错的车上，正对着漫山遍野的牦牛和山羊拍照，司机告诉我，我们现在看到的就是念青唐古拉山。

我从来没有想过，那些对我来讲，原本只存在于地理书上的东西，会在某一天变得如此真实，近在眼前，触手可及，当即被震撼得说不出话来。

傍晚的时候我们抵达了纳木错，投宿在当地藏民经营的铁皮房里，老板用一口生硬的汉语告诉我们，要充电的话就抓紧时间，过了八点就停止供电了。

小麦买了两盒泡面，我们约好吃过泡面就去湖边转一圈，等着看日落。

高原上的水烧到七十度左右就开了，刚泡好面，要了一壶酥油茶，就有两个藏民进来笑嘻嘻地问我们要不要买一副经幡，他们可以替我们挂到山上去。

我拿着叉子怔怔地看着他们，这才知道原来悬挂在拉萨的建筑上，以及这一路过来随处可见的山川河流之间那些猎猎飘扬的、被我称作“彩旗”的东西叫作经幡。

经幡又叫风马旗，上面印的是藏传佛教的经文或咒语或佛像，藏民们希望风像马一样把经文传播到各地去。

小麦毫不犹豫地掏钱出来要了一副：“落薰，你也弄一个吧。”

我回过神来，连忙说：“嗯，我也要一串。”

站在山脚看着那个为我们上山去挂经幡的藏民仿佛芝麻大小的身影，我的视线忽然变得好模糊，好模糊。

我知道很快，我就无法识别在这么多串经幡里，哪一条是属于我的，但是它会永远在海拔四千七百米的地方，在呼啸的风中，在清澈的湖水的平静注视中，承载着我的祈祷。

坐在纳木错湖边等着日落的时候，小麦心满意足地说："这样的安排最好了，可以看日落，看星星，明早还可以看日出，然后我们就回拉萨。"

同行的一对年轻夫妇一下车就产生了剧烈的高原反应，而我跟小麦没有一点儿不适。所以是不是可以解释为，有些人天生眷恋一片小小的天地，另外一些人则要走很远的路才能够听到自己内心最真诚的声音？

纳木错的美，使我真正领悟了什么叫作"大美无言"。

我绞尽脑汁想要描述自己当时的感受，可是也只能零散地说出，云层低得像帷幕，湖水清澈得好像能洗净灵魂里所有的伤痕。

将近九点，天色渐渐地沉下来，漫山遍野的野狗开始狂吠。天气原因，没有出现我们所期待的壮阔的日落，但站在礁石的边缘，眺望着远方那一点点夕阳的余晖，我已经觉得非常非常感动，就像是瞥见了神灵不小心打开的盒子，窥探到了原本与我的生命无缘的神迹。

小麦嘟着嘴连声叹气说"可惜，真可惜"。

我笑笑，她还不懂，有些事物就是要有遗憾，不能太圆满，不能太完美，否则一切美得令人心痛，就会再也舍不得离开。

我该怎么说呢，林逸舟，此情此景都让我想念你。

你离开我已经那么久，可是我还是非常想念你。

非常、想念、甚至是爱，说起来都显得空洞无物。在他刚刚离开的那些日子里，我一直拼命地想要找出一些证据，可以说服自己，我真的很爱他的证据。

可是没有，我日复一日地搜罗着脑海中的记忆，我觉得自己愧对那份爱情。

直到某天夜里，我忽然想起一件事。

有一次他开车去找我，我以为他有什么事，可是他不说话就是笑，我穿着拖鞋坐在副驾驶上气急败坏地说："你再不说什么事我就回宿舍了。"

他拉住我的手说："你别闹，我想睡一下，你陪陪我。"

当时他似乎真的很累，很快就睡着了，像个小孩子一样，呼吸很轻很轻，很安静，枕着我的肩膀。我静静地看着他，肆无忌惮得近乎贪婪，他轻微的鼻息就扑在我的脸颊上。

车里的空间只有那么一点点大，有好几次我都想降下窗户放一些新鲜的空气进来，可最后我什么都没做。

外面非常安静，所有的人和事都离我们很遥远。

爱一个人的时候，连他呼出的每一口气，都想好好储存起来。

我就那么静静地陪着他，一动不动地陪着他，想起那首叫作《氧气》的歌，原来真的是有这么一回事——你就是我的氧气。

"那天早上我听见屋顶上有噼里啪啦的声音，还以为是下雨了，结果出来一看，居然是下的雪。"

我跟陆知遥他们说起对纳木错的看法时，只字不提内心的真实感触，而将所有的重点都放在了对美景的感慨上。

一尘撇撇嘴："我还是对古格的兴趣更大，我一定要爬到那个洞里去看看。"

什么洞？我将好奇的目光投射在陆知遥的脸上，他微微一笑，说出了三个吓死我的字。

"藏尸洞。"

康婕握着手机犹豫了很久才接，萧航那个咋咋呼呼的神经病也不问问情况就哇哇叫："你们今天全体出动搞定那个暴发户没啊？我本来想找你吃晚饭，但是下午师兄在网上跟我说了这个情况，差点没把我笑死，哈哈哈。"

康婕举着手机静静地听他聒噪地讲了一通之后，轻声说："没心情跟你聊，先挂了。"

说完也不等萧航反应就直接挂断了电话。一分钟不到，萧航又打过来了，这次他开口就慎重多了："你什么情况啊，话都不等我说完，没出什么事吧？"

"没事，就是不想说话。"

萧航在她面前也是死皮赖脸惯了："那你说你在哪儿，我过去找你。"

"找我干吗，哎呀，你烦死了，不跟你讲了。"康婕又把电话挂了。

真的说不清楚为什么，是憋久了还是突然之间犯矫情了，她觉得自己再多说一句话就会控制不好语气，哇地哭出来。

又是不到一分钟的时间，萧航的第三个电话打过来了，这次没有给康婕反驳的机会："你再不说你在哪儿，我明天就到你公司找你。"

夜市如昼，萧航替康婕点了一大堆吃的，又恶狠狠地对她说："你下次再这么没礼貌，挂我电话，我就再也不和你玩了。"

康婕一脸无语地看着他："我又没求你跟我玩。"

不知道萧航的脑袋里装的是些什么，他好像一点儿逻辑也没有，一件事还没说完他就立刻扯到了另外一件事上："我跟你讲，以后去应酬之前一定要吃点东西垫底，你还真以为他们是叫你去吃饭的啊，你们这些长得好看的小姑娘什么也不懂，那些老男人就是喜欢饭桌上有几个年轻姑娘，调节气氛。”

康婕闷着头，搅着一碗粥。

她嘴上虽然不以为然，但心里还是有些触动的。

以前旁观许至君对落薰的周全体贴，她就在心里感叹过：不是每个人都有这个运气的，有人担心你饿不饿、冷不冷，程落薰完全是身在福中不知福。

萧航见她不说话，以为她被自己丰富的社会阅历折服了，又扬扬自得地说起另一件事：“喂，康婕，我上次跟你商量的事你想得怎么样了？其实吧，要我说呢，真的没什么好想的啊！要是哪个美女让我假扮她的男朋友，我肯定求之不得啊！”

不知道是粥太烫了，还是萧航脸皮太厚了，康婕被粥呛了一下，发出了惊天动地的一阵咳嗽，等她好不容易平息下来，才说：“萧航……你……你再提这事，我杀了你，信不信？”

看着康婕有些动怒的样子，萧航只好把这件事暂时压下去。

他叹了口气：“这次我是真的要被猴子他们笑死了……上学的时候，总是我笑他们，现在是报应啊，报应。”顿了顿，他又说，“我们七个人关系可好了，那个时候我们这个小团队可以说是叱咤风云，人见人爱啊。对了，我们还有个很威风的名字，你猜叫什么？”

康婕白了他一眼：“七个人，难不成叫葫芦娃？”

“不……”萧航的脸上露出了孩童般狡黠的神情，“是我取的，叫‘七坨屎’，哈哈哈哈……”

这下康婕实在没忍住，“噗”的一声差点把粥喷出来。

或许是因为在窗台上吹风时着凉了，第二天起床，我感觉到头特别重，整个人昏昏沉沉，连说话的力气都没有。

一尘和阿亮结伴去了哲蚌寺，陆知遥拿着我们所有人的身份证去办理边防证，要去阿里必须有那样的东西才行。

我勉强喝了几口热水，实在是撑不住了，又爬回床上去躺着，心里产生了一种前所未有的恐惧感。

在高原上感冒，情况可大可小，万一越来越严重可怎么办？

我看着天花板，迷糊中开始胡思乱想：陆知遥怎么还不回来？难道我就要不明不白地死在这个没有亲人、没有朋友的地方了吗？

想到这里，我鼻子一酸，好像真的已经到了生死关头。也不管康婕是不是在上班，我拿起手机就打了过去，电话一通我就哽咽了："喂……呜呜……"

"你哭什么啊？"那边传来哗啦哗啦的声音，好像她是把什么东西打翻了。

我努力克制情绪，却还是说得磕磕绊绊的："我好像是病了……头好痛，呼吸也好困难……"

没等我说清楚症状，康婕就在那头破口大骂："你是不是傻啊，许至君不是给了你很多药吗？你不会吃啊？到底是病了还是高反你搞清楚啊，实在不行就回来吧，反正阿里在那里不会跑的，大不了下次再去吧！"

"不是高反，我真的没一点高反……"我挣扎着说，"我好像是感冒了……"

"行了，程落薰，你跟我说也没用，我现在不在你身边也帮不了你。那个陆知遥不是和你在一起吗，你把电话给他，我跟他说！"

"他没在，出去办事了……"我心想，就算他在，他也没义务照顾我。

我轻声说："算了，我找点药吃，你忙你的吧，我就是想和你说说话，你别跟我妈提这事啊。"

"你真是有病啊你，你怕你妈担心就不怕我担心啊！"

她还在骂骂咧咧，我直接挂断了电话。我疏忽了，我只记得叮嘱了她别和我妈说，却忘了另一个人。

一直到下午，他们几个才回来。我已经醒了又睡，睡了又醒，这样重复了不知道多少次。陆知遥发觉到我的异样，连忙要拿药给我。

我气若游丝地告诉他，我已经吃过药了，再睡一觉就好了。

他坐在床边看着我，刚想说什么，门被推开了，是住在隔壁的一个姑娘。

她兴高采烈地冲着里面喊："有没有人一起玩杀人游戏？"

一尘哈哈大笑："我们只跟美女玩。"

那姑娘不服气："那你们来呀，我们有的是美女。"

一听这话，一尘和阿亮立马起身，还冲着陆知遥喊："你就不去了吧？"

即便病了，我也知道这个时候拖着他陪我并没有意义，于是我连忙挣扎着起来，说："你和他们一起去玩吧，我休息就好了，不用管我。"

他伸手探了探我的额头，低声说："你再不舒服，就马上给我打电话。"

我点点头，好像真的很听话一样。

不知道又睡了多久，这次醒来才感觉到呼吸顺畅，头也没那么痛了。我从床上爬起来倒水喝才发现，外边已经天黑了。

我就这样站在窗口，端着一杯只剩下点余温的水，怔怔地注视着高原上特有的宝石蓝的夜空。是因为海拔高所以离月亮比较近吗？要不然，为什么月亮看起来好像要比以前看到的大呢？

不用亲眼所见，我能够想到在玩游戏的时候，陆知遥会有多么的引人注目。他缜密的逻辑、流利的口才，还有举手投足之中的大将风范，我之前已经见识过了。

他不说话的时候总是内敛沉稳，但开口必定一鸣惊人，大杀四方。

我拖着虚弱的身体上了一层楼，撩开小酒吧门口那层厚重的帷幕，一眼就看到了他们那群人。

真热闹啊，大家有说有笑的，人人手里攥着一瓶啤酒。

玩得真开心啊，果然没有我也没什么关系呢……我心里酸酸地想，反正我是融入不了了，还是别去扫大家的兴吧。

我悄无声息地退了出来，回到房间里。不知道被什么力量召唤了，我又爬到窗台上去坐着，一个人呆呆地看着月亮。

月色很美，美中不足的是阴天，今晚看不到星星。

那个时刻，我被一种前所未有的孤独感包围了，好像在突然之间，被什么尖锐的东西刺醒了似的。

为什么我会在这里，为什么我会跟这么一个陌生的人，来到一个这么陌生的地方？

我并不知道，就在我给康婕打了那个电话之后，她心急如焚，六神无主之下，便把我病了的事情告诉了许至君。当时唐熙就在许至君身边。

陈阿姨的生日快要到了，唐熙特地把许至君找来一起选礼物。他们去一间店址隐秘，货品高级的进口瓷器店，她想选一套英式茶具送给陈阿姨。

刚刚进去没多久，才和老板闲聊了两三句，许至君的手机就响了。他一看屏幕，脸色立刻就变了。

康婕没有浪费一秒钟，开口就直奔主题："落薰病了，刚打电话给我，好像想哭又不敢哭。”

许至君心里一沉，余光瞥到唐熙，她正专心看一只茶壶。于是他快步走到门外，这才放开声音：“具体什么情况你快说啊，她怎么了？病到什么程度？”

康婕是一问三不知：“我不知道啊……我都快急死了，恨不得现在就去看看她到底是怎么回事……我也是不知道怎么办才打电话问你的，你说现在怎么办啊？”

略一沉吟，他心中立刻做出了决断：“我去一趟好了，你等我消息。”

康婕当即被震撼得哑口无言，过了好久，她由衷地说：“许至君，我真是，服了。”

挂掉康婕的电话，他立即打通另一个电话：“你帮我订一张飞拉萨的机票，经停时间最短的……对，全价没关系，尽快哈，拜托了。”

他打完电话，回过身去，看到倚在门口的唐熙正似笑非笑地看着他。

这是他们第一次正式说到“程落薰”这个名字。

坐在餐厅靠窗的位置，唐熙两眼无神地望着窗外，对服务员的声音置若罔闻，不愿给予任何回应。许至君便随意点了几道招牌菜，他心里也知道，他们今天不是来吃饭的。

过了很久，唐熙还是没说话，许至君只好先打破僵局：“唐熙，我知道你为什么不高兴。”

“我没有资格不高兴。”唐熙一句话就给他堵回去了。

如果是林逸舟，在这种情形里，他会顺水推舟说“你知道没资格，就不要摆出这副脸色”，但许至君永远不会这样说。

尽管他心里也有点不满唐熙的态度，但还是用平稳的语调提出请求：“这件事，请你不要告诉我妈妈。”

唐熙冷冷地回答：“不好意思，我不能保证。”

许至君猛地抬起头，他怎么都没想到，唐熙会如此生硬地甩出这样一句话来。然而，他更没有想到，还有更厉害的在后面等着他。

“阿姨跟我说起过程落薰，你的朋友们也说过一些你们的事情……坦白说，你们的事，关我什么事？我又不是你什么人，对不对？既然不是你什么人，我为什么要替你保守秘密？”

这是唐熙第一次在许至君面前露出她强势而不肯退让的一面。其实，在瓷器店，她看到许至君跑出去接电话的时候，就差点忍不住了。直到她听见他让朋友帮忙订机票，看着他脸上毫无掩饰的忧心，那种被忽视的失落和愤怒，才达到了顶峰。

“许至君，做人要公平一点是不是？我，为什么要替你对阿姨保密呢？我觉得，我不主动告诉她，已经算是厚道了……”

“我以为，朋友之间是应该有这份道义的。”许至君的声音也变得冰冷。

“朋友？”唐熙一声轻笑，原本拿在手里把玩着的叉子“哐当”一声，轻轻地掉在白色瓷盘上。

她轻声反问：“朋友？许至君，我们彼此坦诚一点吧，你觉得我只是把你当朋友？”

这一刻，唐熙终于做好了最坏的打算，直接向许至君问出了那个问题，那个她始终无法从别人那里获得答案的问题。

“你和程落薰，到底是因为什么事情分手？”

这个问题，在她心头盘踞了很长一段时间。只要有机会，她就想问他。可是每一次，她最终都是忍了又忍，强行压了下去。

她是个聪明的女孩子，对情势有清醒的判断。

她知道，如果时机不合适，一旦问出来，不仅无法知道真相，还会打破现在的平衡，惹怒许至君，那绝不是她想要的结果。

好几次，她把在聚会上认识的那个女生约出来逛街、喝茶、吃饭，尽管她们完全没有共同语言。

浪费这么多时间和精力，无非就是想要知道许至君和程落薰分手的内幕。唐熙自己都感到难以置信，为什么在这件事情上如此执着，简直像是着了魔。

但只要她一提起，那个女孩就一副很为难的样子支支吾吾，顾左右而言他，最后没办法了只好说："唐熙，你还是去问他本人吧，我真的不方便说。"

"一定是他背叛过程落薰。"

唐熙已经武断地得出了这个结论，但她还是想要得到许至君的亲口验证。只要他承认了，她的心魔也就解决了。

"背叛她的人不是我。"

时间仿佛停滞了好久，桌上的菜都已经凉了，许至君不管不顾地吃完了自己那份，直到唐熙的耐心接近耗光，他才慢慢悠悠地说出这句话。

就这一句，瞬间让唐熙崩溃的理智冷静了下来。

她疑惑地看着许至君，而他也就在这样的眼神中，缓缓地开口谈起了他一直不愿意面对的那件事情，说起了那个他永远也不想回忆的生日……

最后，他用一种总结陈词的语气说："我知道她不会原谅我，一辈子都不会。”

弄清楚了来龙去脉，唐熙怔怔地看着他，那一刻她有种很想哭又想骂人的冲动，她搞不清楚自己到底是想骂谁，那个不知好歹的程落薰？还是眼前一直活在自责里的许至君？或者是，明知道他那么深切地爱着另外一个人，却还是闭着眼睛陷进去的自己。

“她……怎么能这样！还有你，她这样对你，你还喜欢她什么？”唐熙的声音气得发抖。

许至君终于抬起眼睛，看着她，他的目光深邃沉静，不打算辩解的样子：“我不觉得她有什么错，换了我是她，我也很难原谅那个挂掉电话的人。”

“不可理喻！”唐熙把脸转向一边，既生气又难过。

她不想再和他说话。

那晚过后，也许是药效起了作用，我的症状减轻了不少。只是感觉好像被人打了一顿似的，有些酸痛和发力，没什么胃口也没什么精神。

陆知遥的态度还是看不出端倪，只是提醒我要尽量吃些东西，只剩几天就要出发去阿里了，千万别在这个时候身体再出什么状况。

我有些淡淡的委屈，和隐隐的难过——因为自己的不被重视而感觉到失落和挫败。

可是我能说什么呢？我不是很明确地用“萍水之交”来定义我们的关系吗？既然只是顺着际遇偶尔相识，又凭什么要求对方事事以你为重呢？

联系好了租车的司机之后，淅淅沥沥地下起雨来，我们几个人闲散地在房间里休息。一尘和阿亮一个在弄相机，一个闭目养神，我靠着斑驳的墙壁盯着书看，陆知遥在调试他的吉他。

不知道为什么，我心里乱糟糟的，十分钟过去了，书还一页都没翻动。

吉他声在这个下着雨的午后毫无征兆地响起，我仿佛从混沌里睁开眼睛。他唱的那首歌是在云南时我就想听的，可是当时他说没有乐谱唱不了，以后有机会再说。

我原本以为只是他的一句敷衍,并早把这件事忘到了九霄云外，直到歌声传入我的耳朵：“等待等待再等待，我心儿已等碎，我和你是河两岸，永隔一江水……”

有人陆续从门口经过，对我们投来友善的目光。

那一瞬间，那种想要落泪的感觉，是我始料不及的。

窗外的雨不知道什么时候停了，琴声戛然而止的瞬间，陆知遥注视着窗外平静地说：“彩虹。”

一尘和阿亮同时蹦起来跑到窗口哇哇大叫：“天哪，是双彩虹！两道！”一边说一边拿起相机就往顶楼跑，房间里顿时只剩下我和陆知遥。

这是我长这么大以来，第一次亲眼看到这样的景色，两道斑斓的彩虹将天地隔开，形成一个奇妙的、仿若人间仙境的画面，如此的不真切。

我揉揉眼睛，想要用力看清楚，再看清楚一些。

“有个电影里说，看到双彩虹意味着幸福。”我傻傻地说。

陆知遥站在我身边轻笑一声：“扯淡。”

接着，他做了一件出乎我意料的事，原本戴在他手腕上的那串紫檀念珠被他摘了下来，拿到我眼前：“给你。”

一时之间我还回不过神来："啊？"

"啊什么啊，不要？"

反应过来的我连忙一把抓住，生怕他反悔，可是当我一圈一圈在手腕上绕好之后，又不知道该不该说句谢谢。

我们并肩站在窗口，窗外是罕见的双彩虹，我感觉到血液一点一点流回我的心脏，之前那种淡淡的忧愁和伤感蒸发在空气中，被风带走。我敢说，这种感觉一生之中也不会遇到太多次。

可是，仅仅隔了一天，那种感觉就再一次充盈在我的胸腔里。

我接到许至君的电话，他说："程落薰，我到了拉萨，你在哪儿？"

疯了！

坐在著名的玛吉阿米餐厅，我简直怀疑自己眼前看到的这个人是我的幻觉。

怎么可能呢？我们怎么可能会在这里见面，他居然这样说来就来了，一点行李都没有，一件多余的衣服都没有带。

招牌酸奶蛋糕就在眼前的碟子里，我们坐在窗边，一时之间谁也没有开口说话。

我一直以为许至君是冷静的、理性的，任何情况下都不会乱了分寸的人。

我们还在一起的时候，不管我把事情弄得多糟糕，他都能有条不紊地收拾残局。即使是在我们分手的时候，他心里有那么多复杂的情绪，表面上也仍然努力维持着镇定和体面。

我一直以为，他是最能克制住自己的人，而现在我才知道，原来这种人冲动起来才最要命。

“你真是神经病啊。”我轻声地叹了一口气。

他笑了笑：“短时间之内，被两个女生轮着骂，我真是够倒霉的了。”

除了我之外，另一个女生想必就是康婕提起过的唐熙吧。我拨弄了一下手腕上的念珠，心里暗暗地想。

他喝了一口甜茶，皱了皱眉，看样子是不太习惯这种藏式的饮品：“康婕给我打电话，说得挺严重的，她很担心……我也是……我们担心你逞强，担心万一有什么事你不肯说，所以我来一趟，确定你没事就好了，我回去也算对康婕有个交代。”

交代，康婕真的需要这个交代吗？我凝视着他，这个问题最终还是没说出口。

这是我们分手后第一次面对面地说话。

关于过去，我们缄口不言，关于未来，我们也不打算过问，甚至关于对方的现在生活里的细节，我们也不知道该不该关心几句……

我们竟然生分成这样，我和许至君，竟然生分成这样……想到这里，我竟然有点儿想哭了，真是个没出息的家伙。

“你现在戴念珠了吗，在哪里求的？”过了好半天，许至君终于找了个新话题。

可他这么一问，我心里又一紧。

我假装毫无隐情，平淡地说：“一个朋友给的。”

他“哦”了一声之后，转过脸去看着窗外，又陷入了沉默。

当他再开口时，已经是道别：“既然你安然无恙，那我就不在拉萨久留了。我买了下午的机票，你自己多保重。”

我被他这句话吓了一跳，没能掩饰得了我的震惊：“你这么快就走？”

“嗯，我下机就觉得有点胸闷，买了红景天，但好像不是特别有效，还是早点回去比较好，以后有机会再来吧。”他笑了一下。

我已经很久很久没有看过他这样对我笑了。

在这个时刻，我除了沉默竟不知如何是好，这沉默中饱含深意，有我的歉疚、惭愧和长久以来对他的，不知道究竟该如何定义的感情。

很久之前康婕就这样说过：“程落薰，你可能再也碰不到一个人像许至君，他重视你超过任何人，你信不信？”

我信。

我一直深信不疑。

他就这么匆匆忙忙地来见了我一面，又匆匆忙忙地回去了。送别他的时候我整个人都处在一种极度的虚空里。我心里有很多很多话想要说，可是如果开口，恐怕我一时半刻也讲不完。

从玛吉阿米走出来，我意外地看见陆知遥和一尘、阿亮他们三人朝我们迎面走来。那一下我脑中一片空白，手脚几乎无法动弹。

谁也没问让我难堪的问题。

陆知遥神色毫无异样，一如往常，只是指了指玛吉阿米说：“我带他们去坐坐，你回头来这儿找我们吧。”

他们走后，许至君也没有问任何问题。其实我都做好准备告诉他，我就是要跟这几个朋友一起去阿里。可他不问，我也就没有机会说出来。

他拍拍我的肩膀，对我笑笑：“他们不是在等你吗？你别送了，我自己走。”

我转过脸去，眼泪就在眼眶里打转。

当天晚上，许至君的航班一落地，就接到了唐熙的电话：“终于打通了……你还好吧？她没事吧？”

对比起和程落薰之间的疏离，此时唐熙热切的关心显得那么温暖，他心里有种久违的感动，连声音都不自觉地变得温柔起来：“我已经回来了，她挺好的。”

“我想见你。”不知怎么的，唐熙的声音里竟带点哭腔。

“好，我过去找你。”他第一次这么干脆。

在唐熙家附近的广场上等她的时候，许至君又想起了那串念珠。

他心想，事实上，程落薰低估了自己对她的了解，以为那么随口一说就打发过去了，却没有想到她一闪而过的慌张已经让真相呼之欲出。连她自己都没有注意到的细节，他却注意到了。

那串念珠令许至君想起了一只耳钉。

过去这么久的时间了，它还顽固地扎在她的耳洞里，好像已经生了根一样，可是他曾经送给她的那枚玉，却早已物归原主。

他苦笑一声：程落薰，你不知道自己不太会撒谎吗？说什么朋友送的，如果真的是普通朋友，你又怎么会随身戴着。

唐熙从家里跑出来，刚洗过的头发还来不及吹干，水滴顺着发梢一直往下滴，身上还散发着沐浴露的清香。

她跑到许至君面前，许至君微笑着刚想说点什么，忽然之间，她扑过去用力地抱住了他：“吓死我了，我还以为她会跟你一起回来。”

十几秒之后，许至君才意识到发生了什么事。他有点儿尴尬，却又不知道出于什么原因，不敢轻易推开唐熙。

这是她第一次在他面前流泪，可她自己也不明白这眼泪为何而来，只是想哭，非得这么做不可。再不弄个出口，她心里那些委屈和哀怨就要把她自己给淹没了。

过了好一会儿，夏天的夜晚刮起了清凉的风。唐熙抬起头来，满脸潮湿却漾开了笑容："好了，哭完了。"

是从那一刻开始，许至君心里好像被某一种看不见的力量给触动了。

"不知道你哭什么。"

他的语气，这样温柔。

晚一点的时候，康婕接到了许至君的电话，说已经去看过了，她目前一切都好。

"他还说有人会照顾你，是不是你告诉他的？"康婕的语气里有种让我觉得不太舒服的感觉。

我连忙否认："我没有，我只是说有朋友结伴一起，我是想让他不要担心……"

不知道康婕是不是吃错药了，讲话阴阳怪气的："程落薰，你别太过分了，你炫耀给许至君知道那些事，有意思吗？"

我恨不得要开口骂脏话了！康婕你是不是疯了，我跟他炫耀什么了？我连朋友是男是女都没说！

可是，一想到她那么焦急那么担忧，一想到许至君千里迢迢飞过来，忍受着高原反应，仅仅是为了确定一下我的状况……这两人的情谊，就令我感到受之有愧。

这样一想，我的口气立刻软了下来："我真没有……"

听起来，像是很苍白无力的狡辩。

不知道从什么时候开始，不知道我究竟哪里做错了惹得康婕不开心了，她在这通电话里表现得对我非常不满，可是又不明说：“你自己保重吧，我挂了。”

直到耳畔响起一串忙音，我依然处于茫然之中。

这到底是怎么了？难道我非得病死在异乡，他们才满意？

要等到很久以后，我才知道，原来从我上一次无心地刺伤了她的自尊开始，她就对我不满了。

陆知遥叫了我一声说：“欸，你别发呆了，我们去超市采购，明天要出发了。”

我这才回过神来，呵呵地干笑了两声。

全程走完预计是八九天，陆知遥像一个老师带着一群什么也不懂的小学生在超市里挑选着旅途中的必备品，我刚拿起一瓶家庭装的沐浴露就被他勒令放下。

我跟他争辩：“为什么啊？好几个人呢，用得完的！”

“用得完你的头，这一路上可能都没机会洗澡了，你给我放下。”

刚制止了我，那边一尘又开始犯傻了，他拿了四个塑料饭盒放进推车里！

陆知遥看起来简直要抓狂了：“你买这么多饭盒去阿里搞批发吗？”

一尘似乎是有轻微的洁癖，他的解释是：“一人一个拿来泡方便面啊。”

陆知遥平时是多内敛多沉得住气的性子啊，可这下他简直快被我们弄崩溃了。他无奈地再次向我们强调：“减轻负重，泡面的碗筷有一份就够了，大家轮流用，尽量多买一些方便食品，饼干火腿肠之类的。沐浴露和洗发水也不用再添置了，现有的那些还不一定用得完。一尘你明天出发之前记得再去买两个氧气罐，要不然你到了古格也没办法进洞。”

一尘和阿亮走开之后，他又跟我说：“你不是爱吃趣多多吗，多拿点儿。”

正合我意！听到他这么说，我立刻一副趣多多不要钱的样子拼命往推车里扔，一边扔一边问他：“有一次你跟我说在新疆的某个地方你看到过银河，是哪儿？”

“噢，那个啊，在赛里木湖。其实这些地方我都去过了，要不是你想去，我才懒得去了。”

不知道为什么，他说完这句话忽然笑了，我站在饼干柜面前一抬头就看见他难得一见的柔软笑意，我拿着饼干的手僵在空中，半天不能动弹。

过了好一会儿，我才低下头，收拾繁杂的心绪。

本来好好的，也没有任何事，还有公费买趣多多，为什么我会突然有点儿难过呢？

收拾行李的时候，我生怕遗漏了什么，可是越是怕就越是没把握。

陆知遥看我一脸慌张又迷茫的表情，把我叫到他面前，传授了一个自己的习惯给我：“你总是丢三落四的，我教你一个方法。”

他告诉我，所有的东西都应该有固定的摆放位置：“我全身的每个口袋里放的东西都是固定的，衣服左边放钥匙和钱包，右边放手机，裤子左边放电子产品，右边放那个。”

“哪个？”我是真的没听懂。

他笑了一下：“成年人都应该随身带的那个。”

过了两秒，我反应过来了。我没看错这个家伙，他果然不是那种能闲得住的人！

从拉萨出发去阿里的时候，我戴着那顶灰色帽子，背着陆知遥的单反相机，很矫情地冲布达拉宫挥了挥手，大声地说了一句："拉萨，再见啦！"

开车的司机是个甘肃汉子，不知道是不是被我触到了笑点，他一直冲着坐在副驾驶上的我笑。

我有点不好意思："师傅，您专心开车，我知道我长得好看，可是咱们安全第一！"

我这话刚说完，师傅立马从后视镜里看着坐在后排的陆知遥："队长，小姑娘说得还真有道理，要不你换个你们队伍里最难看的人坐她这儿？"

好一个陆知遥，他面不改色地说："现在坐您边儿上的这个，就是我们队伍里最难看的。"

进入盛夏了，温度高得就算在街上裸奔都嫌热。

午饭时间过后，康婕在公司写字楼的大厅里看到了陈沉。她有点意外，也有点不高兴，语气自然也就不太好："你怎么在这里？"

陈沉早就习惯了她在人前跟他搞得泾渭分明的样子，仍然是一脸的不正经："刚好路过，就来看看你，别紧张，不找你借钱。"

他说这句话时，苏施琪刚好拿着三明治从正门进来，看到康婕和一个陌生男生时，她的眼睛里立刻闪过一道光。

为了不引起大家八卦，康婕连忙把陈沉拖到大厅一个不起眼的角落里。可纵然如此，苏施琪走进电梯时依然是满脸的意味深长。

电梯一路直上，到八楼时停下来，电梯门一开，苏施琪就看到了站在门口的萧航。

他灿烂地笑着跟她打招呼："Hi，你看见康婕没有？"

其实在康婕进公司之前，萧航也偶尔会来找老大，那时他对苏施琪还比较热情礼貌，有时还会给她带点甜品和点心。但自从康婕来了之后，苏施琪就再也没有享受过那种待遇。

此时，她眼珠一转，故意说：“看见啦，在楼下跟她男朋友说话呢。”

她没看错，在话音落下的那一秒，萧航脸上那种绚烂得像午后阳光一样的笑容的确是僵硬了片刻，虽然他很快就调整得好像什么事都没发生一样。

“他们挺亲密的，我看你今天还是别找她啦。”她不忘落井下石。

“嗯，改天也行，那我先走了。”萧航礼貌地笑笑，转身往另外一边的电梯去了。

看着他流露出些许落寞的背影，苏施琪一声冷笑，伤心了吧，活该，谁叫你对那个新来的土鳖感兴趣！

她一直记得康婕面试的那天，装模作样地穿了件名牌外套，企图装成一副资深白领女性的样子。

从那天起，无论康婕后来怎么样，苏施琪都认定了她就是个土鳖！

康婕当然不知道这个小插曲，对她来说，眼下的生活就是日复一日地重复，没有惊喜也没有波澜。可她心里有个很清楚的意识，虽然现在没发生什么事情，但并不意味着从此之后生活就一帆风顺了。

这么多年的生活经验告诉她，艰辛的事情总会不期而至，只不过时常换一个理由。

一开始她并没有意识到萧航的淡出，相反，她甚至觉得那个神经病没有再来找她商量扮演他女朋友的事，实在是给她省了很多事。

直到某个周末——

在课堂上，她拿着红笔跟着老师的讲解在书上画重点，前排那个眼镜妹妹忽然回过头来问她：“你男朋友今天来接你吗？不来的话我们一起去逛逛？”

康婕愣了好久才想起她说的男朋友是指萧航，忽然之间，心口好像被轻轻地捶了一拳，有点闷闷的，不知如何排解的感觉。

她对眼镜妹妹摇摇头：“去不成呢，我还有事。”

从那一秒开始，康婕完全无心听老师讲课了。她不停地转着手中的笔，企图分散因为想起萧航而带来的不快，可是转着转着，手中的笔“哐当”一声砸在课桌上。

她发出那条信息的时候，心里轻声骂自己：傻 × 啊，你就是喜欢没事找事！

那是她第一次主动发信息给萧航，内容看起来很简单：“喂，你在干什么？”

过了大概五分钟，她才收到回复，在这五分钟里，康婕被一种奇怪又微妙的情绪所牵引着，像是期待着什么却又十分忐忑。

五分钟啊，萧航编辑两个字难道要用五分钟的时间吗？

他的回复比康婕的问题更简单：“发呆。”

看到这条信息时，康婕简直想从课堂上直接飞到他面前，抓着他的肩膀怒吼着把他摇醒：“你是不是老年痴呆了啊！”

可事实就是这样，她根本不明白为什么，一直很热情很友好的萧航，就这么莫名其妙地跟她疏远了。

这是一个平行的世界，有人日渐生分，有人日渐亲密。

经过那天晚上唐熙石破天惊的一抱之后，她跟许至君的关系基本已经明朗化了。

纵然许至君已经想得清清楚楚，到了最后关头大不了坦言相告，就说自己暂时还没放下程落薰，无法开始新的恋爱。可每次他想要这样说的时候，脑袋里总会冒出个声音质疑他的底气。

真的放不下吗？

没错，因为放不下，所以才会听到她病了的消息，第一时间飞去拉萨探情况。

可是在拉萨见到她的时候，她分明是那么快活的样子，眼角眉梢，连头发丝都透着新生的朝气和喜悦。她不再是在机场那个一脸阴霾的程落薰，很明显，她在旅途中获得了一些让她退去戾气的能量。

那种能量，跟她手上戴的那串紫檀念珠有没有什么关系？

这样一深想，他就觉得很烦躁。

世界上大多数人在遇到拦路的巨石时，通常会选择绕开它而不是摧毁它，因为前者的成本比后者要低得多。

曾经的许至君，在任何事情上遇到麻烦都会选择不逃避，耐心地从本质上去解决困难，唯独这件事，他决定绕开它。

绕开它，就把它当作人生的边角余料，绕开它，从此步履坦荡豁达。

下定了决心之后，面对唐熙主动伸过来的那只白皙纤细的手，他也就没再躲开。

第一次正式地将唐熙以女朋友的身份带去清吧跟朋友们聚会时，大家都心照不宣地笑，好像对这个现状一点也不感觉惊讶。

趁没人注意的时候，他溜出去抽了根烟。

看着街边的彩色霓虹，他心里生出无法与任何人言说的悲哀：程落薰，我们真的就这样了吧……

最高兴的人是陈阿姨。

因为健康状况欠佳，近年来她也越来越不爱出门了，可是自己一直期待的愿望一旦成真，她就迫不及待地想要小小地庆祝一下。

当然不能做得太明显，万一弄得许至君心里有什么疙瘩就不好了。

经过一番深思熟虑，陈阿姨在某天晚上看电视的时候，故作不经心地对许至君说："前两天，一个朋友新开了个餐厅，我看图片装修得很漂亮，你有空陪妈妈去看看吧。"

许至君"嗯"了一声算是答应了。

陈阿姨的余光瞥到他的脸——毫无欢喜的面孔，想起他跟程落薰那个丫头在一起的时候，跟现在简直是判若两人。

可是那又怎么样呢，按照人生的惯性预测，年轻的爱情总是会出现故障，大家不都是这样过来的？其实很多事物都没有人类自己以为的那么坚固，尤其是爱。

她伸了个懒腰，起身回卧室之前，再次漫不经心地补充了一句："那你叫上唐熙一起。"

许至君刚抬起头想说什么，她就轻轻地关上了卧室的门，将他所有想说的话、想表达的情绪，挡在了那薄薄的一扇门外。

一到周末，无论是餐厅还是休闲场所，目光所及之处除了人，还是人。

许至君停好车之后，满头大汗地走到餐厅来，坐下就感叹："幸好我提前订了位子，要不然，这么热的天，在外面等，会等死人的！"

陈阿姨用叉子轻轻地敲了一下他面前的瓷盘，皱着眉头说道：

“我真不懂你们这些孩子怎么回事，动不动就是死啊死的，少说点不吉利的话。”

许至君无奈地挑了挑眉头，唐熙顺势把话题转开了：“阿姨，我们点东西吃吧。”

自从许至君和唐熙确定在一起之后，陈阿姨越发觉得自己看人的眼光好，也越发喜欢这个举止得体、斯文恬静的女孩子。

虽然知道这样不对，但是，每当看到唐熙，陈阿姨心里都会不由自主地拿她跟程落薰比一比，怎么看，程落薰都输唐熙太多。

她知道许至君并没有完全投入到这次恋爱中，但是没关系，时间会让他明白，所有人最终都只会和适合自己的那个人在一起，爱情这回事，其实并没有那么重要。

点好餐之后，许至君一抬头，顷刻之间，他脑袋“嗡”的一下，停止了运作。

他清清楚楚地看见，罗素然抱着浅浅，和宋远一起走了进来。

与此同时，罗素然也一脸惨白地注视着他。她怀里的浅浅一脸的天真沉静，无所畏惧地面对着这个广阔而惨烈的世界。

不太记得我昏沉沉地睡了多久，醒来的时候天已经快黑了。尽管紧闭着车窗，可是我还是明显地感觉到温度下降了不少。

我回过头，看到一尘和阿亮也睡得跟猪一样，只有陆知遥戴着耳机，目光清亮凛冽得如同盘旋在苍穹的雄鹰。

我说话的时候有点儿颤抖：“好冷啊。”

他把我那件艳红的冲锋衣扔给我，面无表情地说：“你看看外面。”

我擦掉蒙在车窗上的雾气和灰尘，这才看见，外面居然是巍峨的雪山！而我们的车，正行驶在两座雪山之间的山路上。

在炎炎盛夏，我居然看到了如此壮阔的情景，很久之后想起来，仍然觉得这一生因为有过这样短暂的片刻而加重了生命本身的分量。

雪山上有一些积雪在融化，远远看去，像是一个不怎么端正的汉字。

我转过头去叫陆知遥取下耳机：“你看，那面山上，像不像写着一个‘等’字？”

他顺着我示意的方向看过去，嘴角向上挑起一点点笑：“师傅，停一下车，让她拍一张。”

我透过长焦镜头将那个画面真实而完整地记录下来，那一刻我忽然理解了那些热爱摄影的人，原来影像是比文字更加具体的记录方式，它既可以结合文字相辅相成，又可以脱离文字独自存在。

但更让我觉得意外的是，陆知遥竟然会在这种琐事上陪我一起浪费时间，我本以为他会嘲笑我矫情呢。

我对他的某些误解，要直到我们再度重逢的时候才能一一澄清。

那是很久以后，他对我说：“你总能注意到被很多人忽略的细节，那是因为你有着极其丰富的内心世界。”

当晚九点多我们才抵达日喀则，在一家饭馆里吃晚饭的时候，我的脑袋里还在反刍着那个“等”字。

它被我看到，是否带着某种尚未言明的指引？

等什么呢？

我在等什么呢？

等待曾经让我悲伤痛苦的事情，裹着糖衣，再度来临吗？

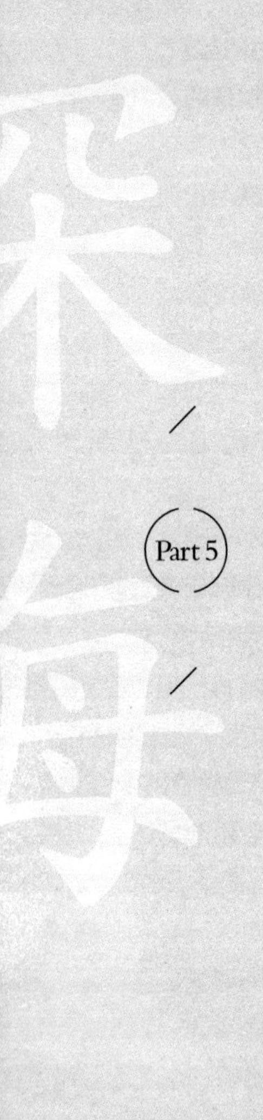

Part 5

自从那天在餐厅里偶然遇见许至君母子，在很长的一段时间里，罗素然总觉得心神不宁。

虽然，当时她和许至君迅速地交换了一个眼神，之后双方都表现得非常淡定自然，但是那顿饭，她还是吃得很不舒服，如鲠在喉。

当时站在她身边的宋远也看到了这一幕，可是他的目光重点越过了许至君，落在那个不认识的女孩子身上，从她跟许至君的母亲那样亲昵的姿态来看，再傻的人也应该搞清楚这是怎么回事了。

结账之后，许至君挽着他妈妈，特意从另外一边的门出去了。罗素然不知道是不是自己的错觉，她觉得他好像往浅浅的脸上探寻了一会儿，但自始至终没有流露出半点异样的神色。

他们走后，罗素然长长地吐出一口气。

虽然她什么也没说，可是宋远看得出，她内心并非像表面上看起来那么平静。

等浅浅长大之后，懂事了，如果问起自己的身世，要怎么跟她解释呢？

那段时间里，罗素然每天晚上看着浅浅不知忧愁的笑脸，一遍一遍地问自己这个问题。

从前这个念头偶尔也会像火花一样在罗素然的脑袋里突然乍现，一闪而过，可是她通通选择了回避。在她孕育着新生命的时候，她整个人的意识都被身为人母的天性所操控，根本不觉得那些问题将来会成为搅乱她生活的不安因素。

浅浅，妈妈将来要怎么对你说起这些呢？她掖好被角，伤心地想。

她还没从忧愁中走出来，紧接着又发生了另外一件让她棘手又头疼的事。

除了浅浅，宋远是她在世界上最亲的人，看着他一天比一天消沉，还要故意装作一副没事的样子，她就觉得揪心地疼。

给李珊珊打电话，是她深思熟虑之后的决定。她并不想插手他们之间的事，只希望能起一点桥梁的作用，让他们两个尽快把僵局打破。

可是接电话的是一个低沉的男声，而且分明是上了年纪的样子：“她去洗手间了。”

一秒钟的犹疑过后，她还是问了一个不那么礼貌的问题：“先生，你是哪位？”

对方也不客气：“我是谁……没有必要跟你说吧？”

那一瞬间，罗素然的头里有声闷响，好像被什么东西重重地敲了一下。

晚上宋远回来，洗完澡，一边用毛巾擦着头发一边在沙发上坐下来。过了两分钟，他才意识到罗素然的脸色很难看：“姐，你病了吗？”

这一声“姐”把罗素然从失神中叫醒。

她茫然地盯着宋远有些担忧的脸，过了两三秒，才起身假装精神不好的样子伸了个懒腰说：“没事，我就是有点累，先去睡了。”

她的脚迈进卧室之前，宋远喊了一声：“姐，你要是不舒服要去医院啊。”

这句平淡无奇的话，不知怎么的，弄得她有点儿鼻子酸，她回头冲宋远笑笑：“放心吧，没事。”

浅浅，小远，我要拿你们怎么办才好？

坐在床边，她两只手捂着脸，感到一种前所未有的无力感。

哪怕自己决意无论发生什么事情，都要挡在这两个人前面替他们抵挡生活中的风刀霜剑，都没有用，她知道，无论自己多努力，都无法使他们免于未知的伤害。

康婕还是见到了萧航。

公司里的马屁精们非要凑在一起给老大庆祝生日，康婕原本是不想掺和的，但一想到从进公司到现在，老大或多或少总是给了她一些明里暗里的照顾，她真的也不好意思说不去。

可是，去了就不可避免地要见到萧航。

其实从那条言简意赅、充满了浓浓的“无事勿扰”意味的信息开始，康婕就下定决心再也不要跟萧航有任何密切的来往了。她心里赌着一口气，不知道是对自己，还是对萧航。

老大生日的当天，大家先是一起去吃自助餐。这样也好，康婕默默地想，这样就用不着长时间地在位置上被迫看着就坐在她正对面的萧航。

萧航看到她的时候也面露一丝尴尬，可是很快他就发现自己根本没必要觉得局促，因为康婕根本就是无视他的，即使她不得不正面看着他的时候，那眼神也好像是穿透了他注视着他身后的帅哥服务员。

他们之间这种不太和谐的气场殃及了池鱼，连老大都隐约地感觉到这两个人不太对头。他嘻嘻哈哈地讲了很多笑话，全桌人都笑趴了，可是康婕和萧航脸绷得跟面瘫了似的，只能挤出一点自己都觉得稀薄的笑。

只有故意坐在萧航身边的苏施琪知道是怎么回事。

这天晚上她穿着一条西瓜红的波点长裙，化了个复古的妆，黑眉红唇，在萧航身边笑得花枝乱颤。

食不知味地熬过了晚饭时间，康婕拿起包说：“那我就先告辞了。”

萧航马上毫不示弱地跟着站起来说：“我也还有事，先走了。”

两人之间那种剑拔弩张的气氛已经完全不被掩饰了，作为炮灰的老大终于怒了：“一个都不准走！今天是我生日，我生日！”

平日里老大总是好脾气笑嘻嘻的样子，很少当着大家发火。康婕和萧航立刻意识到自己真的过分了，连忙乖乖坐下来，再也不敢提一个走字。

老大这才恢复了笑容：“我们喝酒去吧！”

一呼百应。

在 KTV 的包厢里，大家都松懈下来，一个个飞禽走兽的样子全暴露出来了。苏施琪精心的打扮根本没人注意，反而还被一个不识趣的家伙嫌弃了：“你今天好土哦，好像八九十年代挂历上的那些模特。”

“你懂什么！这叫复古！”苏施琪简直要被气疯了，这些人到底有没有一点审美观啊！

萧航和康婕被老大拎出来丢到角落里，叫他们好好反省，认识到自己的错误了再过来跟大家一起玩。

看着大家兴致高昂地抢着麦克风，玩着游戏，各个声嘶力竭，红光满面。被阻隔在那种热闹的氛围之外的两个人，都感觉到了一种极轻极浅的孤独。

他们不约而同地侧过脸去，撞上对方的目光之后又不约而同地迅速转过去，好像刚刚那一瞬间什么事情也没发生。

过了半个多小时，康婕站起来，低声说：“我去厕所。”

萧航愣了愣，跟着站起来，也低声说了一句：“我去买烟。”

在楼下买完烟上来，萧航很意外地看到康婕站在包厢门口等着他。

没错，虽然她一句话也没说，可是他就是能从她的眼神中看出来她不是刚好也这个时间回来，不是在这里打电话，不是在这里有其他的事，她就是在等他。

犹豫过后，他走上前去："什么事？"

康婕抬起头来，看着近在咫尺的萧航。

暖黄色的灯光下两人的脸上都呈现出一种暧昧的神色，那些一直夹隔在他们之间，犹如冬日清晨的浓雾一般看不真切的东西正在慢慢显形，那些总是以玩笑的方式一直在回避的心事，在灯光下慢慢地彰显出来。

康婕的声音很轻很轻："我到底是哪里得罪你了？"

萧航心里一颤，本能地做出回答："没有。"

"没有？那你这段时间……是什么意思？"康婕自己都听出来自己的语气里充满了委屈。

仿佛过了十分钟，可是萧航明明白白地看到自己手腕上手表的分针才动了一下。

他被某种无声的控诉弄得惭愧极了，挣扎了好久才轻声开口："我是觉得……既然你有男朋友，那我，就应该……跟你适当地保持距离……以免引起不必要的误会，给你添麻烦。"

康婕完全不敢相信自己听到的这句话，她瞠目结舌地看着萧航，想笑又不好笑，又过了一会儿，她才问："谁和你说我有男朋友？"

"有天中午我去找你，没看到你，苏施琪说你跟你男朋友在楼下……"

"苏施琪？"康婕听到这个名字的时候，恨不得冲进去揪着她的头发，把她揪出来当面对质！

可是萧航还没意识到康婕那股静静燃烧的怒火，接着说："是啊……我想，既然你男朋友找你，我就别去打扰你们了，反正我每次找你也都不是什么正经事……"

"我靠！"这是康婕第一次在萧航面前爆粗口。

他呆住了，为什么她看起来这么难过的样子："你是傻 × 吗萧航？她说我有男朋友你就相信我有男朋友？她哪天要是说我死了，你是不是也真的相信我死了？还会买个花圈送我？"

康婕说完这句话，白眼一翻，转身就进了包厢，留下萧航一个人在门口呆站了好半天。

当他进去的时候，并没有看到自己以为会发生的康婕大战苏施琪的混乱场面，而是看到康婕跟老大一杯接一杯在喝酒，不要命了的样子。

他回到角落的位置上坐下，默默地注视着一直在灌酒的康婕。有些什么事情跟从前不一样了，萧航清清楚楚地感觉到了内心那种不可名状的窃喜。

虽然康婕骂了他，说他是个傻 ×，可是他还是忍不住高兴。

散场的时候苏施琪问他："你开了车吧？"

萧航的余光瞥到康婕正假装不经意地看着自己，他连忙对苏施琪说："今天肯定要喝酒的呀，我就没开车来。"

不知道苏施琪嘴里嘟囔了一句什么，有点不高兴地跟其他人一起走了。随便吧，萧航想，反正我也不在乎。

康婕拿起包，又对老大说了一句"生日快乐"，之后便一个人进了电梯。

电梯门刚要闭合就被萧航一只手挡住了，电梯门上反射出老大讳莫如深的笑。

在街边等了好久都没有看到空车，康婕有点心烦意乱地踢了一脚路边的小石头。

正在这时，萧航的车缓缓地停在她面前，降下了车窗，笑得跟某种动物似的咧着一口大白牙："上车吧。"

看见康婕一脸诧异的样子，他笑得更欢了："快上来吧，我今晚一滴酒都没喝。"

在日喀则的某个小宾馆里起床的时候，日光清朗，我蓬头垢面地拿着牙刷和毛巾冲进公用卫生间梳洗。等我收拾得人模狗样出来时，冻得瑟瑟发抖的一尘回来了，手里还拿着单反，嘴里骂骂咧咧："我去，天不亮我就爬到山上去等日出，等了一早上也没看见太阳，我一下山太阳就出来了！"

陆知遥笑了笑，又催我："你动作快点，吃点东西就得走了，今天我们要到萨嘎。"

我真的不知道陆知遥的脑袋是什么做的，这些发音奇怪的地名我要反反复复看很多次才能记住，可是对他来说，就好像日常生活中经常会提到的词语那么驾轻就熟。

早餐吃得不太好，豆浆淡得跟水似的，只是颜色比水要白一点，我拼命塞了两个鸡蛋下去就再也吃不下了。我看见陆知遥皱了皱眉，想说什么又没说。

车开了一个多小时之后，路边的景色陡然开阔了，两旁盛开着一大片一大片黄色的油菜花，再开一段路，竟然有一大片粉红的花朵跃入眼帘，我开心地叫了起来："好漂亮！"

因为早上没有拍到日出的一尘急忙叫师傅停车，他要弥补一下自己受伤的心灵。

我蹦蹦跳跳地跟着下了车，哀求一尘给我拍一张徜徉花海的照片，这个纯真的愿望被身后跟过来的陆知遥无情地嘲笑了！

蹲在粉红色的花田旁边，我自言自语地说："这是什么花儿啊，太好看了。"

我根本没指望有人回答我，在我心里早就先入为主地判定这就是不知名的野花，没想到站在我旁边的陆知遥居然轻声说："这是荞麦花。"

我猛地抬起头来看着他，忍不住惊叹："陆知遥，你怎么什么都知道？"

他又露出了那种"是你知道的太少了"的笑容。

上车前，我随手摘了一朵白色的小花别在织得松松的辫子上，一直不太爱说话的阿亮笑我像村姑，我回头白了他一眼："你知道什么呀，这是格桑花，在藏语里，格桑就是幸福的意思。"

陆知遥又帮着他的朋友揶揄我："双彩虹是幸福，格桑花也是幸福，你哪儿来的那么多幸福啊。"

忽然之间，我像是被人戳到了尚未愈合的创口，转过脸来静静地看着前方好像没有边际的公路。

是啊，哪儿来的那么多幸福？

也许幸福是身在此山中，云深不知处。此生不知道还有没有机缘再遇见它，真希望它能跟我打个招呼。

按照原定的计划，过了萨嘎之后我们的目标就是神山冈仁波齐，陆知遥跟我们讲起那一年他转山的经过："紫外线太强了，戴着墨镜都没什么用，眼睛里全是红的，皮肤一块一块脱皮……"

一尘立马就表态："我是不会去转山的，我的目标是古格！"

冈仁波齐和玛旁雍错之间的距离不远，但为了共享日出和日落，我们必须在一个叫作霍尔的地方休息一晚上，然而也正是在这段路程中，我跟陆知遥第一次爆发了争吵。

如果说之前我对他的调侃和他对我的奚落都只是旅程中的调味品，那这次的争吵无疑就是导致后来我跟他相处时总有些小心翼翼的导火索。

其实说起来只是小事，但不知道从什么时候开始，我在陆知遥身边不再是最初那个大大咧咧，对什么都无所谓、不在乎的程落薰，我变得有点小心眼，有点斤斤计较，甚至还有点儿自怜自艾。

追根溯源地想起来，大概是在拉萨生病那个时候，这种状态就萌发了苗头吧，想起他跟那些陌生的姑娘谈笑风生的时候，我一个人坐在窗台上看着寂寞的月亮，心里总像是有根刺，时不时就隐隐作痛。

任何感情都如同水潭，即使只是一粒细小的沙落进水里，都会改变水位，尽管肉眼看起来它依然平静……其实我是想说，再单纯的感情，也有深不可测的一面。

我不知道为什么那天我的火气会那么大，后来想想，其实只要忍一秒钟，一秒钟过后，我们就能够避免那场其实毫无必要的不快。

车沿着狭窄的盘山公路一直往上，视野越来越开阔，阿亮看着自己手腕上可以测到海拔的腕表说："快五千米了，我去！这要是把山抽掉，咱们就是在飞啊！"

我本来就不是什么淑女，尤其是跟他们几个混在一起的这段时间，简直是一句话里不带粗口就说不完整，所以对他们张口"我去"闭口"我去"，我实在是没有一点儿不适的感觉。

正当这个时候，好大一只黑色的鸟儿从挡风玻璃上几米的地方刷地掠过，我吓了一跳，本能地发出一声尖叫。

这还没完，我无意中瞥到车窗外，才发现阿亮说的话不是开玩笑的，海拔五千米是什么概念啊，从我的角度看下去，狭窄的车道旁边就是万丈深渊！

于是，我听见自己的喉咙里发出第二声尖叫："啊！好可怕！"

就在这时，车子很明显地倾斜了一下，坐在我旁边的师傅不自觉地皱了皱眉头，似乎费了好大的劲才让车子恢复平稳。

车速明显地慢了下来，看得出司机也很紧张，他聚精会神地凝视着逼仄的路段，十二分小心地缓慢前行。

就在我也意识到自己刚刚那两声尖叫太过于矫揉造作的时候，一路上一直寡言少语的陆知遥用那种虽然声音不大，却明显透露出反感的语气冷冷地说："程落薰，你能不能稍微淡定一点儿，别影响师傅开车，坐在那么重要的位置上，别给大家添乱！"

其实我知道他说得都对，全车人的性命都握在师傅那双抓着方向盘的手上，稍微一点不慎，车翻下去，大家全没活路。

尽管我知道是这么个道理，可是那种奇怪的自尊一开始作祟，我的理智根本奈何不了冲动的情绪。

我回过头瞪着他："淡定个鬼啊，我又不是故意的！"

他看着我，眼神冷冰冰的，张了张嘴本来想讲什么，可是最后他转过头去都懒得看我一眼。

这种态度，简直比他狠狠地骂我一顿还让我难受，我敏感地察觉了他没有说出口的厌恶之情！

我把墨镜从头上摘下来戴好，不想被人发现微微泛红的眼睛。

到冈仁波齐的时候刚好赶上日落。

它终年积雪的峰顶在阳光的照耀下闪耀着奇异的光芒，夕阳刚好照在它的侧面，由峰顶垂直而下的巨大冰槽与一横向岩层构成一个神奇的类似于十字的图案。

我站在陆知遥身边，心里涌动着温柔，为了此情此景，为了此刻他和我在一起。

他像是感应到了似的，转过来看着我。

是我先别开了目光，我害怕再多一秒，眼泪就会落下来。

我受不了他觉得我不懂事，我受不了被他当作一个麻烦的存在，这种怯怯的感觉，我根本无法说出来。我相信他心里一定是明白的。

我想起在拉萨刚刚见面的时候，那个真诚而热切的拥抱，为什么好像就在一夜之间，那些亲密都烟消云散了。

对如何温柔地对待一个人，如何温柔地表达自己内心真正的情感，我始终不得章法。

周围的温度渐渐地越来越低，我们身后，是在高楼耸立的城市里永远也想象不到的广袤天地和壮阔夕阳。

火烧云染红天际，生命都好像燃烧起来了。

投宿在霍尔的晚上，陆知遥一句话也没跟我说，我满腹委屈地扒着炒饭，余光总是不由自主地瞥到他毫无表情的脸。

难道我今天那句话真的得罪他了吗？真的让他在大家面前下不了台吗？

我有点儿想道歉，可是那么简短的三个字怎么都说不出口。蹲在破旧的民宿门口，我一边抽烟一边偷偷摸摸地掉眼泪，忽然身后陈旧的木门“嘎吱”一声响了。

真的，那一瞬间我以为是他。

可是一尘的声音迅速地打破了我的幻想：“你哭什么？”

“我哪儿哭了，神经病。”

说完这句话我把烟头狠狠地捻灭在土里，推开门进去，往只有在九十年代初才见过的大花被子里一钻，衣服都懒得脱，倒头就睡。

黑暗里陆知遥的声音那么清晰：“都快睡，明天早起去玛旁雍错拍黑颈鹤。”

我转过身去背朝着他那边，心里愤愤地想，拍你的头！

在某个清静的咖啡馆里，罗素然和李珊珊一人要了一杯曼特宁，在这之后，静默了很久。

李珊珊穿了一条藕荷色的雪纺裙，两条纤细的手臂暴露在微微潮湿的空气中。罗素然看见她的第一秒心里就不由得感叹，到底还是美女，什么颜色都能穿得这么好看。

这样可不行，罗素然心里暗自焦急，自己可不是特意出来闻咖啡香的，虽然这场对话可能会不那么愉快，但必须进行。

她深吸一口气，很迂回地开口了："珊珊，你最近还好吗？"

也许是觉得罗素然的问题问得有点儿虚伪，李珊珊的脸上不由得露出了一个充满讥诮意味的笑容："素然姐，你觉得呢？"

她们的关系最融洽的那段时间里，李珊珊一直是跟着宋远叫姐姐的，这一声"素然姐"很明显是要把原本很亲密的关系撇开。罗素然这么聪明的人，又怎么会听不出言外之意。

"珊珊，我说话不喜欢拐弯抹角，我们开门见山地说。"

李珊珊拿着勺子轻轻地搅拌着咖啡，没吭声。

"你们根本就不应该在一起。"

顿了顿，罗素然决定直接说："很久以前，我知道小远跟你在一起的时候，我很生气，当着他的面说了一些不太好听的话。那是我这一生中最难过的一个夜晚，为了你，他反驳我说'你有什么资格说珊珊'，这句话可能他自己都已经不记得了，可是我忘不了，一辈子都忘不了。"

提起宋远离家出走的那天晚上，尽管时间已经过去了这么久，罗素然还是觉得心里一阵一阵地绞痛。李珊珊默默地低下头，没打算反驳也没打算安慰她。

叹了口气之后，罗素然终于说到了重点："珊珊，我并不是说你不好，也不是小远不好，可是你们真的太年轻了，年轻得根本就不知道现实生活有多残酷……"

"你就是说我不好！"李珊珊抬起头来，两只大大的眼睛里噙满了泪水，不顾礼貌地打断了她。

罗素然愕然地看着眼前的李珊珊，一时之间，她原本准备好的话全被堵住了，一个字也说不出来。

李珊珊什么都懒得管了，她顺着罗素然的话说下去："素然姐，我知道你今晚的目的是什么，我知道你想说什么。有些人，你知道他爱你，可是你不知道什么时候他就不爱了。还有些人，你知道他爱你，可是你知道，你们不会有结果，对吗？你想告诉我，我跟宋远从一开始就错了，从一开始你的直觉就是对的，他不应该跟我在一起，对吗？"

她的语速非常快，就好像这些话已经在她心里酝酿了很久，就好像说得快一点，难过就会减轻一点。

"那天你给我打电话是一个男人接的，你一定跟宋远一样，认为我又出去……乱搞了，是吧？我知道，他就是这样想我，你也一样。你说的，我们根本就不应该在一起。可是你看看，我们到底谁付出的代价比较大！"

罗素然被她一通抢白得哑口无言，等她反应过来的时候，李珊珊已经起身跑出去了。

一分钟后，她又跑回来，哭得一脸稀里哗啦地对罗素然说："除非宋远自己来找我，不管他要怎么样我都接受，但让他自己来跟我说。还有，麻烦你转告他，我从跟他在一起开始，从来就没有做过一件对不起他的事！”

夜幕覆盖了整个城市，忧伤浸透了每张脸。

当陈阿姨提出“你愿不愿意跟唐熙先订婚”这个建议时，许至君起码有半分钟的时间以为自己的听力出现了什么问题。

当他经过反复确定，知道他妈妈并不是在跟他开玩笑的时候，他简直有一种摔门而去的冲动——这叫什么事啊！

这段时间以来，陈阿姨的脸总是泛着一种苍白的光泽，一定不是那些大牌的护肤品在发挥功效。许至君隐隐约约地意识到，一定是她的身体又出现了什么问题。

可就算是这样，也不代表他的人生要做出这么颠覆性的改变。

订婚？才认识多久？才在一起多久？居然会扯到订婚！

陈阿姨看出许至君在竭力地压制满腔的无名怒火，尽管她也觉得有些仓促，有些专制，但仍然硬着心肠往下说：“我委婉地跟唐熙提起过，她虽然没明着表态，但估计不会反对，你怎么想？”

这是许至君成年之后第一次这样直接顶撞自己的母亲。

他知道这样不好，处理得也不够聪敏，但他无法遏制自己的愤怒，用尽全身的力气也只能说到这个程度：“妈，这件事你不要再提第二次了。我不同意，你说什么我都不会同意的。你也别想方设法地逼我了，真逼得我受不了了，我还是搬回自己那边住！”

陈阿姨没有想到他的反应会这么激烈，一时间也有点慌了，这才意识到自己的如意算盘落了空。

稍微停顿了一会儿，她勉强地笑着说：“小君，用不着跟妈妈这样讲话吧，你什么时候学得这么叛逆、这么没礼貌了？”

话都说开了，许至君也不想再抑制自己内心真正的想法："妈，我知道你是觉得我认识落薰之后就没以前那么听话了，所以你拼命地撮合我跟唐熙，也不管我心里到底怎么想。我也知道，你以前就觉得落薰跟我不相配，但是我太喜欢她了，所以你也不好说什么……"

说到"我太喜欢她了"这几个字的时候，他突然觉得心里很难受，好像有只看不见的手在他心脏上狠狠地揪了一把。

又顿了顿，他决定说完自己心里的话："你们长辈总觉得自己的人生经验丰富，看人的眼光准，所以迫不及待地要替孩子踢开人生中的绊脚石，可是……妈，我从来不觉得程落薰是我人生当中的障碍，就算我现在跟唐熙在一起，我也没有动摇过这个想法。

"我不是没有感情没有知觉的木偶，我知道你希望我好，但是你能不能不要再以为我好的名义，逼我做任何你认为正确的事？"

陈阿姨完全惊呆了，她错愕地看着自己的儿子，她也怀疑自己是不是看错了，为什么他的眼睛里好像有潮湿的痕迹？

自己是不是真的太过分了？逼得他快要窒息了？

在许至君颓然地回到卧室之后，她独自坐在偌大的客厅里，电视里嘈杂的声音是这所充满了寂寞的房间里唯一的声源。丈夫已经很久没有在家里好好地吃上一顿饭了，他总是说生意上的事情忙，忙得焦头烂额，休息的时间都没有。

不知道就这样麻木地坐了多久，等她站起来的时候，两条腿都有点儿颤抖。

她无意地抬起手想揉揉眼睛，却触摸到挂在脸上的眼泪。

许至君见到唐熙的时候，从她的脸上看不出一点儿有关这件事的情绪。在电影院排队取票的时候，他一直在想，到底要不要开诚布公地跟唐熙谈一谈这件事。

他一边认真地考虑着，一边随着缓慢前进的队伍机械地挪动着脚步。唐熙站在队伍外边与他平行的地方，保持着一致的前进频率。

正在这时，他听见有人叫他的名字，回过头在人堆里扫视了一圈，才看见刚从电梯方向走过来的宋远。

从认识以来，这是两人第二次遇到这么尴尬的场面，上一次还是在许至君亲口告诉宋远"你姐姐是我爸爸的情人"的时候。

这一次，许至君勉强地微笑着点点头，有点儿心虚地看了一眼唐熙。

与此同时，宋远也是一副不知所措的模样，看了一眼身边的橙橙。

虽然他们都立即收回了目光，努力想要表现出一副很坦荡的模样，但彼此也都知道，自己做得并不高明。

许至君让唐熙代替他排队领票，自己跟宋远走到一边去随便聊两句。虽然唐熙笑着同意了，可是只要他不笨，就能看出来她多多少少是有点不开心的。

果然，连宋远都看出来了："许至君，你就这么对你的新女朋友啊？"

许至君无奈地翻了个白眼，幸好他是背朝着唐熙的："你也别光说我，你跟珊珊怎么回事，那个女孩子是谁？"

男生在一起时很少像女生那么爱聊八卦细节，可是今天的情形实在是太滑稽了。无论是许至君还是宋远，都有一种被命运捉弄了的感觉。

僵持了片刻，他们默契地决定换一个话题。

"那天我看见你和你姐姐了，她带着孩子吧……当时我妈在，就没跟你们打招呼了。"

“嗯，没事。”

就在这时，唐熙拿着两张票在许至君身后轻声喊：“许至君，我们进去吧，快开场了。”

他抱歉地对宋远笑笑：“今天就算了，改天有空我们再约吧。”

宋远点点头，就在许至君转身的时候，他画蛇添足地补充了一句话：“我不会告诉落薰的。”

许至君脸上的笑容在顷刻之间多了一种苦涩的感觉，他皱了皱眉，反问道：“我为什么要怕她知道？”

电影结束之后，宋远和橙橙随着大家一同从出口走了出来。明亮的灯光照在橙橙写满了幸福感的脸上，她意犹未尽地说：“我们去吃什么呢？”

宋远一句话就将她从似梦似真的状态中惊醒了：“你自己去吃东西吧，我姐姐找我有事。”

末了，他再次画蛇添足了一次：“这种爱情片闷死了，以后找别人陪你看吧。”

回到家里，罗素然完完整整地将那天晚上她跟李珊珊的会面说给了宋远听，一字一句都没有隐瞒。宋远的脸色难看得简直就像是发霉了的面包。

“总之，我认为你应该跟珊珊面对面地把事情解决掉，有始有终，好聚好散吧。”

宋远看着仿佛苍老了好几岁的姐姐，心里涌起一阵愧疚。

他作为亲弟弟，不但没能为姐姐排解生活中的忧愁和艰难，反而恬不知耻地给她增加了原本不应该让她来承担的麻烦。

“姐，你放心，我会好好处理的。”

话是这样说，但他知道其实自己根本还没有做好准备去面对李珊珊，和他们之间一团乱麻似的局面。

躺在床上翻来覆去都做不了决断的他，忽然又想起了和许至君一起去看电影的那个女孩子，还挺漂亮的……但也许是看程落薰看久了，看顺眼了，反而觉得那女孩比程落薰少了些味道。

唉，虽然自己说了，不会去跟程落薰告密……但谁能保证那个跟程落薰好得跟亲姐妹似的康婕不告诉她呢？

忽然之间，就像有人在他的脑袋里点亮了一个火把，他突然从床上弹了起来！

那种感觉简直就像是一条蛇爬过他的皮肤，留下冰凉的、令人毛骨悚然的惊恐。

发散性思维的坏处就是能把两件原本毫不相关的事情完美地串联起来：他竟然从许至君他们看电影这件事，一点一点地想到了那次帮康婕搬家时，那个一晃而过的男人。

那个邋遢的、猥琐的、手臂上刺着一条龙的图案的男人。

自从老大的生日过后，萧航又开始经常出现在大家的视线范围里了。康婕对此极力表现得毫不在意，但公司里其他人都已经看出了端倪，时不时地就会拿萧航来跟她开玩笑。

“康婕，你还上什么班，萧航又不缺你这点收入。我要是你就每天去做做脸，弄弄头发，等着当少奶奶。”

开这种风凉玩笑的同事还不少，而且，他们似乎乐此不疲，越说越上瘾了。

每次听到别人开这种玩笑，有一个人比康婕还要更生气，那就是苏施琪，她总会尖声咆哮：“够了吧，有意思吗，还让不让人工作啊！”

没人让着她："又没说你，关你屁事啊！"

大家都不傻，谁都明白这其中的缘由，所以每当苏施琪怒斥某人的时候，所有人都会朝康婕意味深长地笑。

康婕觉得自己就快被这群热心又无聊的同事弄疯了。

可是萧航一点也不觉得自己给康婕造成了什么困扰，相反，他觉得之前那件不愉快的事情过去之后，他们之间比以前更亲密了。

他再也没提起过让康婕假扮他女朋友的事，他甚至想，找到一个合适的机会，就正正经经跟她说："要不我们就真的谈恋爱吧。"

如果没有发生那件事的话……

原本一起吃完晚饭就应该各自回家的，可是萧航非要去她家看看。

"真的没什么好看的，又脏又破。"康婕说的是实话。

"那有什么要紧的……"萧航的脸上露出了以前经常能在林逸舟脸上看到的那种坏坏的笑，"你是不是怕我对你……"

"滚！怕你啊！"

康婕这个白痴，就是这么容易上当。而萧航也的确没有别的意思，纯粹是想跟她在一起多待一会儿。

然而，当她与萧航一起摸黑爬上灰尘堆得很厚的老式楼梯，从包里翻出钥匙，刚想往锁眼里插，却意外地发现门是虚掩着的，里面传来嘈杂的电视声时，她就隐隐约约有了一种不太好的预感。

萧航在她的耳后低声问："要不要报警？"

不用了，在推开门之前，康婕心里已经有了答案。

可是，就在这个时候，萧航做了一个让她怎么都没想到的举动：他将她一把拉到身后，反手护住她，然后用力地踢开了那扇年久失修的门。

她立刻反应过来，他这是在保护她。

果然，她的预感没错，“砰”的一声，门被踢开的那一瞬间，本坐着在看电视的陈沉被这突如其来的一声巨响吓得把那张旧茶几给踢翻了。

站在楼道口的时候，康婕从来没有这样庆幸过这里的灯泡是坏的，黑暗完美地遮盖住了她烧得通红的脸。

萧航努力让自己的声音听起来没什么异样：“既然有客人在，我就先走了，你别送了。”

“嗯……开车，注意安全。”她的声音比蚊子发出的嗡嗡声还要细。

直到楼下的引擎声响起之后过了好久，她才回过神来，意识到萧航是真的走了。

可是这件事没完，陈沉那个王八蛋还在房子里等着她。

一想到几分钟前那个难堪的场面，她就忍不住想冲进去跟那个擅自配了她家钥匙的陈沉打一架！

回到房间里，陈沉一脸怪笑地揶揄她：“不错啊，越来越有出息了，直接带男人回家啊。我是不知道你今晚有活动，要不然我也不会故意坏你好事……”

“你闭嘴！我还没问你什么时候配的钥匙！”康婕满肚子火。

陈沉脸上有点挂不住，语气也渐渐地尖刻起来：“我要不配钥匙，岂不是会错过今天这场好戏？”

康婕觉得有一盆脏水不由分说地泼了自己满头满脸。

她怒视着陈沉同样愤怒的脸，沉默了两秒钟之后，指着摇摇欲坠的门，声音不大，却透着一种前所未有的严肃，她说：“你给我滚！”

“康婕，你要怎么乱搞都是你的事，我懒得管你。”又是“砰”的一声巨响，陈沉摔门而出，留下气得全身发抖却一句话都说不出来的康婕一个人在房间里。

电视里在放相亲节目，男女嘉宾煞有介事地问着一些醉翁之意不在酒的问题，每个女嘉宾都笑得那么做作，每个男嘉宾看着都那么虚伪。

康婕在一片狼藉里翻出遥控器，摁了一下开关，霎时，一切喧嚣寂灭于黑暗。

好像有什么小动物在呜咽，那种细细的、不太连贯的声音，像一根根细细的针在扎她的皮肤，全身的汗毛都竖起来了。

过了片刻，她才发现，原来是自己在哭。

有什么好哭的！她用力地擦了一把脸，带着一点儿自我嫌弃，愤愤地骂自己：康婕，你这个大傻 ×，你有什么好哭的！

破旧的房子里没有空调，只有一台小小的电风扇摆在床尾，吹过来的也是一阵阵让人焦灼的热风。

她穿着白色背心和短裤躺在前两天在楼下小超市里扛回来的凉席上，呆呆地看着天花板，手机调了静音塞在枕头底下。

这个夜晚，她不想被任何人打扰，在寂静中躺了好久，她终于平静下来。

记忆就像是飞舞在黑暗中的萤火虫，飞得越来越近，越来越清晰。

她想起了二十一岁生日的那个夜晚，窗外的月光也是这么白，这么凉，如同此刻一样。

那是她一个人的秘密，连最好的朋友都仅仅是见证了结果，而并没有了解过程。她想起在手术室里，麻药药效过后，痛感从下身传来，一点点爬上全身。

那样锥心的痛。

很久以后我才知道，在我跟康婕的友谊遭遇前所未有的冰冻期里，她承受了一些什么，丧失了一些什么。

那是我们为了周暮晨决裂的时候，若干个日子之后想起这个名字，我会陷入一阵恍惚。无论他也好，孔颜也好，还有林逸舟最后一个女朋友封妙琴也好，这些名字都好像是被某种带有腐蚀性的液体洗涤过，在生命里只留下些许浅浅淡淡的痕迹，不去仔细辨认，根本就看不出来了。

你知道，曾经多么沉重的事情，到最后也许都不过轻盈得像羽毛一样。

可是另外一些人，在你内心某个别人难以企及的角落里，认认真真地坐下来，成为永远也不会离开的居民。

比如林逸舟之于我。

比如陈沉之于康婕。

曾经有一次，我跟许至君一起去看电影，遇到林逸舟，那是我在撞破了他跟封妙琴之后不久的事。

尽管当时我难过得都快窒息了，可我还是甩开他的手，奔着许至君去了。

我知道他在我身后一直看着我，但我硬是忍住了，没回一下头。

康婕知道这件事的时候，感叹着："你太狠得下心了，换了我是你，我是绝对做不到的。"

她做不到完完全全跟陈沉断了联系，像拉黑某些无关紧要的人那样删除所有的联络方式。对他们之间那些残破和不堪，她能做到的最大极限就是不会放低自尊主动求和，但要把陈沉从她的人生中彻彻底底地剔除，她也做不到。

“他是世界上，第一个对我那么好过的人，我觉得我欠他的，必须还。”

当我了解了那段故事之后，康婕郑重地对我说了这句话。

那是一段很难挨的日子。住在她爸爸家里，阿姨每天都要想方设法地找碴儿，三天一小吵，两天一大吵，吵得一发不可收拾的时候就摔东西、打架。

最难做人的就是她爸爸，虽然只要他吼上几句，两个女人就会停止战斗，但日复一日鸡犬不宁的生活，就算是钢铸铁造的心脏也经不起这样的折腾。

康婕很清楚地记得她从爸爸家搬出去的前几天，为了些鸡毛蒜皮的事情，她又跟后妈干了一架。她用自己又长又细的指甲把对方的脸刮出好几道血痕，直到被她爸爸拉开的时候，她的指甲里还有残留的皮屑。

那次，后妈是下了狠心，撂了狠话，说这个家有她就容不下康婕，有康婕就容不下她。

康婕的爸爸不是个窝囊废，他的态度很坚决：“老婆我可以再找，女儿我就这一个，你自己看着办！”

正是因为这句话，康婕才主动搬去了她妈妈家。

收拾东西的时候，她爸爸死活不让她走，可是父女两个一样的脾气，她决定要走，她爸爸也挡不住。

搬家的那天她爸爸给她叫了搬家公司，后来一看她那点行李一个箱子就打包全装下了。

五大三粗的男人看到自己女儿义无反顾地从家里搬走时，说话声音都有点儿颤抖了，可是劝不住，就是劝不住康婕。

她拖着箱子走了一段路才伸手拦车，在去她妈妈家的路上，一个人哭得稀里哗啦的。

但是她一点也不后悔，她觉得就应该这样做：不要成为任何人的累赘，哪怕那个人是自己的老爸。

刚搬到她妈那边的时候，她感觉也很不自在。虽然阿龙没有任何占她便宜的举动，但家里杵着个和自己毫无血缘关系的陌生男人，康婕心里总是有点儿不舒服。

每次晾晒贴身衣物，都要找个最不起眼的角落偷偷摸摸地挂着。康婕觉得缩头缩脚的自己看上去极度卑微，可又没有一点办法。

住在那里的日子，也没比以前好到哪里去，如果非要说有些改善的话，大概……她在爸爸家被后妈时时刻刻盯着，而在妈妈家时时刻刻被无视。

就是在这样兵荒马乱的时候，康婕迎来了自己的二十一岁。

从她跟陈沉分手之后，她再也没在任何朋友面前提起过这个人，包括程落薰，但这并不代表他从她的生活中消失了。

事实上他们一直有来往，只是不为人知而已。

不知道是从什么时候开始，陈沉迷上了老虎机，应该也是被他那帮所谓的好兄弟，实质上的狐朋狗友带着去玩的吧。

偶尔赢了钱的时候他会很慷慨地叫上康婕一起去吃饭，想吃什么就吃什么，一副阔少的做派。或是带她去商场，让她自己挑化妆品或者衣服。

那正是康婕捉襟见肘的一段日子，面对陈沉的慷慨，她没底气拒绝。

尽管她知道，这样下去，两人的关系会变得越来越微妙，那种平衡一定会被打破。

有一天晚上他们在一起吃饭，旁边桌坐着一对小情侣，女生很嗲，恨不得把自己黏到对方身上去。康婕忍不住朝他们投去了鄙视的目光。

这一幕被陈沉看在眼里，他笑着问："嫉妒啊？"

康婕白了他一眼："神经病啊你。"

陈沉点了根烟，往后一靠，没跟她计较，转移了话题："你最近有什么想要的东西吗？"

康婕已经习惯了他信口开河乱许诺，自然也就没当回事，顺口说了一句："房子咯。"

"房子贵了点，别的呢？"

直到这个时候康婕依然没意识到陈沉是认真地在问她，还是很不正经地说："没什么想要的，反正我想要的，你都送不起。"

这句话有点儿伤人，陈沉脸上的笑僵了那么一下，最后讪讪地说："那我自己做主了。"

隔了两天康婕又接到陈沉的电话，叫她吃饭，她的语气不是很好："又吃什么啊，你除了吃饭还能不能想出点别的事啊。"

话是这样说，可她还是去了，直到陈沉把那个崭新的 MP3 摆在她面前时，她才知道原来那天他不是在开玩笑。

一时之间，她有点儿难以置信："你干什么啊？偷的啊？"

陈沉笑起来的样子又好像回到了少年时，刚刚洗过的头发像是一根根软软的刺，语气里也透着欢快："喊，这点钱还是有的吧，用得着偷？"

那个 MP3 是红色的，而红色正是康婕最喜欢的颜色。她狐疑地看着陈沉微笑的脸，不知道他又在想些什么乱七八糟的事。

“猪啊你，这是生日礼物。”他终于道破玄机。

简简单单的一句话，让康婕在好长的时间内，眼睛都没眨一下。她目瞪口呆地看着眼前这个人，她的初恋，爱过她也被她爱过，然后毫不内疚地背叛过她的人。

这么多年了，他居然还记得她的生日？

连自己的妈妈都没提起过这件事，连最疼自己的爸爸都忘记了这件事，而自己最好的朋友更是连电话都没打一个来。

可是，他记得。

“那天问你想要什么，你又不肯正经回答，我就自己随便买了个东西，给你无聊的时候听歌。红色你喜欢吧，我觉得这个颜色最好看。”

康婕的声音轻得自己都快听不见了：“傻瓜……浪费钱。”

可是陈沉轻轻地笑了：“你生日嘛，你，生日嘛。”

那个“你”字，音咬得特别重。

事情发生得非常自然。

康婕不知道自己对着黑暗发了多久的呆，直到彻底清醒过来，看着身边陈沉已经熟睡的脸，她还不敢相信这一切竟然如此真切地发生了。

两个多小时之前，他还带着她跟那群兄弟一起喝酒、唱歌、吹牛，她不喜欢跟他们在一起，推辞说要走，他追出来，在一个僻静的角落里把她摁在墙壁上用力地吻了下去。

真的，好像中间这些年的磕磕碰碰都不曾存在过，他们还是曾经相亲相爱时的样子。

后来的事情像是水到渠成一样，他们去了酒店，都很忘情。

皮肤是有记忆的，它记得来自另一个人手指的温度、力度，熟悉那种炙热——即使发生在很久以前。

事情，就是这样发生的。

康婕坐在窗边，从陈沉的口袋里摸出烟来点上，瑟瑟发抖地揪着自己，因为清醒过来而鄙夷自己。

她知道，这次跟过去的每一次都不一样，与爱无关。

不过是因为孤独，不过是因为感觉自己被全世界抛弃了、遗忘了，所以才这么卑微地承接了这点恩惠。

不是因为爱，只是因为冷。

灵魂太仓皇了，所以身体需要取暖。

忽然间，眼泪无声地汹涌而出，月光从窗口洒进来照在她身上，一片雪白。她没有想到，事情并没有在这个晚上结束。

两个月之后，她才觉察出有什么不对劲，自己去药店买了一个验孕棒。

结果呈现在眼前的时候，她简直快疯了。

“便宜的东西就是靠不住！”她一边这样心虚地想着，一边又去买了个最贵的。

可是，最后，最便宜的和最贵的对比，显示的结果是完全一样的。

面对着那两条杠，她怔怔地看了好半天，就好像被人抡起木棒对着头狠狠地敲了一下，思维停滞了，心跳停滞了，呼吸也一并停滞了。

她决定去找陈沉谈一谈。

虽然很难堪，虽然她根本没想好要怎么开口说出这件令她自己都觉得羞耻的事情，可是在那一刻，除了他，她真的想不出还可以找谁商量。

妈妈？算了吧，用脚趾头都能想出她会有什么反应，真的，想都不用想了，死了这条心就对了。

爸爸？也许他不会像妈妈那样叫嚣得尽人皆知，可是自己肯定会被打得只剩下半条命，至于陈沉……那估计是整条命都没了。

时间拖得越久越对自己不利，当机立断，她立刻给陈沉打电话。

可是他的手机一直打不通。

正当康婕觉得自己快要绝望的时候，她忽然想起生日那天晚上陈沉的手机没电了，顺手拿她的手机给一个兄弟打了个电话，让他带几包烟。

她连忙按日期搜索到了那个号码，打了过去。

那头闹哄哄的，对方也没问她是谁：“找陈沉？他手机丢了……在一起啊，我们在打台球……”

没等他说完，康婕就把电话挂了。

她知道是哪个台球室，以前他们还在一起的时候，他就经常泡在那里，这么多年，他也就这一点没变。

她不会忘记，她掀起重重的门帘，穿过烟雾缭绕的台球室，好不容易在角落里看到他的时候，自己那种既伤心又屈辱的心情，就像时光倒流到以前一样。

她看见他坐在一张凳子上，左手夹着烟，右手搂着一个姑娘的肩膀，她坐在他的腿上。

一瞬间，康婕仿佛跌进了时光的隧道，她还记得，那个女生盛气凌人地说：“你不就是跟他睡过吗，我也可以啊！”

那种被人拿着刀子剖开胸膛，把那颗活蹦乱跳的心摘下来，放在脚底下使劲踩的感觉，又回来了。

有一种淡淡的血腥味从喉管里弥漫开来，好像只要一张口，就会吐出一口血来。

她攥紧了拳头，用尽所有的力气遏制住了自己。

她终究是没有开口叫他的名字，一个人慢慢地退出了那间屋子。

她把卡上所有的钱取了出来，一个人去了自助餐厅。

坐在靠窗的位置上，俯瞰着车水马龙，她把手放在肚子上，轻声说："这是你的最后一顿饭了。"

这顿饭她吃得很慢很慢，光洁明亮的脸上带着一种残酷的笑意，以进行着某种仪式般的姿态吃完了这顿丰富的宴席。

伤心吗？倒也没什么感觉，好像身体里原本陈放着心脏的那个地方变得木木的，不会痛了。

还有什么尽管朝我来吧，她鲸吞着美味的食物，完全没有意识到自己在流泪。悲伤已经无迹可寻了，屈辱带来的颤抖也慢慢地平息下去，一切都结束了。

然后，她拿出手机，一个名字、一个名字地往下翻，终于停在了"落薰"那里。

轻轻地咳了两声，清了清喉咙之后，她听见自己对着电话那端仿佛已经失联了一个世纪的人说："落薰，我想找你借点钱。"

在玛旁雍错的那个清晨，我是第一个醒来的，因为满心惦记着要去湖边拍黑颈鹤，一晚上我都睡得不踏实。

当然，这其中也许还有别的原因，但是我不想承认。

醒来之后我很迅速地穿衣服，动作有点儿大，惊醒了邻床的陆知遥，他定了定神，看了我三秒，像是突然想起什么似的对我说："你等等，给你个东西。"

他边说边从自己的包里翻出一条黑乎乎的抓绒裤丢给我："多穿点，湖边冷。"

那一瞬间我呆住了，我差点脱口而出问他，你是不是不记得昨天发生什么了。

可是忍了忍，我终究是什么都没说，很听话地又穿上一件外套。当我再回头看，陆知遥已经整装待发，睡在对面的一尘在被子里打了个滚儿，嘟嘟囔囔含混不清地说："冷死了……不想起来……你们去吧……"

而阿亮，他居然抢在我们前面已经出去了！

我跟着陆知遥保持在两米之内的距离一前一后地走着，其实，一走出门我就想跟他说谢谢了，真的很冷，尤其是膝盖，简直冷得疼。

他拿着相机，大步流星地走在前面，说真的，在那样的场景下，他的背影特别帅。

我的声音很突兀地打破了这个清晨的宁静："我有很严重的恐高症。"

他回过头来看着我，表情有点疑惑。

他大概是真的不明白我在说什么，我只好鼓起勇气提醒他："昨天在盘山公路上，我不是故意要尖叫的……我恐高……"

他这才反应过来，明白我是在委婉地向他道歉，于是笑了笑，走过来牵着我的手继续往湖边走。

我心里有些松动，长长地吐出了一口气。

这一路上，我们见到了很多野狗，在玛旁雍错也不例外。有一条黑色夹黄色的野狗跟着我们走了好远，陆知遥蹲下去跟它玩了一会儿。

他去湖边拍黑颈鹤的时候，我站在沼泽边等他，因为怕不安全所以没敢乱动。那条狗在我身边傻傻地陪着我，直到他从很远的地方走过来，手里拿着一根黑色的羽毛，笑着跟我说："捡给你的。"

太阳从他身后的山上升起来，逆光中的他每一根头发都沐浴着光芒。

我虽然无言，却由衷地认为那是我见过的，最美的朝阳。

离开玛旁雍错的时候，陆知遥坐在副驾驶的位置，把我打发到后座去了。虽然他没有明说原因，而是用“我视力最好，坐在前面看见动物可以通知你们”这个理由打发了我们，但是大家都知道，他是不想我再影响司机了。

我有点忧伤，坐在我左边的一尘剥开一颗快要融化了的巧克力给我：“吃不吃？”

我领情地接过来，暂时忘记了先前那点儿轻微的不快。

在从玛旁雍错去札达的途中，在陆知遥的提醒下，我们看到了成群结队的藏野驴，它们的屁股长得像一颗心，还有藏羚羊群，公的头上有威风凛凛的，类似于竖琴形状的角，就像无数次在纪录片中看到的那样。

我差点又激动得叫出声来，喊着要下车，谁知陆知遥当机立断地阻止了我：“你衣服颜色太艳，你别下去，我们下去拍。”

被迫留在车上的我，百无聊赖地趴在窗户上，只能眼睁睁看着他们几个蹑手蹑脚地慢慢挪动着，希望能够离羊群近一点儿，再近一点儿。

司机悠然地抽着烟，跟我说：“以前藏羚羊的警觉性没这么高，看到人也不躲，后来被猎杀得太厉害了，现在远远地看到人就跑，唉……”

想起曾经在纪录片里看到的那些血淋淋的场面，我心里顿时不是滋味。

陆知遥有句话说得很对——地球不光是人类的。

广阔的荒原上耸立着的都是壮阔的大山，因为富含各种各样的矿物资源，所以每座山的颜色看起来都有些不同，枣红的、青绿的，甚至还有浅紫色。

不知不觉车开到了札达，我生平第一次见到那么奇异的景象，那些……说山也不恰当，可是如果不叫山，应该叫什么？

拐弯的地方有大型的推土车和卡车在修路，我们只好停下来等一等。

陆知遥这个没有导游证的完美导游再次解答了我的困惑："这是土林，它们是由于从西伯利亚吹过来的沙尘经过无数万年堆积变成了非常厚的黄土层，又由于没有植被，所以经年累月被雨水冲刷流失成沟壑状。"

他说完这句话，安静了一整天的手机忽然响了。他看了一眼屏幕，走到一旁去接电话，皱着眉好像有什么事情很为难的样子。

我站在离他不远的地方，静静地看着这个突然闯入我生命的陌生人。

他不是我理想中的那个人，他是比我的理想更美好千百倍的存在。

关于他的过去和未来，我一无所知，我们最初的想法不过就是结伴一起走一段路而已，可是这样风餐露宿地朝夕相处，有些什么东西已经渐渐发生了改变。

但直到这个时候，我还侥幸地想，也许并不是我以为的那样。

这样的感情，我经历过一次之后就比任何人都明白，心太累了。

在车上那些冗长而乏味的时刻，我只能呆呆地看着他的后脑勺，有时候我想开口问他：你是不是越来越厌烦我了？

对他，我一点点把握都没有。

如果你有那么一点点喜欢我，哪怕就一点点，我也会有勇气去争取。

可是，我也不知道怎么去分辨，生怕或许我以为的表示，也只是自己的自作多情。这样的自己，显得那么的渺小而力不从心。

人类最大的弱点，就是往往在事情尚未发生之前，高估了自己的理智和对局面的掌控能力。

只要还残存着些许理智，我就无所畏惧。

我以为爱情就是一场瘟疫，而林逸舟的死使我有了免疫，我以为这种瘟疫再也无法置我于死地。

似乎就在一夜之间，许至君意识到自己的人生将被彻底改变。

自从那次他对陈阿姨发了一通脾气之后，家里的气氛就总是有点儿奇怪，因此许至君也开始尽量找理由不回家吃饭。

但其实在外面也没意思，他偶尔一个人开着车在郊区狂飙的时候，脑袋里总会突然浮现程落薰从公寓里搬走的情景，他总记得自己问她："如果那天死的那个人是我，你会不会也这么难过？"

他更记得，她还没有回答，自己就已经替她说了："我想，你不会。"

因为活着，所以就要承担这一切，就像一个不知道何年何月才能解开的诅咒，封闭了他所有的快乐、开心、愉悦和幸福感，只剩下烦恼和忧郁。

而这些话，他不知道可以跟谁说。

还有罗素然的孩子……康婕她们说过，叫浅浅。无论多不想承认，那的确是跟自己有血缘关系的妹妹……

最匪夷所思的就是莫名其妙的订婚提议……亏她们想得出来！

跟唐熙在一起的时候，他假装不经意地提起过这件事，希望唐熙能跟他保持一致的立场，不要被他妈妈那些稀奇古怪的想法蛊惑了，可他怎么也没想到，唐熙并没有表露出反对。

恰恰相反，唐熙甚至觉得这个想法的确有可操作性。

她的笑容总是显得不够真实，像是隔着一层薄薄的雾，带着一些似是而非的意味："阿姨既然说出来了，一定也是经过了深思熟虑，当然，她也许有顾虑，也许……"

也许个屁！

许至君一想起唐熙说的那些话，心里就有股无名怒火在燃烧。

以往他总是竭力地克制自己的某些情绪，可这阵子他觉得自己就像是被逼到了悬崖边，再不正面抗击，就只能任由别人掌控自己的命运了。

在许至君极力逃避着回家这件事的同时，唐熙却成为陈阿姨生活中最亲近的人。

她暂时将自己的生活丢到一边，所有的爱好丢到一边，专心致志地陪着陈阿姨，一起去超市买蔬菜水果，一起在家里动手做饭，一起去医院拿体检报告。

这一切都是背着许至君进行的，眼看着陈阿姨的脸色一天比一天阴沉苍白，唐熙心里也越发着急了。

"阿姨，您还是跟他把实话说了吧……"

陈阿姨紧抿着嘴唇，摇了摇头，过了一会儿，她说："等最坏的结果出来了再说吧。"

唐熙无力地看着眼前这个神情凝重的中年女子，从小顺风顺水长大的她，第一次明白了，原来人生中有些事情，不是你付出了努力和金钱，就一定可以改变的事情。

她犹豫再三，终于还是开口了："阿姨，有件事情我一直没告诉您，怕影响您的病情。但是事到如今，我也不得不说了。"

陈阿姨的脸上立刻浮起又惊又怕的表情。

顿了顿，唐熙接着说："他和程落薰并没有您以为的那样，断得那么干净。您生日的前几天，他接到一个电话，听说那个女孩子在拉萨病了，他二话不说就飞去看她……我们就是从那之后在一起的。"

陈阿姨闭上眼睛，心中有天人交战，声音中都带着颤抖："你怎么不早告诉我这件事？我要是知道，一定不会让他去的！都分手这么久了，还藕断丝连的像话吗！"

屋子里一时寂静非常。

唐熙也没想到陈阿姨会如此震怒，这比她预期的要难收场，尴尬之余，她也只好说些"阿姨，我没告诉您就是不想您生气，身体要紧"之类苍白无力的话。

客厅里只有时钟的声音，仿佛整个世界都安静下来，等待着一场暴风骤雨的洗礼。

"是时候跟他好好谈谈了。"

这是陈阿姨那天说的最后一句话。

夜晚的江边，人还是那么多，风筝也还是飞得那么高。

许至君停下车，靠在车边点了根烟，默默地看着那些与己无关的人，想起的是曾经的某个夏夜，自己和程落薰在这里坐了一个通宵。

那天，天亮得很快，什么都还来不及回味，一切就已经成为过去。

风筝飞得再高，还是被那根线拉着。

烟快燃尽的时候，许至君忽然很想给那个身在阿里的人打个电话，但只是想想，并没有付诸行动。

程落薰，你根本不明白，那根线还在你的手里，被紧紧地握着。

可是，或许很快，那条线就要断了。

那晚过后，康婕又有一个多礼拜的时间没有见到萧航，也没有任何他的消息。

不是第一次发生的事情，承受起来似乎也就没有那么难受了。周末，康婕还是像往常一样背着双肩包去上课，专心地把老师讲的重点画出来，在旁边画上一个五角星作为标记。

只是偶然抬起头看见窗外刺眼的白太阳，她会有那么一瞬的失神，思绪会不由自主地飘起来，想起那些她并不太愿意记得的事情。

前排的眼镜妹妹偏偏又哪壶不开提哪壶：“好久没见你男朋友啦，吵架了？”

是时候撇清那层原本就子虚乌有的关系了，虽然康婕也觉得自己根本不用对萍水之交做任何交代，但还是微笑着说：“那人本来就不是我男朋友。”

眼镜妹妹露出了有些诧异又有些怀疑的眼神，康婕佯装无视，低下头来继续在白纸上乱画一通。

为什么说完那句话之后，好像有条小虫子在啃噬她的心，一开始是痒痒的，紧接着就变成细细碎碎的痛。

原来是真的，有些事情只要亲口说出来了，就真的结束了。

眼睛有点儿痛，用力地眨了一下，一颗很大很大的眼泪“啪嗒”一声落在刚刚乱画的那张纸上。

虽然已经被涂得乱七八糟，但是仔细看，还是能看出那原本是写着一个名字。

萧航。

下课的时候是下午四点多，酷暑的烈日还炙烤着皮肤，强光从高高耸立的梧桐树的缝隙中落下来，在掌心里明晃晃的，好像流淌的水一样。

眼镜妹妹推了推康婕，一脸揶揄地笑道：“你还装呢。”

顺着她的目光看过去，萧航一脸沉静地倚着车门站着，手里拿着一盒冰激凌，神色淡然地看着康婕。

忽然之间，康婕的脸“唰”的一下红了，这和他第一次来接她时那种又气又无奈的情绪有些不一样。这次，看到他的眼睛，有一种酸涩的气味在她的鼻腔里慢慢散开。

“你怎么来了？”康婕努力让自己的声音听起来没有异样。

而萧航才是真的云淡风轻：“前几天有些事忙，就没找你，今天闲了就来接你去吃饭。喏，香草味的，吃不吃？”

眼镜妹妹和另一个女生从他们身边走过去，脸上有毫无掩饰的羡慕之情，这让康婕的脸更红了。

这种感觉很奇怪，令康婕感到陌生——这好像就是人们常说的那种“羞涩”。

可是为什么会这样呢？自己以前跟陈沉在大街上亲吻，被很多路人鄙视时，她都没有过这样的感觉。

萧航难得开车开得这么沉稳，他目不斜视地看着前方，嘴里说：“今天猴子请客，带你去蹭饭。”

康婕沉默着，小口小口地吃着那盒冰激凌，有生以来她第一次这么斯文地吃一样东西，可是尽管如此，她还是觉得那些细小的冰碴卡在喉咙那儿下不去。

萧航又说话了：“你不愿意说的事情，我一句也不会问。你什么时候想说了，再跟我说。”

此刻康婕好像突然被窗外的什么东西吸引了目光似的，就是不肯回过头来让萧航看见她的脸。

其实窗外什么也没有。

猴子他们对康婕很热情，就好像当初那件不愉快的事情发生时他们都没在场一样，他们好像都忘记了自己当时是如何逼迫萧航去跟康婕开那个玩笑的，一个个笑脸相迎："美女想吃什么？想喝什么？"

康婕被他们弄得有点儿不知所措，只能一个劲地微笑，摇头，讲些客气话："你们吃什么我就吃什么，我都行。"

吃饭的时候康婕总觉得多多少少有点儿放不开，萧航丝毫没理会其他人暧昧闪动的目光，一直细心妥帖地替她夹菜。

最后，是猴子忍不住问了："你们是在一起了，还是在一起了，还是，在一起了？"

一时间，康婕又尴尬得脸红了，她心里不停地骂自己，害羞什么啊！装什么淑女啊！这么做作干吗呀！

可是萧航却是一副宠辱不惊的样子，面对大家的调侃，也只是岔开话："吃你的饭，喝你的酒，闭上你的嘴。"

本来也就是简简单单一顿饭的事，如果不是起身的时候，萧航忽然发现自己的钱包丢了的话……

一桌人目瞪口呆地看着萧航，他自己也傻了半天，就在服务员试探着过来问，要不要报警时，他一把抓住康婕的手，二话不说地冲了出去。

在车上拿出笔记本电脑，插上U盾，打开网银，他一副驾轻就熟的模样问康婕："你卡号多少？"

康婕呆呆地看着他，不明白他在说什么。

直到这个时候，萧航才恢复了往日的样子，白了她一眼："蠢蛋！我的卡和身份证放在一起的，卡里还有点钱，我先转出来，再打电话给银行锁卡。”

虽然萧航说的是“有点钱”，但以康婕对他的了解，这绝对不是几百块、几千块的事。

她手忙脚乱地在包里翻了半天，好不容易才在夹层里找到一张银行卡，一个数字一个数字小心翼翼地报给他听。

就在他皱着眉头转账的时候，康婕心里忽然蹿起一个念头：他怎么这么信任我？

很快，猴子他们就代替她说出了这个疑问，不过他们是以幸灾乐祸的语气说的：“这么多兄弟在呢，怎么不把钱转到我们卡里？”

丢了钱包对萧航的心情似乎影响不大，短短的十多分钟之后，他的脸上又像平时一样笑嘻嘻的。

“破财消灾。”他明明是在安慰自己，可是为什么听起来好像在安慰康婕似的。

那晚送康婕回家，车停在巷子口，康婕本想下车忽然又停住了开车门的手。

老城区的房子看起来总是那么陈旧沧桑，即使夜幕降临也无法掩盖其日渐腐朽的气息。

康婕身体里那股惴惴不安直到这一刻，才真正平息下来，就像跟这个世界的关口突然之间闭合了，再也没有嘈杂的喧嚣撞击她的耳膜。

她知道自己经过了怎样的克制才可以这样淡然地说话，才能好像真的连自己也没觉得有多难堪似的提起那天晚上的事情。

“那个人以前是我的初恋，现在是关系还不错的朋友。我也没想到他会有我家的钥匙，可能他只是担心我，怕我一个女孩子独居会有什么意外的情况，我们之间……不是你以为的那样……”

萧航忽然很突兀地插嘴说：“我没以为什么，真的。”

他的眼睛里有些很真诚、很透彻的东西，一闪一闪的，不像是装出来的。

康婕忽然又觉得有点儿鼻酸，她深呼吸，接着说："其实没必要跟你讲这些，因为也不关你什么事。但是……我不想让你觉得，我其实是个很随便的人……我不希望你误会……"

这些话她说得断断续续的，跟平时那个伶牙俐齿的康婕实在是判若两人。

萧航一直很安静地听着，直到她停下来，很久很久，他才说："我从来就没那么想过。"

说这句话的时候，他的右手紧紧地握住了康婕的左手。

夏天的夜晚，即使在城市里也可以听到蝉鸣。

她忽然想起那张明信片上，程落薰写的那句话：

希望这一生还有许多机会能再遇到一个人，能说话，也能相爱。

同一时间内，另一些人的生活则奔着无法挽回的方向滑落着……

许至君回到家里，陈阿姨的态度坚决得不容他有半分反驳：订婚！就在这个月底！

他整个人就像是被冻住了一般，丧失了所有的行动力，甚至连声音也发不出来，只能呆呆地看着自己的母亲。一贯温柔的母亲，从小到大没有逼他做过任何事的母亲，在这个时刻的蛮横和强势，是他这么多年来，从不曾见过的。

他想要大喊，或者骂几句脏话，可是陈阿姨抢在前面说的那句话，让他心里所有的愤怒和惊诧都在瞬间化作了齑粉。

“你要是不想让妈妈死不瞑目，就老老实实地跟唐熙订婚！”

在某条黑暗狭窄的巷子里，刚喝过几瓶冰啤酒的阿龙摇摇晃晃地走着，冷不防地，一根铁棒当头砸来，霎时，血如泉涌！

他只来得及惨叫一声，就被更重的力道砸得连嘶喊的力气都没有了……

他手臂上的文身在昏暗的路灯下显得如此狰狞，在失去意识之前，他喉咙里只发得出“啊……呀……”之类模糊的声音。

他想不到，这场无妄之灾，跟很久之前他朝一个女孩泼去的那瓶硫酸有着直接的关系。

他不知道那个女孩子是谁，只知道他在路边摊上跟人吹牛，夸下海口说没有自己不敢做的事，当天晚上他就被不认识的人叫到一个僻静的地方，对方给了他一笔钱，让他去毁掉一个女孩子的脸。

他更加不知道的是，他毁掉的不仅是她的脸，甚至是她的人生。

那根铁棒是那么的粗粝坚硬，他感觉到自己的骨头都在碎裂，一下，又一下，不知道什么时候才能停止。

血模糊了他的眼睛，什么都看不清楚，双手只能在黑暗里徒劳地抓着空气。

最终，他靠着墙壁，慢慢地滑到地上，不省人事。

在西藏札达县，某个不知名的、破旧的招待所里，在一尘和阿亮此起彼伏的鼻息声中，我听见陆知遥在小声地打电话。

我知道他在订机票，可当他挂掉电话转过来看着我的时候，我依然不敢问出让我害怕的那个问题：我们，是不是，就快分开了？

我不知道是什么让我不敢开口，我没有为我那些不可捉摸的言行做过解释，在他跟别的姑娘嬉笑打闹的时候，我紧绷着脸就像是自己喜欢的东西被别人抢走了一样。

他也从未问起过我，他的泰然处之总让我自惭形秽，而唯一的解释就是我还太年轻。

年轻得还没有习惯离别——即使，林逸舟已经离开了我。

我们的关系是如此生分，我害怕惊扰到他。

我握着陆知遥垂在床边的那只手，眼泪像深夜里的一场暴雨，将我所有的理智淹没。

我想起了彼时的林逸舟，此时的陆知遥，对我来说，他们都是刻在生命地板上无法磨灭的印记，跟他们在一起的每一天，都是我人生当中不可复制的珍贵绝版。

可是对他们来说，我只不过是个极其清浅的存在。

屋顶上传来噼里啪啦的声响，是无数粒小冰雹砸了下来。

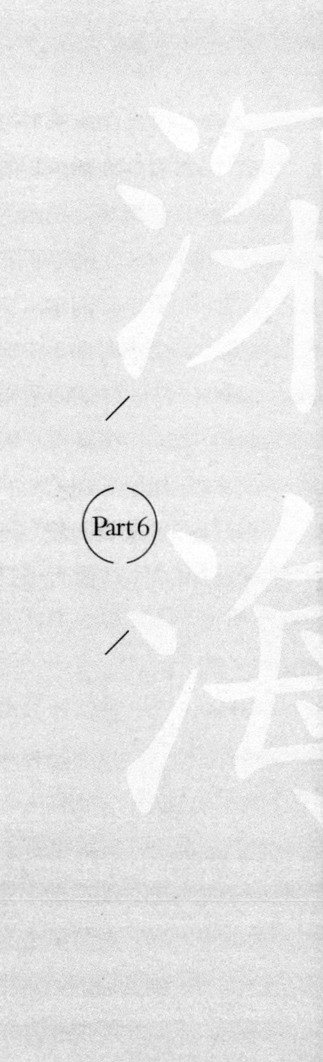

Part 6

许多日子过去以后，在乌烟瘴气的城市里的夜里，抬起头只能看到稀稀疏疏的几颗星星遥挂在天际——类似于这样的时刻，我总会想起在松西的那个夜晚。

我确定了陆知遥将提前结束行程，于是不能不面对很快我们就要分开的事实。也许是因为这个吧，我的脾气越来越差，经常好几个小时都不说一句话，只管闷头听歌。

陆知遥明显感觉到了我蠢蠢欲动的怒气，但他对此不予理睬。

在某天吃饭的时候，陆知遥环视了一周，忽然，直截了当地说出了那句“我有事，不能陪你们接着走了”，一尘和阿亮同时抬起头来看向我。

就像有一只手掐住我的脖子。

我知道，大家都知道，他那句话是说给我听的。

就这样闷声闷气地继续着接下来的短暂旅程。

我心里有两个声音在不断地吵架，一个说：算了，在一起没几天了，别整天板着脸了，他并不欠你什么。

另一个则说：本来就是他言而无信，说了要一起去到南疆北疆的，现在却半途而废。

先前那个又说：即使到了最后的目的地，你们还是要分开，回到各自的日常生活中去，不是吗？

再也没有任何声音了。

一边是理智，一边是情感，而我这二十多年来，说话做事全凭自己的直觉，也许就像陆知遥说的，大多数时候，我根本就是个没逻辑、冲动、毫无理性的笨蛋。

灰尘从车窗的缝隙里钻进来，朝我们扑上来。我和一尘、阿亮三个人脸上盖着一张湿巾，唯独陆知遥岿然不动，他的背影如此镇定，也如此无情。

他终究是要离开我的，旅行只是生活的一部分，没有人能结伴走在路上一生一世。

有一种人是无论你多用心都无法留住的，他们的羽毛太漂亮，注定要在更高的地方发光，给更多的人看到。

我觉得自己简直面目可憎，并且，我讨厌自己这个样子。

隔阂是在松西的那个晚上打破的，我不知道该怎么形容那个地方，海拔五千二百米，除了一个小小的兵站之外，周围荒无人烟。

我们投宿在唯一的一间民舍里，大通铺，就像我只在旧的电视剧里看到的那种炕，有明显的时代痕迹。

民舍的主人是一个甘肃大姐，她平日里就靠给过路的人和旁边儿兵站里的战士们做点吃的赚钱。我们要了几盘手擀面，在她切牦牛肉的时候，我好奇地问她："你在这儿多久了？"

昏暗得如同烛火的灯底下，她冲我笑笑："十五年了。"

十五年的时间……在这样的地方……我简直不敢想象。

背后的一尘和阿亮也跟着摇头说："要我在这里赚钱，一个月十万我也不干！"

大姐笑笑，又继续埋头做面，我倚着门框静静地看着她的背影，那一刻我也不知道自己脑袋里在想什么，只觉得空空的。

我曾经很想找到所谓心灵的宁静，也偏颇地认为是城市里的浮夸影响了心境，而当我真正置身于尚未开垦的荒蛮之地，却又攫取了一种几近灭顶的恐惧。

原来那所谓的灵魂的平和，不过是叶公好龙而已。

我转过身，悲哀地看着陆知遥，谁知道这三个家伙已经拿出了一副纸牌，准备斗地主。

正在此时，手机响了。

这一路上来因为海拔太高，信号太弱，手机长时间处于无服务状态，我也就习惯了它像个摆设一样静默。可是这一刻，仿佛是感应到了什么，它不可抑制地、顽强地响了起来。

许至君！

我在呼啸的夜风中，焦急地对着手机喊："你说什么？快点啊……我信号不好……你快点说啊……"

纵然如此，信号还是无情地中断了，我连一个字都没有听清楚。当我想回拨过去的时候，赫然发现手机上的信号标志又消失了。

就像一场短暂的梦。

旷野的风寂寞地刮着，我握着手机茫然地想，他到底要跟我说什么？

深夜，陆知遥他们三个还在兴致勃勃地斗地主，完全没有搭理我的意思，我也就识趣地一个人爬到墙角的那床被子里睡下了。

不知道过了多久，我在睡梦里忽然被人叫醒。我迷迷糊糊地睁开眼睛，看到陆知遥，他的面容上有着平日里难得一见的狡黠："起来，出发了。"

我也是真傻，竟然信以为真，连忙爬起来穿衣服，瑟瑟发抖地跟着他走，全然没看到一尘和阿亮都往被子里钻。

在寒风里站了一分钟我就清醒过来了："陆知遥！你个神经病！又骗我！"

他笑笑："叫你出来看星星的。"

我仰起了头，那是从未见过的璀璨星空，密密麻麻，近在咫尺，如果没见过那样的场面，永远也不会明白什么是"手可摘星辰"。

“看到流星没有？”他的手指着某个方向，轻声问我。

我没看到，因为眼里全是泪水，连眼前的这个人我都快看不真切了。我伸出手从背后抱住他，脸埋在他的外套里，眼泪汹涌却悄无声息。

“不是只有赛里木湖才能看到银河的。”他一动不动地说。

一直对你很好的人，如果某天突然不对你好了，你一定会受不了。可是一直对你不怎么好的人，突然一下对你好了，你或许会更受不了。

似乎就在昨天，我傻乎乎地问他：“那个能看见银河的地方在哪儿？”

“要不是你想去，我才懒得去了。”

…………

眼泪怎么会有这么多，如果现在我的情绪就如此脆弱，到了真正分离的时候我该如何自处？

就是在这个晚上，我做出一个决定。

关于痛苦和沉重，很多人都说忘记吧，就像忘掉那些你永远得不到，或者找不回来的东西，像生活在地狱里的人忘掉天堂，像远行的人慢慢忘掉故乡。

但我决定不忘记他。

然而我并不知道，就在电话断掉的那个瞬间，许至君，他也做了一个决定。

他决定忘记我。

听筒里的忙音好像经过了几光年的距离才抵达许至君的耳中，

等他清楚地明白这一切之后，那种结结实实的心痛也随之而来。

就像把她从江水里捞起来之后，看到她脸上坚毅的、毅然赴死的决心时，那种心痛。

以前总以为是电影里的人矫情，直到自己身临其境，才终于明白，左边胸膛下跳动的那个器官，是真的会痛的。

他坐在卧室里，犹如困兽，所有细碎的杂念汇成一个清晰而深刻的意识：程落薰，我们之间彻底结束了。

这样想的时候，忽然希望自己还是四五岁的小孩子，那样的话，就可以光明正大地号啕大哭一场。

原本他是想说：你什么时候回来？你快点回来吧，再晚就来不及了。

原本他是想说：以前的事情就让它们过去吧，谁也不应该为了回忆活着。

原本他是想说：我知道你恨我挂了林逸舟的电话，我知道你这辈子可能没办法忘掉那件事，可是你惩罚我的时间已经够久了……

原本他是想说：我觉得把你放在谁身边都不放心，我觉得谁都不会像我这么爱你了，你老老实实回来不行吗？

原本他是想说：程落薰，你这个大傻 ×，你再不回来我要跟唐熙订婚了！

他想告诉她这件事，因为他知道，自己不可能再和癌细胞扩散的母亲较劲，但一想这样，自己就要步入一场势在必行，甚至可以说是个阴谋的订婚，他就有一种索性毁掉人生的冲动。

在这个时候，只有她，那个一腔孤勇的程落薰，唯有她的存在还可以给他一些力量，一点安慰。

关于生命中的种种艰辛和无奈，就算不能够消灭它们，至少还有一些反抗的勇气。

可是当那通电话断掉的时候，他知道，一切都结束了。

就像是一出浓墨重彩的戏戛然而止，黑色的帷幕被拉上，放眼四周，观众席上只剩自己一个人。

一切都落幕了。

唐熙的名字在手机屏幕上执着地闪动，他把手机调成静音，呆呆地躺在床上看着天花板，整个世界都从绚烂归于寂灭。

他觉得有一点儿难过，但好像又不是特别悲恸，也许是因为之前的那些激烈已经让自己惯于承受这些了。

这一点儿难过是因为她不在自己身边，而不是她在别人身边。

世界很小，城市很大，罗素然原本以为有些人是终生都不会再见了，直到这个男人站在她面前，神情复杂地看着她，和她怀抱里的浅浅。

他是浅浅的父亲，可是关于自己还有个女儿这件事，他居然刚刚知道。

罗素然的脸色在一秒之后变得惨白，就像生浅浅的那天大出血时一样，几乎面无血色。

僵持了一会儿，还是许辉先恢复常态，低声说："先回家再说吧。"

罗素然犹豫了一下，还是拉开了车门——她原本以为自己一辈子都不会再坐在这辆车上了。

霓虹灯把城市装饰得妖冶迷乱，她静静地想，人不到死，真的不要轻言一辈子。

许辉也没想到自己还会再来到这所公寓里，坐在曾经坐过的沙发上，他仔仔细细扫视了一圈房间的布局，跟那时似乎没有太大的改变。

罗素然把浅浅稳妥地安置在床上，在房间里深呼吸了很久，才鼓起勇气走出来泡茶。

人都没有自己以为的那么坚不可摧，她端起杯子的手明显有那么一些颤抖，直到许辉开口说："别客气了，不是外人。"

到了这个时候，她才不得不坐下来，面对这个自己不知道该怎么面对的男人，面对自己女儿的亲生父亲。

在一阵尴尬的沉默过后，许辉语调平稳地说："居然是真的。"

罗素然抬起头来看着他，不知道该怎么接他的话。

好在许辉也并没有要她开口的意思，自顾自地说起来："小君跟我讲这件事的时候，我……真是有点不敢相信，素然，你太糊涂了……"

从进门到这一刻，罗素然才真正进入交谈："我怎么糊涂了？这是我自己的事情，跟你没有任何关系，我的女儿，我的人生，不需要你负责。"

许辉不耐烦地挥挥手，就像过去一样，每当他不想谈论某件事时，就会做出这个动作："别跟我扯这些陈腔滥调！"

罗素然气得胸口发闷，可又不知道要怎么反驳他，场面又僵住了。

过了很久，许辉才低声说："我会尽责的。"

这句话就像点燃了罗素然身体里的某个爆点，她原本低垂着的眼睛在顷刻之间瞪得好大，愤恨和委屈就像箭一样射在许辉脸上。

不必再说什么了，她感到了沮丧和悲伤，甚至超过了当初和他分开时的灰心丧气。

只是这样而已，对他来说，自己只是一个不那么好打发的女人，稀里糊涂生下一个他并不想要的孩子，为着这个孩子，为着他所谓的男性自尊，为着所谓的为人父该尽的责任，两人又要被联系起来。

她几乎感觉到悲伤在喉头涌动，再过一秒，就会失态地哭出来。

时间过得如此的慢，连呼吸都变得这样艰难，她忽然颓然地低下头，摆摆手："你走吧，我真的不想再见到你。"

"可是你没有权力不让浅浅见她父亲。"许辉叹了口气，"素然，所以我说你糊涂了，不能给孩子一个幸福安定的生长环境，何必让她到这个世界上来。"

"幸福？"罗素然的冷笑里夹杂着呛人的讥诮，"有谁会以为人生几十年光是幸福？人生苦难重重，一件也逃不掉！"

许辉有些困惑地看着她——这个从前总是一副温和、斯文模样的女子，他不知道是何种力量让她变得这么暴躁和易怒，对这个世界，也对自己。

他以为把车和房子都留给了她，就算是对得起她付出的那几年光阴，毕竟，所有的青春都会逝去，却并非所有的逝去都有补偿。

他以为他们之间是好聚好散，直到这天，亲眼一睹了她的暴戾，他才知道，自己错了。

当自己的儿子，表情凝重地对他讲"我有两件非常重要的事情，必须告诉你"的时候，他心里闪过那么一点不祥的预感，可是他绝对没料到事情竟然重要到颠覆他的生活的程度。

当然，看起来，他的人生一直致力于追求的都是事业、名利、财富，他为此付出了自己的全部心力，而结果也没有辜负他。

可是作为一个人，一个男人，他很清楚对自己来说什么是最重要的，那就是家人。

可是仿佛就在一夜之间，他原本以为坚如磐石的家就在风暴中飘摇欲坠了。

许至君的神情前所未有的哀伤："妈妈的癌细胞转移了，扩散了，不做化疗的话，可能拖不过半年，做化疗的话，医生也不敢保证能拖多久。两个方案都跟她说了，她的意思是不做了，太痛苦了，她说还是听天由命。

"还有一件事，其实早该跟你说了，只是觉得由我来说，不太合适……罗素然有个女儿，是你的。"

某些瞬间，人会感觉到突如其来的黑暗，就像在瞬间失明了一样……不只是视觉，就像是身体所有的感官都在顷刻之间失去功效。

许辉看着自己的儿子，一动不动地看着他，就在这瞬息之间，他真正感觉到自己老了。

订婚还没办，唐熙已然是正式嫁入了许家。她用自己所有的空余时间来陪住院的陈阿姨。因为疲惫，她也没有闲情像以前那样装扮自己，经常素着一张脸就来了医院。

倒是许至君觉得实在有愧，会悄悄把她拉出去，反复对她说："你少来几次没关系的，你自己也要多休息。"

她还是笑得很好看："我还年轻，没事。"

他们从来没有直接谈到那些话题——关于订婚，关于陈阿姨不久于人世，关于那个即将结束旅行，回到这里的程落薰。

趋于一种自我保护的本能，他们谁也不提。

有一天下午，唐熙在旁边那张床上睡着了，许至君买了甜品来，刚走到门口陈阿姨就对他做了个“嘘”的手势，示意他动作轻点儿，别吵醒了她。

他轻手轻脚地放下甜品，老老实实地在床前坐下，承接着母亲温柔的目光在他脸上擦拭。

陈阿姨忽然轻声说：“长大了。”

一定是深深地刺痛了他的心，眼泪才会猝不及防地涌上眼睛。他低下头，假装突然对地板产生了兴趣的样子。

陈阿姨明白他是不愿意让她看见自己稚气的一面。

从小到大，他都对自己过于苛刻。这个城市里有很多的年轻人不思进取，沉迷于声色犬马，可是他从来不爱好那些。性子太沉静了，他不够快乐。

她轻轻地叹了口气，摸了摸许至君的头，轻声说：“我知道你心里还有落薰。”

听到这个名字，许至君明显一颤，他想反驳可是被陈阿姨制止了：“你别说话，听我说。我知道你心里还有落薰，在这种时候，让你跟唐熙订婚，是仓促了一点，但是你不要怪妈妈，你也知道我没多少时间了……

“这两个女孩子我都见过，也都跟她们相处过，我很清楚到底哪一个才适合你。我知道，你跟唐熙在一起不会比和落薰在一起开心，但是人生不是只要开心就行的……妈妈活了大半辈子，不会弄错的。落薰啊，她连自己都照顾不好，更没有心顾着你。你想想，你跟她在一起那么久，她有没有为你做过什么事情，你能说得上来一两件吗？”

许至君垂着头，一语不发。他知道自己确实举不出任何例子来证明程落薰对他有过真心。

天边翻滚着大团大团的乌云，很快就会有一场暴雨来袭，所有的光都好像隐没了。

“小君……我唯一的担忧就是你，只要你将来不受苦，不受罪，我就算走也能走得安心。我对唐熙很满意，你答应妈妈，好好和她在一起。就算落薰回来了，就算她来找你，也不要心软，好吗？”

十多分钟之前，还有很多种情绪游走在他的身体里，像是找不到出口的怪兽。而就在这一瞬间，它们消失殆尽了，一点残余都没有了，取代的是一种不知该如何抵挡的寒冷。

陈阿姨的目光有着洞穿人心的犀利，她太清楚了，对程落薰，他还有那么星星点点的希望，而她要做的，就是连他这点希望都掐灭。

过了许久，许至君抬起头，眼眶越来越红，嘴角却咧开着笑。

他的声音那么轻，轻得就像是从很远的地方飘过来的那样。

他说：“好。”

他们都没有察觉到，唐熙的睫毛微微地颤动着。

我是在叶城知道这个消息的，当时我们正在219国道的起点站合影，纪念我们走完了新藏线全程。

看到康婕发给我的那条短信时，我整个人都蒙了，连饭都吃不下了。

陆知遥误以为我又耍性子，便耐心跟我说：“接下来你就不能这么任性了，不吃东西哪儿来的体力……”

我呆呆地看着他，过了两三秒钟才反应过来，我知道我的样子看上去很蠢，就像是他说了一句多么让人费解的话一样。

怎么会这样？我揉揉眼睛，再盯着手机看了一会儿，康婕她确实是说：“许至君要订婚了。”

没有前因没有后果，就这么硬邦邦地甩一句话给我，丝毫没有想过我是不是能够接受，或者说承受更恰当一点。康婕是怎么了？许至君是怎么了？所有人都是怎么了？

“我也要回去了。”

这句话从我嘴里说出来，他们一点都没有觉得惊讶，好像在很早之前就预计到我会这样了：因为我要来，所以陆知遥陪我来，因为他要走，所以我也要走。

不是这样的，或者说，不光是这样。

我傻傻地看着陆知遥，甚至不知道自己眼泛泪光，我不知道要怎么跟他讲这些乱七八糟的事，怎么讲我的那些心结。

要怎么讲，我出来旅行是为了找到新的期待，为了让自己从痛苦中解脱出来。因为我曾经深爱的人死了，而曾深爱我的人现在又要和别人订婚。

要怎么讲，你就快离开我了，马上，即将，离开我，也许这一生不会再见了，我们的人生太过悬殊了。

陆知遥，我胸腔里这些满满的悲伤，怎么才能让你明白，又怎么可能让你明白。

我在你身上看过了大海，可最终我还是要回去我的那片湖泊。

我打了电话给罗素然，拜托她帮我订了机票，我特意强调了一个日期——和陆知遥的航班是同一天，不过我的是清早，他的是中午。

我不想，每一次都做留下来的那个人，这次我想先说再见。

从叶城到和田四个小时，从和田到乌鲁木齐还要坐二十六个小时的客车，没有人知道我是以怎样的心情熬过这漫长的三十个小时。

忍受着逼仄的空间、刺鼻的异味，我头昏脑涨。

到了晚上，我抬头凝视着天边的月亮，它越来越圆，也越来越亮了。我这才意识到，中秋节快到了。

我的思绪飞去了那个遥远的夜晚——

我站在某间公寓的阳台上，风把我的头发吹得很凌乱，只差那么一点点，我就要跳下去了。

是许至君把我抱回来，像安抚一只极度受惊的野兽那样安抚着我，一整夜，他拉着我的手，默默地陪着我。

而如今，万千种挣扎的是我，陷在沼泽不能自拔的也是我，他们一个个在岸上看着我，越挣扎越无力，在水流中我越陷越深，却再没有人肯伸手拉我一把。

在沉默的塔克拉玛干沙漠中，我带着一丝凌厉的快意想：早知道这样，当初还不如跳下去算了。

在一起的最后两天过得特别快，时间就像是从坏掉了的水龙头里奔腾而出，怎么都止不住。

我知道，留不住的，这种焦灼就像是一把火在焚烧着我的五脏六腑。我用尽所有的时间和他待在一起，哪怕什么都不说，哪怕只是静静地看着他，都会令我稍微好过一点点。

像是感觉到了我心里这种莫名的迫切，他反而离我稍稍远了一些。出去吃饭的时候，他叫上了一个在青旅里新认识的姑娘，去逛大巴扎的时候，他又叫上了她。

我没有不开心，因为我发现我其实很早就不知道开心是一种什么样的感觉了，没有了对比，自然也就没有了剧烈的情绪起伏。

木然地跟着他们一起走，吃饭，逛街，我知道我的样子看起来是前所未有的平静，平静得甚至不需要陆知遥来跟我说一声，他没打算送我。

我想这样最好，这就是我预想过千百遍的，干脆利落的，丝毫不拖泥带水的，得体的，完美的，告别。

次日清早七点，我独自坐在酒店的大厅里等着机场大巴，在这段时间里，我把那串紫檀念珠数了好几遍。

其实很快，他就会发现，我并不是那么云淡风轻的人。

在他的 DV 里，我录了一段视频给他。就在他们几个聚在一起喝酒的时候，我悄悄地返回房间里，取出 DV，架在桌上，对着镜头，眼泪不受控制地淌了下来。这些话是我一直想要说给他知道的，它们在我心里已经淤积得太久，太久了。

“我从小到大都不是一个运气很好的人，哪怕是买饮料都没中过‘再来一瓶’，出去吃饭开发票也从来没刮到过哪怕五块钱……可是，我想，正是因为以前一直挺背的，所以好运就攒着了，直到认识你。

“我知道，我不够漂亮，又不够聪明，跟你比起来简直是个无知的笨蛋，但是我还是觉得，遇到你，是我一生中最美好的事情之一。

“谢谢你带我走这一程，现在，我要回去了，你要珍重。

“再见，陆知遥。”

飞离乌鲁木齐的时候，天光已经大亮，我背着重重的背包和沉甸甸的回忆，安详地坐在位置上，像一个面对岁月的绑架，束手就擒的老人。

我没有想到，我只是出去旅行了一趟，等我回来，一切都发生了翻天覆地的改变。

回到家的那天晚上我妈大吃一惊：“怎么黑成这样了？”我知道她其实本来想说，怎么又胖了这么多。

这还用得着说吗？高原上的紫外线一天就可以让你脱层皮，尤其是我这种以前根本没怎么晒过太阳的人，至于胖……每天吃饼干，啃泡面，名模都会胖的好吗？

虽然我妈没再说什么，但是我知道，对我能在中秋节之前赶回来，她还是很满意的。

洗了澡出来之后，我有点意外地看到康婕坐在客厅里，她对我笑笑：“没去接你，特意来赔罪的。”

我愣了愣，说不清楚为什么，我觉得有点儿怪怪的。

直到从甜品店出来，我才知道原来在我离开的这些日子里，发生了这么多的事情。康婕跟我说了许至君和唐熙，也说了李珊珊和宋远，但对她跟萧航，我明显地感觉到她有些保留。

就像我对我和陆知遥之间也有些保留一样。

有些事情必须有所保留，才能确保这记忆是属于你一个人的，何况，很多事情即使说给别人听，别人也不会懂得。

“那你跟他，以后就不再联系了？”走在路上的时候，康婕这样问我。

没有感觉到关怀，真的，这是我们认识这么多年来，头一次我感觉到她是在试探我。

就像是用一根细细的针，轻轻地插进心脏，看着对方强忍着痛苦的表情，来验证自己话中的分量。

我有点慌，我不明白这一切是为什么，于是只能模棱两可地回答说："嗯啊，也没必要联系了。"

康婕点点头，像是赞同又像是感叹："路上遇到的人，大多也只能这样收场了。"

我尴尬地笑笑，把话题转移开："珊珊跟宋远他们，怎么办？"

"什么怎么办？和好了呀。"康婕淡定地看着目瞪口呆的我。

那个下着暴雨的夜晚，阿龙在回家的那条黑巷子里被袭击，糊里糊涂地晕了过去，直到第二天清早打扫卫生的环卫工人发现时，人家还以为出了人命案。

其实只是晕厥，并没有死亡。

在医院里躺了好几天就出院了，又养了一阵子之后，照样生龙活虎。

祸害遗千年，真是这么回事。

可是这一切，在黑暗中抡起铁棒的宋远，并不知道，他穿着那件被溅有血迹的 T 恤去找李珊珊时，已经做好了杀人偿命的准备。

而那晚，李珊珊没有出去，她独自窝在房子里看综艺节目，综艺结束之后她又看了一部韩剧，等到韩剧也放完了，她便接着看电视购物。

似乎是一种恋人之间的直觉让她莫名其妙地心慌，即使电视内容那样枯燥乏味，她还是不愿意去睡觉。

终于，敲门声响起，把她吓了一大跳。

打开门的时候，宋远手里的血迹还没有干，他冲着她笑，既疲惫又轻松："我欠你的，还了。"

见到他的第一秒，那种如释重负的感觉迅速塌陷，随之而来的是从未有过的惊恐，她头皮一麻，炙热的痛感在顷刻之间贯通全身每一个毛孔。

她的声音都不像是自己的了："你……做了……什么？"

问出这句话的时候，她仍然抱着一丝渺茫的希望，他是在开玩笑，只是报复她而已，因为他误会自己跟别的男人搅和在一起，所以就开了个这么骇人的玩笑。

宋远瘫坐在沙发上，闭上眼睛，轻声说："我找到那个毁你容的人，尽我所能，替你报了仇。"

他说得轻描淡写，就像以前每次下班回来跟她说"我们今天晚上出去吃饭吧"或者"我不想吃快餐啦"那么随意，李珊珊木然地看着他。

片刻，她感到全身的骨头被抽走了似的，跌坐在地上。

"你告诉我，你做了什么？"很奇怪，她的声音里一丝颤抖也没有。

宋远也很平静："我不知道严重到什么程度，我走的时候，他躺在那里一动不动。"

她扬起手掌，用尽全身的力气，狠狠地扇了他一耳光！

她要用这个耳光扇醒他，让他意识到眼前的这一切已经严重到超过他们动用所有的能力都难以挽回的程度。

她听见一个尖锐的、不像是人类的声音在叫嚣："宋远！"

他仍然是无动于衷的样子，懒懒地闭着眼睛，不出声，也不制止她，那副疲态，好像已经活腻了的样子。

"值得吗？宋远，你这个傻瓜，值得吗？"

喊出这句话时，她已然是声泪俱下，这种心痛，比起自己被毁容时有过之而无不及。她用力地憋着呼吸，想要将几乎顶破胸腔的尖叫声压下去。

直到此时，宋远才睁开眼睛，看着她。

记忆中第一次见到她的时候，她还是明艳动人的少女，一脸盛气凌人的美丽……可是就像是被一层又一层的玻璃隔绝了他们，幡然醒悟的时候，彼此都已经遍体鳞伤。

“小远，对不起。我太笨了……我不是故意要找你闹，我真的是太怕了……我不想拖累你，可是我什么都不会。我想好好地跟你说这些话，可是不知道为什么每次一张口就是吵架，我也不想这样子，我真的也好委屈……

“我跟那个男人真的没什么。有一次我去逛商店，衣服太贵了，我买不起，那些店员很看不起我的样子……我以前没试过被那样对待，我真的受不了……他以前就认识我，追过我，那天刚好碰到了，他买了好多衣服送给我，请我吃饭，他跟我讲，我喜欢什么都可以告诉他，他会送给我……但是我们真的没什么，你相信我……”

李珊珊说这些话的时候，声音哽咽得好几次差点都说不下去了，最后她整个人都因为抽泣而剧烈地颤抖起来。

宋远轻声说：“你要我姐转告我的话，我知道了。我相信你。我知道你越来越没有安全感，你觉得我认识了新的女孩子，有了新的生活，除了你之外我还有很多，可是你除了我，就什么都没了。”

他伸出手抱住她，就像从来没有互相伤害过那样。

熟悉的温度唤醒了记忆，像细碎的玻璃切割着皮肤的疼痛，随着血液倒回进心脏，终于，那种被竭力压制的悲伤，在霎时之间，喷薄而出。

如果你没有深深、深深地爱过一个人，你就不会明白，深深、深深的恨，也是源于爱。

那段日子，他们两人都把手机关掉。

宋远不去公司了，李珊珊也不去整形医院了，以前互相推卸的事情都争先恐后地去做，比如做饭洗碗。

宋远洗碗的时候，李珊珊就从后边抱着他，一步也不肯离开。每天傍晚时分，两人会牵着手下楼去买西瓜，买回来一分为二，一人一把勺子舀着吃。

她的齐刘海也全部翻上去用夹子固定住，后边的头发扎成一个小鬏鬏，看电视的时候，宋远会凑过去吻她后脖子露出来的那块皮肤。

他们心照不宣地混沌度日，把每一天都当作是末世，用尽所有力气狠狠地相爱。

他们每天睡着前都做好了，明天醒来就要独自面对余生的准备。

“后来呢？”我问。

康婕挑了挑眉毛：“后来就一直好好地在一起啊，阿龙又没死，两个傻 × 天天躲在家里等警察来抓人，其实满世界，除了素然姐和宋远的老板，谁会找他们啊。”

我有些犹疑地问：“阿龙也没找？”

康婕白了我一眼，似乎在她看来我这句话说得很蠢：“阿龙那个傻 × 不知道得罪过多少人，他加上脚趾头都数不过来，哪里想得到是宋远啊。”

我看得出来，康婕并没有因为阿龙是她妈妈的相好而对他有丝毫怜悯，在她看来，他跟她妈妈的关系，正是她恨不得他去死的原因。

不仅没有丝毫的同情，反而充满了幸灾乐祸。

我微微皱了皱眉："我不知道怎么讲，但我不认为这是最好的解决方式。"

"算了吧，落薰，别那么圣母了，我觉得这就是最好的解决方式。"康婕的语气里有些不屑，说，"快意恩仇，血债血偿。"

我可以确定，我跟康婕之间的生分并不是我的错觉。虽然我还没有在一团乱麻中找到源头，但从种种蛛丝马迹看来，她对我的态度确实和从前很不一样了。

不需要我拐弯抹角地问，很快，她就揭示了答案。

"落薰，我快要嫁人了。"

怎么去定义我们之间的感情？

朋友、姐妹、闺密还是知己？为什么我觉得这些词语都不足够恰当地概括我们之间的关系？

在你十四五岁的时候，一个爱人都还没遇见的时候就整天跟她厮混在一起，明明自己有洁癖，可是愿意跟她共用一双筷子吃东西。

你上课看小说被没收了，老师要你家长打电话，是她捏着鼻子假装你亲戚在电话里替你撒谎。

你们一起在学校旁边的小书店租少女漫画，几块钱一天，每次都是你先看完才轮到她。

初中毕业，你继续念高中，她满不在乎地说"反正我也不是读书的料"，可是当她从你家离开的时候，看着她推着单车的影子，你站在窗口捂着嘴哭得稀里哗啦。

从那天开始，你就知道，你们再也不可能形影不离。

你遇到生命中第一个喜欢的人，可是他不够喜欢你，你最难过的时候是她放下手边所有的一切跑来陪你。

你被学校处分，躲起来谁也不想见的时候，她放下自己的事情，偷偷来陪你喝酒。

你又遇到爱情，她比你还开心，而当你被伤害得蒙头哭泣的那些夜晚，你的身边或许还有爱着你的人，可她遇到的所有苦难，全都只能独自承担。

她喜欢漂亮的衣服，喜欢新款的化妆品和香水，但没有人会在她生日送给她。

她意外怀孕，没钱做手术，只好放低自尊找你借钱，从手术室出来，用一张惨白的脸对着你笑，笑得你心酸。

你忘不了，她说起自己家里那些匪夷所思的笑话时眼底闪过的一丝羞耻，也忘不了你把她从酒吧里揪出来时那句撕心裂肺的“不是每个人都有你这个运气”。

你更忘不了，年少时，她谈起未来，说自己的愿望是有一个幸福的家，做一个好妈妈。

你跟她一起慢慢长大，你时常有好运气，遇到任何事都能化解，可她只能凭着自己的生命力在岁月的缝隙里艰难生存。

她可能有些粗俗，野蛮，没什么大本事，也不能为你谋取任何利益，可是每当你陷入人生最低谷的时候，她总是在你身边陪着你。

就是这样的一个女孩子，你知道你以后的生命里再也不会有一个人像她这样，用自己的青春跟你的人生融合在一起。

你那么希望她幸福，直到她真的站在你面前，带着一点点脸红告诉你：“我要嫁人啦。”

为什么这一刻，你的眼泪会如此猝不及防地涌出来？

在熙熙攘攘的街头，过去那些年华像倾泻的水一样淌过我的记忆，就像是陈年的胶片上有零零散散的斑点，却依然是最珍贵的影像。

这几天来一直浮在康婕脸上那种似有若无的炫耀，在我的眼泪流下来的那一刻，消失得干干净净。她又好气又好笑地看着我，语气里带着些许嗔怪：“你傻了啊，干吗哭啊？”

我擦掉眼泪，很真诚地对她笑：“我高兴，真的。”

她的眼睛里也亮晶晶的：“你真是个神经病啊……萧航跟珊珊他们见过了，一直说等你回来一定要跟你见个面。”

我点点头：“好啊，但是我要先去看看陈阿姨。”

我从没想过，会在这种情形下再跟他见面。

当我步履沉重地从电梯里出来，看见站在走廊里的他，曾经那么熟悉的一张脸，曾经每时每刻都带着温和的神情注视着我的脸，曾经很多次在我的脑海里深深浅浅地浮现的脸，此刻带着如此明显的憔悴和疲惫。

他穿着墨绿色的T恤，就像一棵悲伤的树。

我们静静地凝视着对方，连一声招呼都如鲠在喉。

然后，一个白色的身影飘了过来，黑色的长发，明眸皓齿，就像康婕无数次跟我提起的那样，大方得体地微笑：“程落薰，你好，我是唐熙。”

许至君看看她，又看看我，一句话也没有说，可是那种眼神，让我差点当着唐熙落下泪来。

别人都说如果你想要一样东西，全宇宙都会来帮你的忙。

我不知道为什么这句话在我身上完全得不到一点体现，就像是冥冥之中有道魔障阻隔着，但凡是我想要的，通通会被各种力量结合着推向离我更远的地方。

我喜欢的东西也好，我喜欢的人也好，通通是这样，每当我们努力靠近对方一点点，就会被隔绝得比之前更远。

我很努力地对唐熙笑笑："你好。"

陈阿姨比我记忆中要瘦得多，整个人就剩一把骨头了。想到曾经她给予我的那些爱屋及乌的宽容和温柔，我坐在床边，眼泪夺眶而出。

她使了个眼色，示意许至君和唐熙到外面去。

等他们退出去了，她才开口跟我说话，声音很轻很轻，好像多说一句话都是煎熬："落薰，我听小君说你出去走了一趟，现在心情好些了吗？"

我难过得跟个傻瓜似的只会点头，根本说不出话来。

她用骨瘦如柴的手握住我的手，接着说："好些了就好……"顿了顿，又说，"你是个好孩子，可惜跟小君没什么缘分。"

我也知道她是言若有憾，连忙说："唐熙很好，他们在一起会更好。"

她苍白的脸上浮起一个发自肺腑的、满意的笑容："我相信也是，我时日不多了，可一想到还能看到他们订婚，就觉得高兴。"

"订婚"两个字，就像一柄尖锐的利器插进我的心脏，可是表面上我不可以露出丝毫波动，仍然顺着她的意思讲："订婚是好事情。"

絮絮叨叨的，我们又随便聊了些家常。当我看出她有些倦意时，便起身告辞，她的眼睛里忽然闪过一丝光亮："落薰，阿姨拜托你一件事。"

我已经知道她要说什么了。

她的神情里有一种深切的哀伤："落薰，如果小君……我是说如果，他还想跟你……"

打断长辈的话是一件很不礼貌的事情，尤其是在长辈躺在病榻上的时候，可是我还是毅然决然地将她尚未说出口的那半句话堵住了：“阿姨，您放心，我明白。”

我们心照不宣，只用了一个眼神的交会，便明晰了彼此隐没于唇齿的深意。

从病房里走出来，我避开了许至君的目光。

你别再那样看着我，求求你，别用那种眼神看着我，你不知道那对我是怎样的一种酷刑。

是唐熙将我送进电梯，穿过走廊的时候，她小声地问我：“你愿意来参加我们的订婚仪式吗？”

“我很想去，但是……”我违心地说，“但是我的好朋友她下个月就要结婚了，我要做伴娘，很多东西都要帮着她一起准备，恐怕真的没时间。”

“噢，康婕是吗？我听许至君说了，那替我跟她说声恭喜。”

电梯“叮”了一声，我朝她笑笑，走了。

一出来，我那口气就散了。

他要订婚了。

虽然我知道这个消息已经很久了，可是到今天我才肯定这一切都是真的。

耳朵里一片嗡嗡声，这个夏季怎么会如此漫长。

我很想故作潇洒地说一句：其实失去也是一种荣耀，一点也不输给得到。

我知道，这个时候，我心里所有复杂的情绪都不能够说给他听，说出来都是不合时宜的荒诞。我绝对不能再像以前那么自私，那么任性，我必须强迫自己接受这一切。

如果我这一生再也没有幸福的机缘，也不过是我咎由自取。

心里有一个尖锐的声音讥诮着说：你在难过些什么？你有什么资格难过？

而一墙之隔的医院里，唐熙静静地盯着许至君的后脑勺，心里涌起一阵一阵的寒冷，这种寒冷从她第一眼看到许至君望着程落薰的眼神时，就从体内源源不绝地涌出来。

那种眼神，夹着眷恋和哀伤，那么痛苦的眼神除了爱不会有其他的原因。

她觉得自己整个人摇摇欲坠，费了这么多心思，付出了这么多精力，程落薰一回来，一切照样变得岌岌可危。

唐熙幽幽地想，她真是许至君的魔咒啊。

“许至君。”她轻轻地喊了他一声。

他回过头来，望着她，目光里有些不解。

“如果你没考虑清楚，订婚的事就延后吧。”她面无表情地丢下这句话，拎起自己的包转身就走了。

她叫自己走得快一点，再快一点，并暗自祈祷许至君不要来追她，她怕他一旦追上来，自己会对他吼：“你以为我看不出来吗？”

不要失态，不要弄得尊严扫地——她告诉自己，无论多爱他，始终应该更爱自己。

把选择权交给他吧，为着自己这最后的一点尊严。

他没有追上来，他站在原地一动不动地看着她的背影，死命地咬紧牙关。

不能再多承受一点了，他觉得自己的神经已经绷到了极限，再多用一点力，就会彻底崩溃了。

我终于见到了萧航，这个许诺康婕会让她以后的每天都过得很开心的男生。

对，我更愿意称他为男生，而不是男人。虽然康婕跟我描述的时候已经强调过他看起来显得很小，但当他真正坐在我面前的时候，我还是有点吃惊。

萧航倒是很自然的模样，笑着对我点点头：“我听她说过你的很多事情，终于见到本尊了。”

我瞪了康婕一眼，这个重色轻友的家伙什么时候才能改掉卖友求荣这个毛病，她又跟人家说我什么了？不过仔细想想，我的成长史里匪夷所思的谈资实在是太多了，还是别深究了。

康婕穿着一条浅蓝色的裙子，记忆中我从没见过她穿这么淑女的衣服，也没见过她穿这么清淡的颜色，乍一看，真的像是变了一个人似的。

她坐在萧航旁边，也不太说话，就是笑，看看我又看看他。

我知道康婕并不是装优雅，她说话的方式没有什么改变，还是那么直来直去，但我很清楚地看到过去一直包裹着她的那层尖锐的东西不见了，她整个人都变得松弛而淡然。

萧航问我：“你回来之后心情好些了吗？”

我点点头，有些勉强地笑：“不说我，说说你们，怎么这么快就决定结婚了？”

他们相视一笑，互相推托了一下，决定让萧航说。

“我也不知道是怎么回事，有天晚上跟几个朋友一起喝了很多酒，睡到第二天中午才醒来。看到手机上很多未接来电，全是她打来的。正好阳光照在被子上，那一瞬间，特别希望她就在我身边。

“其实我很了解自己，不是什么做大事的人，不够成熟还很贪玩，所以我爸妈对我一直也没抱太大的期望，反正她也没想嫁什么青年才俊，我觉得我们两个就是胸无大志的一对，也蛮好的。

“求婚啊……其实也没求婚，戒指都是后来去买的。那天送她回家的时候，看着她下车，一个人走进那条老巷子……不知道怎么讲啊，就是觉得心里突然一下很酸……然后我就下车对她喊‘康婕，要不我们结婚吧？’

“她当时都呆住了，以为我开玩笑的。我又说了一遍，结婚吧？然后这个傻 × 跑过来抱着我就哭，好好一件衣服都被她哭湿了。”

萧航在说这些话的时候，我一直微笑地看着康婕。

我可以确定，这么多年来一直折磨她的那些因子终于在她的血液里平息了，那匹脱缰的野马不再令她痛苦，所有的不幸和不堪终于都翻过去了，人生从她抱着他哭的那天晚上开始，揭开了新的篇章。

从前的那些缺失和丧失，都已经成为轻盈的过去，站在青春的末梢对它们挥挥手，此生再也不必相见了。

但我呢？

我的眼睛看着他们，我的嘴在说着一些祝福的话，可是我的灵魂为什么好像脱离了躯壳，飘到了很高很远的地方？

我终于明白，以前我和许至君在一起的时候，康婕坐在我们旁边时是什么样的感受，那种形单影只却不得不强颜欢笑的落寞，那种强烈的对比而导致的落差，在这一刻，我终于体会到了。

回去的时候康婕跟我说：“我真的从来没想过我会有今天。”

我拍了一下她的头：“傻子。”

你们一起长大，都曾那么义无反顾地去爱人，你们都曾有被全世界伤透了心的时刻，你们都曾那样痛苦地煎熬着，等待黑夜过去，天一点一点亮起来。

剥掉时光在你们心上留下的那层老茧，把自己最柔软的部分展开给爱自己的人看，也许痛感会随之而来，但如果没有了这些，活着又是为了什么？

她曾经说：“我们两个，总要有一个过得好吧，至少要有一个吧？”

而现在，她找到了归宿，她即将披上白色婚纱，而你作为她最好的朋友，则会穿上香槟色的小礼服在她身旁做伴娘。

她终于遇到那个人，年华似水，却不再让她觉得是过眼云烟，稍纵即逝。

现在看起来，不是很幸福美满的样子吗？

可你终于明白，这种幸福美满，是不可以被分享的。

我被周围所有人的温暖簇拥着，却感到了彻骨的寒冷和孤独。

林逸舟，我多想像你那样，被深深爱过然后化为灰烬。

陪康婕试婚纱的时候，我一直木然地坐在一旁发呆，她们都在叽叽喳喳地商量，但这种聒噪让我感觉到自己几乎快要爆炸了。

正是在这个时候，我收到一条信息。

我不知道为什么心跳得会那么快，顾不上跟康婕说清楚，我手忙脚乱地收拾好自己的包就冲了出去，站在滚滚车流之中，仿佛听见海浪拍岸。

是陆知遥。

我怎么都不敢相信是陆知遥。

他说："你有空的话，我们见个面。"

我没有计算过时间，从旅行结束直至回到一成不变的庸常生活之中，究竟已经过去了多久？

我每天醒来睁开眼睛都要想一想自己现在躺在哪里，然后就像被人用针扎了一下似的想起来，我早已经回家了，在自己睡了二十多年的这张床上。

然后，眼泪就会不能自抑地流下来。

回到这种生活里，听着周围的人说着我熟悉的方言，吃着熟悉的食物，一个人穿过熟悉的街道去熟悉的超市买东西，仿佛那一切都只是一场冗长的梦。

我觉得有些什么东西被我丢失了，丢失在喧闹的街道上，丢失在超市里一排一排的货架中间，丢失在那些朋友们欢乐的笑靥里，丢失在呼啸而过的时光中。

离开他的时候我就明白，爱是一回事，生活是一回事，相遇是一回事，岁月是另一回事。

这些日子，我一直在跟自己说，很多人想都没想过的，我都得到过了，够了。

我已经做好准备，这一生都不会再相见，可他就这样猝不及防地出现了。

在约好的地方等他时，我的思绪回到了刚认识时的某天晚上。

那时我还是一个总是把自己弄得很深沉的家伙，他扔给我一根百乐门，我点上之后看着空气中缥缈的烟雾，忽然问："像你们这样生活的人，要么已经找到了谋生手段，要么找到了自我价值，对吧？"

他当时正在给吉他调音，头也没抬地回答我说："我对那些从来不在意，很多事儿对我来说就是好玩儿。"

我又问："那对你来说最重要的事是什么？泡妞？"

他这才抬起头来，嗤笑一声，反问我："你呢？"

那种烟抽起来不算很烈，我轻轻地弹了弹烟灰，老老实实地说："我不知道。"

那个时候我想起似乎就在不久以前，我们几个女生凑在一起也说起过这个话题，到底这个世界上什么对你来说是最重要的。

那时的李珊珊还没有遇到宋远，没想到自己的美貌在不久之后就会毁于一旦，她兴奋地说："对我来讲最重要的当然是钱啦！没钱怎么买爱马仕啊！没钱怎么去米兰和巴黎啊！"

而康婕的想法和她十几岁的时候没有太大的差别：嫁人，生孩子，安安稳稳过日子，别再生活在跟后妈打架、跟亲妈吵架的氛围里了。

我呢？

我顺着她们的说法想了很久，结婚生孩子？我觉得这两件事离我太远了，我就像是被诅咒了一样，总是没办法跟自己喜欢的人好好在一起，更别提什么未来。至于钱，我也不觉得那是多要紧的东西。只要我想见一个人的时候，无论他在哪里，我都可以买一张票飞过去看他，而他若是不想见我，我就即刻飞走，这样，就够了。

我记得那天晚上，我认认真真地看着陆知遥说："我不知道自己要什么，但我知道自己不要什么。"

他看着我，笑笑，再也没说话。

不久之前的分别就像从未存在过，我看着他由远至近慢慢走到我眼前，千言万语哽在喉头，最终却只是一句轻描淡写的“Hi，来啦”。

那些悸动和慌乱不必让他知道，他说过我不够淡定，我不想让他觉得我一点都没变。

在我家附近，我们找了个餐厅坐下来，点菜的时候我一直不敢抬头看他。要怎么形容这种忐忑？好像眨个眼他就会消失了似的。

“回来之后过得怎么样？”他微笑着问我。

我装作无意地把脸转到一旁，不去看他，两只手在桌布下边因为太用力地扭曲而关节发白：“就这样吧，没什么好不好的。”

他的笑容一直这么清浅，暧昧，很容易让人产生错觉——你会以为自己对于他来说有那么一点点重要。

那顿饭我吃得很不安宁，因为中间他突然说：“我只是路过，来看看你，下午就走了。”

短短的一瞬间，我以为我听错了，紧接着我又有种想哭的感觉。我何德何能，还值得他这样分秒必争地来见我一面。

然而我也没有办法对他说“还不如不见”这样不领情的话，即使他只拿出千万分之一的眷顾给我，于他的性情来说，也已经是一件不容易的事。

我抬起头，这是从见面开始，我第一次直视着他的眼睛：“陆知遥，你知道吗？你真的让我学会了很多，也明白了很多以前我怎么都弄不明白的事情。”

林逸舟已经离开我很久了，有时候我闭着眼睛，会想不起一些我曾以为一辈子都清晰如故的细节，然后我就会更加用力地去想，越用力就越模糊。

记忆原本很锋利的边缘已经被时间磨得浑圆了。

随着时光的流逝，我会慢慢地知道这样的行为有多徒劳，随着我走过的路越来越多，我会明白，召唤那些已经安睡的记忆，试图掸去灰尘，让它重新浮现是一件不可能的事情。

多年后，再想起来，他只是去了每个人最终都会去的地方，而我，也不会再无休无止地悲伤。

就像我在跟陆知遥分别的时候已经领悟，我遇到他并不是为了爱他，而是让我知道，世界上还有另外的人可以去爱。

而我明白的最重要的一件事就是，有些人是真的没办法在一起的。

不只是我和他，还有我和林逸舟。

我终于知道了，即使他活着，即使我们相爱，最终我们也还是会分开。

这样短暂的重逢，不像在拉萨时那样让我觉得心里的欢喜都快要开出花来，但这样的重逢，是命运给我的礼物，虽然在某种程度上，它加剧了我的悲伤。

"程落薰……"

时间越来越少，他就快走了。

分别近在眼前，我茫然地看着他，浑然不知道自己泪盈于睫。

"我一直想跟你说，人在生活中大多数时刻需要的只是泛泛之交，不要一天到晚去思索生命的价值、人生的真谛。你本来就不是个容易开心的人，想得太深了，就更抑郁，你明白我的意思吗？"

我还是喜欢跟他唱反调："我才没思考生命的真谛呢。"

他笑一笑，像我们刚认识的时候那样："没有就没有吧，这只是我的一些想法，见到你就顺口说了，你不用往心里去。"

"得了吧，我真不往心里去，你又会不高兴了。"

我笑得有点夸张，是想极力掩饰完全相反的情绪吗？

然后我们站起来，他拍拍我的头："我走了。"

"再见。"

他犹豫了一下，轻轻地抱住了我，轻声笑着说："你这是什么眼神啊。"

发生在哪里的故事，就让它留在哪里，我眼睛一闭，眼泪淌了一脸，最终，我仍然是被留下的那个。

这一幕，被马路对面的许至君完完全全地看在眼里。

直到他开口说话，我才惊觉原来已经有这么久，我没听到这个声音了，从那个突然断掉的电话到现在，我们还没完完整整地说过一句话。

这一刻我们既不在彼岸，也不在此岸，我们站在河流之中，如果可以的话，我不愿意看到他这样的眼神。

你说眼神到底是怎么一回事，它没有形状，却千奇百状，它如此具体，却又如此抽象。

我不知道应该怎么形容他的眼神，用上我所有的词汇量也找不到一个合适的词语，它不是纯粹的悲伤，也不是纯粹的愤怒，它太复杂了，以至于我只能想到一个词，虽然它不是那么合适，但只有它了。

绝望。

"程落薰，你知道吗？如果你将来不幸福，那都是你自找的。"

他就是用这样的眼神，看着我，说出的这句话。

我一句话也说不出来，很奇怪，我甚至连骂他的想法都没有，一丁点都没有。

他接着说："你总是去招惹一些跟你不在同一个世界的人，把你的感情，你所谓的爱，浪费在那些人身上，然后抱怨命运不让你获得幸福。你活在自己营造的那种又痛苦又残酷的美感里，你觉得别人庸俗，别人现实，只有你跟别人是不一样的，只有你自己是真性情。

"程落薰，你真悲哀。"

你看过西藏的云吗？一团一团地在一尘不染的天空中，近得好像你伸手就能碰到，我觉得比起尘世的聚散无常，它们才是天长地久吧。

我想起在班公错的湖边，我静静地伸出手投入就像初生婴孩的眼眸那么清澈的湖水中，它们浸湿我的衣袖时，那种冰凉的感觉。

天是什么时候黑的呢？他是什么时候走的呢？这大街上为什么总是有这么多人呢？

其实没有人注意我，不会有人对我侧目，我知道，但我还是拍了拍自己早已僵硬的脸，试图笑一笑，对这些陌生人，对这个世界，笑一笑。

我觉得羞耻，真的，除了羞耻没有其他的感觉，不是伤心也不是难过，就是羞耻。

他说，程落薰，你真悲哀。

这种感觉，生平第一次，我知道原来这种恨不得挖个洞把自己埋起来、恨不得自己从来没来过这个世界的感觉，叫作羞耻。

你有没有见过爆破？我见过。

一幢大楼在一声巨响之后，“砰”的一声，瞬间化为废墟，灰尘弥漫在空气中像是要把全世界淹没。

如果你没见过，你永远不会明白胸腔里“砰”的一声巨响过后，那种巨大的空洞。

康婕带着那条香槟色的伴娘裙来找我，我坐在房间里握着杯子，本来是滚烫的一杯水，现在已经冰冷。她坐下来，摸着我的头发，小声问：“落薰，你怎么了？”

我不说话她就一直问，她知道我如果哭不出来就一定会疯掉，没有人比她更了解我，所以她直直地盯着我，非把我心里的洪水逼得泛滥不可。

我笑了笑：“许至君说得很对，将来我过得不好，是活该。”

康婕一动不动地看着我，她不知道发生了什么事。可是很明显，这件事摧毁了我某一部分意志，那些我一直自以为是坚持着的信念，被某种力量以摧枯拉朽的姿态，不可补救地摧毁了。

我不恨许至君，甚至一点责怪的意思都没有，或者我应该谢谢他吧，是他那番真实得接近冷酷的话，打破了我最后那一点不切实际的幻想，将一直飘浮在空中的我一把拽了下来。

摔得很疼，真的很疼。

可是我能反击吗？

悲怆是一道伤口，除了爱的手，别的手一碰就会流血，甚至爱的手碰了，也必定会流血的，虽然不是因为疼。

这句话……直到今天，我才真正明白它的含义。

那晚康婕睡在我家，像是十六七岁的时候，我因为考试成绩不好，晚上不敢回家，她就把我带去她家睡。

时间好像又回到了原点，我们并排躺在床上，夜风微凉，我忽然说：“康婕，起来抽根烟吧？”

她其实已经开始戒了，我知道，那天吃饭的时候萧航说起这件事满脸的自豪。

想来的确是值得骄傲的一件事，一个曾经烟不离手的姑娘，因为爱你，因为你希望她健康地生活，她就把这多年的习惯给改掉了……真的要有很多很多的爱才能做到吧。

但我现在没法离开它了，如果没有它，我不知道要怎么度过这灼灼白日和漫漫永夜。

康婕陪我点上一根，在阳台上我们一句话也不说地看着月亮。

月亮已经俯视人间多久了？悲欢离合这些事，它看得太多了。我们的人生百年，对它只是沧海一瞬。

抽完那根烟，我侧过脸去看着康婕，我觉得她的轮廓都变得比以前柔和了。

相由心生，多少有点道理吧，二十五岁之前的面容是父母给的，二十五岁之后就是自己给的了，自己的阅历、习惯、作息和心境都会影响容貌。

我想，康婕应该是越来越接近她想要的那个样子了。

“喂……”我叫了她一声。

“嗯？”她不解地看着我。

“要幸福啊。”我真的不擅长讲这样的话，尤其还是对她，所以说完这句话我马上起身回房间睡觉。

我假装没有看到她红了眼睛。

康婕和萧航的婚礼在秋天到来的时候如期举行，没有大宴宾客，只请了一些亲朋好友，从婚礼现场的布置到喜糖的包装式样，都十分精巧温馨。

康婕背地里跟我说："是我的想法。我才不想弄几十桌，把婚礼搞得像天下第一比武大会一样。"

她穿的是抹胸款的婚纱，正好突出了她漂亮肩膀和锁骨，明闪闪的耳环完美地映衬着妆容。

我看着她，有好半天说不出话来。

每个女孩子都会有这么美丽的时刻，只要你还愿意相信这就是爱情的结局。

但我已经不相信了。

康婕替我整了整头发，很满意地笑了："嗯，我的伴娘还是很漂亮的，给我争了面子，要是珊珊……"

她的话还没说完，李珊珊就冲了进来，她穿一条薄荷绿的长裙，头发披散着，尽最大可能遮着脸，但无疑还是个美人。

看我的时候，珊珊尖叫了一声："程落薰，你也太好看了吧！"

我们围着康婕说了会儿话，宋远便来把珊珊叫走，说是素然姐到了。忽然，他拍拍我的肩膀，低声说："许至君带着唐熙来了。"

我心里一惊，笑容在脸上僵住了。

我手执着白色花束，低着头走在康婕身后。

她一走进礼堂周围就炸起狂风暴雨般的掌声和欢呼声，尤其是老大和猴子他们那一桌，看起来都像疯了似的。上亲席上康婕的父母衣着得体，神情喜悦，竟然完全不是我从十几岁开始就认识的那两个人了。

礼堂左侧的大屏幕上播放着朋友们事先录制好的 VCR，这件事是康婕的同事们发起的，萧航和康婕的朋友们都露了脸，说着一些搞笑的祝福话语，但里面没有我。

其实他们找过我，可是我对着镜头好半天，实在不知道要说些什么。

嗯，我是不是早就说过了，我是个废柴。

正胡思乱想着，司仪邀请新娘上台，我将她送到台前便默默地退到角落里，一不小心，正好撞上了许至君看向我的目光。

我面无表情地转过脸去。

那个擅长煽情的司仪说了很多的话，我看到很多姑娘都十分动容，唐熙甚至眼泛泪光。

很感人，是的，真的很感人，但要在很久以后我才会知道，她的眼泪不是为了康婕。

我一直在发呆，仿佛从那天过后，我对这个世界的所有感知都被关闭了。

直到萧航笨拙地说："我想给你一个家，做你孩子的爸爸，给你所有想要的东西……我想……让你每天醒来都看见阳光……我想……我去，我忘词了！"

台下哄堂大笑，所有的人都在笑。

可是靠着墙的我，忽然流下了眼泪。

我想，待会儿我一定要跟萧航说，他表现得很好，这是我听过的最美好的宣誓。

每场婚礼高潮的尾声都是抛花球，康婕刚一转过去，在场的姑娘们全蜂拥而至挤在台前。我看了一下，全场只有两个年轻的女生没动，一个是唐熙，一个是我。

在一片“扔给我扔给我”的声音中，花球最终被李珊珊这个恶霸从另一个姑娘怀里活生生地抢过来了，接着就是觥筹交错的声音。我揉揉额头，去趟洗手间准备陪康婕一桌一桌地敬酒。

从洗手间里出来的时候，唐熙站在我面前，她不是来上洗手间的，这很明显。

她一动不动地凝视着我，我有种被她用眼神剥光了全身的感觉，心里非常不舒服。

当我急匆匆地从她身边走过，她只说了一句话，就让我停下了脚步。

“你到底有什么好？”

我怔怔地回过头去，怔怔地看着她，她的脸上充满了轻蔑和愤愤不平，她毫不掩饰对我的敌意——这让我差点记不起第一次见她时，那个温文尔雅女孩子了。

她的声音冰冷，透着寒意：“你既不漂亮，也没什么气质，你说你到底是有什么好？”

她说完这句话，便抢在我前面冲了出去。一时之间，我怔怔地看着镜子里自己茫然的脸，不明白发生了什么事。

忍气吞声逆来顺受从来不是我的风格，可是为什么被她这样抢白一通之后，我竟然一句都没有反击，是不是潜意识里我知道，在某些我自己都没有意识到的事情上，阻碍了她？

我想拉住她问个究竟，就算死我也要死得明白不是？

可是拉开洗手间的门，我只看到一脸尴尬神情的罗素然，很明显，她听到了唐熙说的话。

她用那种宽慰我的表情，对我说：“她口不择言，你不要放在心上。”

我知道自己现在看起来也是一副尴尬得要命的模样，只好敷衍着点点头，假装真的毫不在意。

婚礼结束之后，我送罗素然到门口，她怀里的浅浅望着我咯咯笑。在罗素然温柔的注视中，我鼻子一酸：“你别这么看着我，我真没事。”

她微微一笑：“从你回来到现在一直被各种事情缠着，都没时间跟我吃顿饭。”

“我是怕打扰你。”我也知道自己说的是客气话。

她笑得开了：“有时间了过来一趟吧，你一副心事重重的样子啊。”

说话间，许至君和唐熙从我身边走过，我看着那个背影，为什么会有如此悲伤的感觉，他们已经订婚了吧？

这一生，我们已经尘埃落定了吗？

然而我什么都没有问，只是安静地目送着他们。

没有过去太久的时间，陈阿姨便去世了。

虽然刚入秋不久，但那天气温骤降，整个城市都笼罩在阴冷中。追思会从开始到结束，我一直浑浑噩噩，缺乏真实感。

虽然生离死别都经历过，可是面对生命的逝去，尤其是熟悉的人，要做到坦然面对，这是根本不可能的事。

我一直不敢正眼看许至君，我多害怕某一个不小心的对视就会令我崩溃。

结束之后，我一个人乘车回家。大街上还是一如既往的热闹，而我心里泛起一阵接一阵的悲恸，眼泪就像是凝固在身体某个未知的角落里，怎么都流不出来。

回到家里，我木讷地脱下外套。忽然之间，我站在衣柜前，看着手里这件黑色的小西装，不能自抑地哭起来。

那些眼泪终究还是冲出了身体。

这件衣服是许至君给我买的，我就是穿着它去了林逸舟的追思会。

在林逸舟刚离开的那段日子里，我每一天都在想着要如何结束自己的生命，跟着他一起去死。

我从来没想过，在我为了那些不肯停下来好好爱我的人欲生欲死的时候，在我透支了全部力气歇斯底里地爱着、恨着那些人的时候，在我拖着行李像个逃兵似的把所有没解决的事情全部丢在身后的时候，另一个人，是如何熬过那些漫长的夜晚。

而我，自私到了极点的我，竟然还好意思为了那通电话，信誓旦旦地想过要恨他一辈子。

许至君，我竟然荒唐到这种程度，我竟然过了这么久，才知道我欠你多少声对不起。

这个世界上所有付出过爱的人，都收获了爱。

这个世界上所有给别人温暖的人，都收获了温暖。

为什么你的爱就像丢进了宇宙边陲的那个黑洞里，从来没听到过回声。

为什么你给出的温暖就像被冰封在一个黑色的匣子里，而你，被岁月留在了那个寒冷的黑色世界里。

记忆中，那一年，你把那块玉取下来戴在我的脖子上，翡翠上温热的气息紧贴着我的肌肤，再也没有离开过。

坐在罗素然家中，电视里放着最近最火的相亲节目。我们斜斜地靠着抱枕，因为喝了一点酒，两人脸上都是微醺的红。

很长一段时间里，我们都没有说话，窗外的雪纷纷扬扬地飘洒。

这是今年冬天的第一场雪。

对我而言，时间仿佛已经失去了它本来的意义，任凭那些嘀嗒的钟表声，将我空洞的生活一点一点地蚕食。

仿佛一切都结束了。

然而我心里最深处，还有一些的难过。

并不是因为爱结束了，而是因为一切都结束了，爱还在。

“落薰。”素然姐叫了一声我的名字，仿佛在为接下来一番冗长的话语做铺垫，我侧过头去看着她，安静地做好聆听的准备。

“看过了大海，很难再回到湖泊中去吧？”她问我。

我心里一动，知道她是在暗指陆知遥，于是便笑着回答：“也许正是因为看过了大海，所以能心甘情愿理解，湖泊才是自己真正的归属吧。”

我以为她要劝我放下过去，或者说一些“一切都会好起来”的励志言语，可是她话锋一转，说着看似与我毫不相干的话题。

“我曾经看过一段纪录片，北极的夏天，一些北极熊因为冰面融化而被困在一座岛上，其中一只熊妈妈带着两只小熊在饥荒的夏天苦熬，经常在岛上唯一的一个房屋前打探，里面住着一个研究人员和一位拍摄者。

“过去一阵子之后，只剩下一只小熊了，它妈妈和另一只小熊可能已经死了，也可能是被其他饥饿的北极熊吃了。北极熊会同类相残，这一点有点儿像人类。

“那只剩下的小熊可怜巴巴地趴在窗前盯着屋内，房间里有充足的食物，小熊可能已经闻到了鹿肉干的香味，可是这个时候科学家说话了，‘我知道你饿，日子不好过，但是我不能让你养成依赖我的习惯，那样你会失去生存的能力。’

“没有得到任何食物的援助，小熊只好离开，等到冬天的时候海面终于结冰了，虽然科学家看起来很冷血，但小熊还是来咬咬他的鞋子，以示告别，然后奔向它第一次见识的冰原。”

她那双黑色的瞳仁牢牢地盯着我，在这样的注视中，我没办法转开头。

“那段时间康婕她们都跟我说，让我开导你、安慰你，但我什么也没做。有天晚上康婕给我打电话，说你坐在大街上发呆，动都不动一下，她问我怎么办，我说‘别管她，让她自己站起来。’

“然后就真的再也没人管过你，我很高兴地看到你开始自己一点、一点地站起来。你来医院看我，你独自去旅行，走得越来越远，脚步越来越坚实笃定……在康婕的婚礼上，你看到许至君，也能从容自若。我不知道你在路上看到了一些什么，遇到了一些什么，经历了一些什么，但是很显然，你真的不需要任何人搀扶了。

“落薰，你不是那只眼巴巴地趴在窗口的小熊了。”

深一脚浅一脚地踩在雪地里，积雪发出轻微的、几乎不易察觉的碎裂声，我穿着黑色的大衣，耳朵上罩着一个白色的兔毛耳罩，看着这个熟悉的城市正逐渐变得陌生。

那条远近驰名的“堕落街”消失了。

那家我光顾了十几年的早餐店歇业了。

老广场也消失了。

…………

熟悉的一切都消失在籍籍无名的日子里。

过去生意最好的酒吧已经彻底倒闭，连名字都迅速被大家遗忘。

某个以算塔罗牌出名的酒馆，已经换了老板。

咖啡爱好者共同盼望多年的第一家星巴克终于开业了，而文艺青年们还藏在巷子里听着自己喜欢的摇滚和民谣。

越来越多的国际大牌在这个城市里开了门店，每个客人都好像钱多得花不完的样子。

我小时候上学走的那条路，那一排梧桐树，被作为城市建设的代价砍掉了。

而那些曾经令我们跌倒的事情，也像是被厚重的脂粉掩盖得一点痕迹都看不出来。

城市，像一座埋葬了我们青春的巨大坟墓，苍穹之下的零星灯火就像是生命陨灭之后的点点磷火。

它悄然地变换着模样，而生在这里的我们呢？

我想起十七岁的时候，我蹲在马路边，康婕穿着人字拖从远处跑过来拽我，那个时候我抬起头看着头顶上灰蒙蒙的天空想：为什么这里总是看不到很蓝的天很白的云呢？

过了这么久之后，空气好像变得更糟糕了。

但我想，我们这些人在以后的日子里，抬头看天空的时间会越来越少，越来越少吧……

以后我们就会活得像大多数人一样，在日复一日麻木的生活中，先考虑的是生存问题，梦想和爱情之类的词语，离我们越来越远。

然后，慢慢地，就什么都不记得了。

当你走过的路越多，对待这个世界的态度就会越谦逊，有位女作家曾这样说。

罗素然那句话一直在我的脑海里反刍："你长大了，不再需要任何人扶着你走了。"

似乎只是一转眼的时间，那个坐在她面前哭着说"学校要处分我"的小姑娘就不见了，再也找不回了。

可是过去那些喜怒哀乐，所有的美丽与哀愁，依然顽强地活在心脏里。

虽然很平静，但我心中依然有一些疑问：为什么发生的事情不能调换顺序？为什么偏要有前因后果？为什么幸福不能在疼痛之前？为什么在我们都还有力量的时候，却都那么无能为力？

无能为力得像一只只困兽。

康婕和萧航去度蜜月，不能免俗地选择了马尔代夫，她说："我也知道人多啊，但是还是想去。"

她最喜欢的那个动画片里，马尔代夫是麦兜最想去的地方，它整天念叨着"那里水清沙幼，椰林树影"。我知道康婕一直很向往那里，所以也就没说什么扫兴的话，叫她玩得开心。

但如果是我的话，会更向往那些人迹罕至，甚至一毛不拔的地方吧。

"落薰……"

"嗯？"

"我一直有件事没有告诉你，我那次怀孕……是陈沉。"

不知道为什么过了这么久，她会突然再提起这件事，可是看她的表情，我知道这件事对她是真正地过去了。

"那段日子我身边一个人都没有，你也不理我，一时糊涂就做错了事。”

被她这么一说，想起自己在那段时间里所表现出来的决绝和自私，我就觉得非常不好意思，可是她摆摆手：“真的没什么了……你是我最好的朋友，我不想有什么事一直瞒着你。”

她走后有天傍晚，我忽然明白了。

是幸福令她宽容，不再介意那些血迹斑斑的过往，她告诉我这件事，是她对我那时的冷漠所给予的宽容和原宥。

领悟了这层深意之后，我便在暮色里模糊地笑了。

珊珊偶尔会找我一起吃饭，她和宋远还是住在那间出租屋里，可是我再去的时候发现他们把房子重新布置了一遍。

老气的窗帘被换掉了，取而代之的是日系的亚麻色，墙上贴着很多他们的拍立得照片。

她说：“以前我总觉得反正不是自己的房子，没必要弄得多好看，现在想清楚了，即使是临时居所，也不能乱糟糟得像个狗窝。”

我看着她笨手笨脚地切着菜，心里涌动着一种异样的情绪，也许是感动，也许是羡慕，我没法说清楚。

她是对的，跟爱人在一起的时光，就是最好的时光。

一切看起来都在往好的方向转变，所有的人看起来都是很满足的样子，除了他。

在去拉萨之前，我曾经在成都的一家书店里翻阅着海子的诗集，扉页上印着两句诗：

我有三次受难：流浪，爱情，生存。

我有三次幸福：诗歌，王位，太阳。

那个时候我站在书架旁，看着那两个字一直发怔，怔得几乎快不认识那些字了，那个时候我不太明白，为什么爱情会被划分到“受难”里。

它难道不是福祉而是灾难？

我独自在西藏的那段日子里，看到过很多朝圣者，一步一匍匐，他们全身贴地，磕着长头涉过高原的土地，缓缓前行，他们有着最虔诚也最坚毅的面孔。

直到过去了这么久，我闭上眼睛能够很清晰地想起那个午后，纸质书籍在指尖的特殊质感，空气中淡淡的馨香，想起所有人的面孔，然后我终于明白了。

一切都源于爱情，爱情使我们更脆弱也更孤独。

我在黑暗中挣扎，但就连你也无法给我救赎。

罗素然曾经跟我玩过一个小游戏，要我在林逸舟和许至君之间选择一个，剩下的那个会永远地退出我的生命。

当时我选的是林逸舟。

后来我以为命运为我做出了另外一个选择。

直到现在，我才知道，都不对。

我的生命里，他们一个也没留下。

我一直在为一件事情做准备，等待着某一天在这个城市里遇到许至君的时候，我会平静而坦然地走过去对他说一声“谢谢”，哪怕他当时牵着唐熙的手。

谢谢你曾那样爱过我。

谢谢你曾那样珍惜过我。

谢谢你最后让我从那种又痛又美的幻想中醒过来，双脚踏实地踩在大地上，回归到一个平凡的女孩，那些凛冽的疼痛不再让我寒冷。

所有的所有，最终只会折换成这么一句云淡风轻的谢谢，但我想当我看到你真的幸福了的时候，我也会觉得有那么一点幸福吧。

就这样做好随时会遇到他的准备，可是我们竟然真的再也没有遇到过对方。

就像是被自己熟悉的那个世界放弃了一样，在最后的最后，我也只好松开自己的手，看着它一点一点消失在我的视野中。

白茫茫的雪，像是把整个宇宙都掩盖了，孤独的深海上空，所有的星星都暗淡了。

这个春天来得很迟，但终究来了，清明的时候我买了一束百合花，独自去拜祭林逸舟。

是的，我不再是那只小熊，有些事情即使没有人陪伴，我也有勇气去完成它。

照片上的他还是当初我第一次见到他的模样，额头上那道伤痕依稀还能辨认，我以为我会号啕大哭，可是我并没有。

我的心跳明显缓慢了下来。

或许我是应该大哭一场，为了自己被他带走的最激烈最饱满的情感、最纯真也最伤感的笑容，还有那些自他开始就饱受挫折却从未泯灭的憧憬。

林逸舟，此刻你在哪里，天涯海角还是就在咫尺之间，我看不见你摸不到你，但我知道你一定在，你可以听见我说话，我知道，一定是这样。

很奇怪，我酝酿了这么多时日，积攒了这么多的勇气才来见你，站在你的墓前，我的眼睛却像是干涸的泉眼，我费力地眨一眨，再使劲眨一眨，原来真的哭不出来。

也许你永远不会明白你带走了我生命中的一些什么，那些对曾经的程落薰来说至关重要的东西，就像是存在身体里赖以为生的一口真气。

遇到你的时候我对生活还有那么多的热爱，那时的我很擅长从细碎的事情中捕获乐趣，而后来我的这项技能好像随着你一次一次的伤害也一次一次被耗损，到最后，我就根本不会快乐了，好像，天生就不会快乐一样。

很多人都爱标榜自己多么另类、忧伤、痛苦，可我不想这样，虽然我在很年轻的时候做过一些看起来很疯狂的事。

当然，谁都不及你，我们谁也没有在最美好的时候死去。

是的，我的另类、叛逆、忧伤和痛苦，这些与别人毫无二致，我在青春逝去之前终于领悟了最重要的那件事：我终于心甘情愿地承认，其实我如此平凡。

过去我一直不肯原谅你对我的背叛，我觉得你联合着别人一起亵渎了我的爱情。

于是我用了最直接也最愚蠢的方式来报复你，最终的结果是两败俱伤，但最痛的那个人其实是我自己。

旅途最危险的那段路程中，我曾想过，如果我坐的那辆车遭遇到任何不测，我该怎么办……当我风尘仆仆地回来，看到我所有的好朋友都从往事的阴霾里走出来，我知道，总有一天会轮到我。

结婚生子，含饴弄孙，直到年老的时候，佝偻着身子，也许我还能想起在我很年轻很年轻的时候，爱过一个像风一样飘忽不定的少年。

那么，这几十年，我要好好地生活下去，而我们，总有一天会再相见的。

那么，林逸舟，到时候见吧。

在我转过身去的时候，终于看到了那个我一直在等待的人。

他身边没有唐熙，可是这声“谢谢”突然卡在喉咙里怎么也吐不出来。

溯洄从之，道阻且长。

第一次见他是在高中的学校门口，他是我同学暗恋的男生，见我可怜，便买奶茶给我。

然后，在一个黄昏，我们在上山下山的缆车上擦肩而过，我认出了他，当时我并不知道他也认出了我。

他曾说过，如果非要问我喜欢你什么，大概是你一腔孤勇吧。

他也曾说过，我爱你，就意味着我承诺永远不会伤害你。

过了很久之后，仍然是他说的，程落薰，你真悲哀。

…………

人生中一定有一些与你有关，但你不会知道的事情。

就像我不知道，在他说完“你真悲哀”之后，转身就去找了唐熙，在我对康婕说“要幸福啊”的时候，他也在对唐熙说“我不是那个能让你幸福的人”。

因为目睹了我跟陆知遥的那个拥抱，所以他没有办法再欺骗自己的心。

他知道这样做对唐熙是一种深深的伤害，无论是情感还是自尊，可是……反正已经这样了，反正不会比当时的情况更糟了。

他对着唐熙，平静地说出一个残酷的事——“你用善良和温柔缔造了一座坚固的城池，可是原谅我更向往城外的世界。”

对这个结果，唐熙一点也不感觉意外，仿佛从程落薰回来的那天开始，她就准备好了承接他这个失信的诺言。

然而，最后他还是要请求她一件事：“你能不能陪我去康婕的婚礼，我知道这很难为你……”

不知道怎么形容那种感觉，也许是出于爱或者怜悯，也许单纯只是想让他更歉疚……唐熙痛痛快快地答应了。

她一直表现得很好，所有人都以为他们订婚在即，直到听到司仪宣读结婚誓词时，她的眼泪热热地流了下来。

她用余光打量着许至君，人人都说他重感情，有担当，为什么偏偏对我，你这么狠得下心？

从康婕的婚礼上出来，在秋日的阳光中，街边的梧桐树叶落了一地。唐熙的笑容凄楚得就像丧失了所有希望，看不到明天的晨光：“许至君，你辜负我太多了，你欠我太多了。”

他苦恼地笑笑，这一笔的烂账，何年何月才清算得完。

我愿同你一起坦然接受死亡，就像我们最相爱时那样。

你还能遇到一个人，让你说出这样的话吗？

每个人的生命中都只有一匹骏马，无数黑暗过去后，才姗姗来迟。

你还可以这样坚定不移地相信着生命中那件叫作“爱情”的东西吗？

在青春的尽头，我们每个人都是拾荒者。

我们的一生，并不是随时随地都可以去爱的，我们活着，我们相爱，就不能惧怕爱所带来的伤害，正如你曾经告诉我的那样：那些伤口都是爱的痕迹。

那些兵荒马乱的过去都已经过去，从此之后，一切太平。

春风轻声呼啸，南方特有的潮湿轻拂过我们的脸颊。光线自他的头上一路倾泻，周遭静谧无声。

此刻，我们静静地注视着对方，沉默得如同往日一样。

—完—

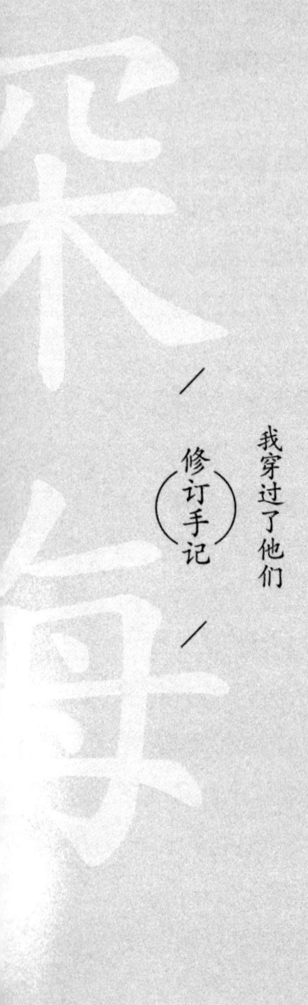

我穿过了他们

（修订手记）

《深海里的星星 1》出版于 2009 年，一年之后，我结束了从西藏到新疆的旅行，从乌鲁木齐回到长沙，写了《深海里的星星 2》。

直到十年后的今天，我每次见到读者，都会听到类似“我是从《深海》开始读你的文”的话，在微博上的留言里，也时常会有“许至君”和“林逸舟”这两个名字出现。

我经常想，如果在前作中，我没有把林逸舟写“死”，这个故事的悲剧气息会不会被淡化很多？与之相随的，它给读者留下的印象和感受是否也就薄弱很多？

但这一切已经无从知道。

这是我第一本，可以被称为“作品”的小说。在相当长的时间里，我羞于提起它，它最打动读者的，是那份青涩和生动，但让我最不满意的，恰恰也是这份青涩和幼稚。

那时候我只是一个刚学着独立生活的年轻女生，从家乡来到长沙，无知，平庸，眼界浅薄，没有写作天分，写文字只是凭着身体里的原始冲动和极其局限的自我感受。后来的这些年，我每每回头想起自己的第一本书，第一个作品……

我多希望上天能多给我一些才华啊，我多希望自己是那种，一出手就震动整个文学界的天才写作者啊，可惜我不是。

尽管内心一直有着这样的自卑，但《深海里的星星》这个小说和书里的人，还是依照它的命运的轨迹一路走了下去，遇到了无数珍视它、被它感动的少女和少年，在他们的青春里留下了一个小小的标记。

因此，我一直觉得这或许就是我和写作的缘分——如果它失败了，也许我的人生走向也会和现在大不一样。

如果没有这个不完美、不成熟的作品，我不会在世间千万条河流中，踩进这一条来。

这次十周年的版本，我花了很长时间做心理建设才开始真正进入修订的流程。我先将两本书都读了一遍，在这个过程中，我一直絮絮叨叨向朋友抱怨——

“我当初写东西怎么这么矫揉造作，为什么你们以前不直接告诉我？”

“为什么稿子里有这么多明显的语法错误，甚至是病句，而校对老师却没有让我修改？”

“为什么我当初要写这么多品牌在书里，太俗气了！”

…………

我一边这样抱怨着，一边感觉到那个年轻的自己——那个刚刚成为一个作者的自己，满腹委屈地望向我。我有了一种奇怪的感应，我觉得——十年后的自己，或许也会用同样尖刻的话语和挑剔的目光来评价现在的我，和我现在写的文字。

回顾旧作，尤其是处女作，总有悔其少作的情绪作祟，但时常也会被其中的真挚和毫无技巧的朴素所感染。

我重新修订它，一字一句地改造它，删除多余的废话。我发现当经验在累积的同时，我也失去了当年写《深海里的星星》时的那点儿纯真和天然，而这简直是每个作者无法逃脱的宿命。

我们也许都能做到越来越精炼，像我们所知道的那样：用最短小简单的篇幅，表达更多和更深的意义。但那些啰啰唆唆的，姑且称之为“情怀”的东西，在岁月中，又变成了什么呢？我只知道，它消失在风里，再也回不来，就像一生仅有一次的爱情。

《深海里的星星 2》中，程落薰从云南出发，到达西藏，接着去往新疆，这一段旅程，是我人生中第一次远距离的长途旅行。在路上，我结识了一位对我非常重要的朋友，可以说，没有这段相遇，便不会有后来的《我亦飘零久》。

而在《深海里的星星 2》里，我将这段旅程作为程落薰解开心结，更深地了解自己内心世界的一个契机，而多年之后，我回想起来，这或许也是我给自己开出的一剂药方。

无论遭遇了多沉重的痛苦，人始终是要自己站起来，并在沉默中坚定地往前走。

这次修订，我特意弱化了长沙作为背景的存在感，是因为十年的时间下来，我觉得这不是只在长沙发生的青春，程落薰也不是某一个长沙妹子——它可以是任何一个城市里的青春与爱，她也可以是任何一个受过伤害，在失望中变得坚强的姑娘。

我写《深海里的星星 2》时要比写《深海里的星星 1》时稍微长大了一点点，但总的来说，还是一个不太机灵聪明的年轻作者，即便是十年之后，我也仍然没有写出足够令自己骄傲的作品来，但有成长就是好的。上天没有给我一亮相就惊艳世界的手笔，但多给了我一些耐心和自知，我觉得这些也不是不可贵的品质。

通过写作，我找到了我最喜欢做的事情。它滋养我，治疗我不安的灵魂，抚慰我的焦虑，让微不足道的我在世间有了一点儿存在感和成就感，使我无论身处在怎样的孤独和破败里，都有与自己对话的能力。

我要谢谢这么多年来，所有读过《深海里的星星》的读者，无论你是否喜欢它。谢谢当年鼓励和鞭策我写下这个故事的人。谢谢书中每一个角色，我曾有幸穿过他们所在的那个世界，看到了全新的人生。

独木舟

2019 年 于北京